Colette

PETITE MÈRE

DU MÊME AUTEUR
CHEZ LE MÊME ÉDITEUR

Le Roi Basil, Buchet-Chastel, 1991

La Folle aux chats, Pierron, 1992

Une femme empêchée, Belfond, 1994, réédition Pierron, 1999, et France Loisirs. Prix Erckmann-Chatrian. Prix Sully-Olivier-de-Serres. Adapté pour la télévision en 1997 (*La Femme du veuf*)

L'Oreille de nacre, Anne Carrière, 1996

Amours d'automne, Anne Carrière, 1997, et GLM

La Faute de Claire, Anne Carrière, 1999, et GLM. Prix des conseils généraux de Lorraine

Leocadia, Pierron, 2000

Stella, Pierron, 2001

L'Enfant de l'autre, Presses de la Cité, 2004, Pocket, 2007, et GLM

L'Or blanc des pâturages, Presses de la Cité, 2005, et GLM

L'Enfant de la dernière chance, Presses de la Cité, 2006, et GLM

Le Choix de Pauline, Presses de la Cité, 2007, et GLM

La Petite Louison, Presses de la Cité, 2008

Henriette Bernier

PETITE MÈRE

Roman

Production Jeannine Balland
Romans Terres de France

PRESSES DE LA CITÉ

ISBN 978-2-258-07797-3

A Daniel

Notre amour reste là,
Vivant comme le désir,
Cruel comme la mémoire,
Tendre comme le souvenir.

Jacques Prévert
« Cet Amour » (*Paroles*)

1

— Verdun… soupira Sidonie. Nous voilà tout de même arrivés… Enfin !

Les freins crissèrent et une secousse brutale déséquilibra les quelques passagers trop pressés qui commençaient déjà à rassembler leurs bagages.

— Attendez un peu, les jeunes ! dit Eugène. On descendra les derniers, pour éviter la bousculade.

Quand à leur tour ils se trouvèrent sur le quai, avec leurs sacs, valises et baluchons de toutes tailles, comme ceux qui les avaient précédés ils se mirent à regarder autour d'eux, à la recherche d'un visage connu.

— Tiens ! dit Eugène. J'aperçois là-bas l'Aristide Guillemin, il est venu lui-même nous chercher, le brave homme.

Aristide Guillemin était le maire du village de Clercy, qu'Eugène Piquart, sa femme Sidonie et les quatre enfants qu'ils avaient alors avaient quitté, cinq années plus tôt, à quelques mois près, en août 1914, pour cause d'évacuation.

Il avait vu les arrivants et à grands pas s'avançait vers eux. Et tous de se regarder, sans parler, parce qu'il fallait bien d'abord se reconnaître, se retrouver.

Puis les deux hommes se serrèrent longuement la main, et s'étreignirent enfin, toujours sans un mot.

Aristide ensuite s'approcha de Sidonie.

— Je vous embrasse ! lui dit-il.

Il la tint elle aussi un moment serrée contre lui, avant de se tourner vers les enfants.

— Eh bien dites, les garçons, vous voilà des jeunes gens à présent ! Henri, plus grand que ton père déjà, et toi, Georges ! Voyons les filles... Rosalie, ça te fait quel âge maintenant ?

— Quatorze ans, monsieur.

— Et celle-ci, qui était toute petite... attends que je retrouve ton prénom... ah oui, Alice, c'est ça, hein ? Voilà donc la dernière, jolie comme une poupée. C'est comment qu'on t'appelle, toi ?

La petite poupée se cachait derrière Rosalie, qui répondit à sa place :

— C'est Marinette.

Le train avait redémarré. On pouvait maintenant traverser la voie pour accéder à la gare où les réfugiés de retour devaient remettre leurs bons de transport. Pour éviter la cohue, les Piquart choisirent d'attendre encore un peu. Le père Guillemin put ainsi les observer à loisir. Surtout Sidonie. Il lui semblait qu'elle avait beaucoup changé, elle paraissait très fatiguée, et cette impression se confirmait, lui serrant la gorge. C'était comme ça, maintenant, chaque fois qu'une émotion s'emparait de lui, elle en profitait pour réveiller aussitôt son propre chagrin.

Quand la famille commença à se répartir les bagages pour quitter le quai, il s'empara des sacs qu'elle s'apprêtait à soulever.

— Laissez, Sidonie, je suis venu avec le camion de l'Ambroise, c'est lui qui a eu l'idée de me le prêter, comme ça il y aura de la place pour vous tous et votre fourniment.

L'Ambroise, les Piquart le connaissaient bien, c'était un marchand de bois et de charbon avec lequel Eugène, entre autres occupations, avait souvent travaillé.

Dans le fameux camion, haut sur roues, Sidonie s'installa à l'avant, à côté du père Guillemin, la petite Marinette sur ses genoux. A l'arrière, à la place du bois de chauffage en vrac et des sacs de charbon qu'il livrait d'ordinaire à sa clientèle, l'Ambroise avait bricolé des banquettes avec des planches posées sur des billots et y avait étalé des couvertures. Eugène s'assit d'un côté entre Henri et Georges, ses deux grands gars, Rosalie et Alice de l'autre, les bagages entassés à leurs pieds.

Quelques paroles seulement furent échangées, de la gare de Verdun jusqu'au village de Clercy, distant d'une trentaine de kilomètres, en suivant le cours de la Meuse, vers le nord. Peut-être un peu à cause de l'état du camion, dont le moteur toussait, les essieux grinçaient, la carcasse gémissait, et de plus à l'arrière il fallait constamment veiller à son équilibre sur les sièges de fortune. Mais surtout à cause des sentiments qui étreignaient les passagers, l'angoisse pour l'avenir immédiat, et aussi la curiosité, concernant les terribles combats qui s'étaient déroulés ici et les traces qu'ils avaient sûrement laissées.

Si la vie semblait avoir suivi son cours aux alentours de la gare, par contre la partie de la ville qu'il leur fallut traverser leur offrit un avant-goût des dégâts causés. Même les petites semblaient atterrées, Alice qui se serrait contre Rosalie, et Marinette qui interrogeait Sidonie :

— Dis, maman, pourquoi elles sont cassées, les maisons ?

Dans la campagne, l'impression de désolation demeura, parce qu'il n'y avait plus ni champs ni forêts, rien qu'une terre brûlée, chamboulée, dévastée, qui n'avait pas encore amorcé son retour à la vie.

Le père Guillemin ralentit l'allure déjà modeste du camion pour pouvoir dominer le volant d'une seule main et tendit l'autre vers les collines, du côté de l'est.

— Là-haut, dit-il, c'est encore pire, plus de villages, plus rien du tout... De loin, comme ça, on n'en a pas idée, mais quand on monte là-haut, ça vous arrache le cœur...

Son regard croisa celui de Sidonie, qui y vit des larmes. Alors elle posa sa main sur la sienne, qui avait repris sa place sur le volant. Il comprit que ce simple geste était à la fois une demande et un encouragement.

— Oui, dit-il, not' pauvre Raymond... Beaucoup sont tombés dans l'enfer de Verdun, lui c'est au Chemin des Dames, six mois avant l'armistice...

Sidonie a accentué la pression de sa main, et Eugène, qui derrière a entendu, a posé la sienne sur l'épaule d'Aristide. Rien de plus.

Ils étaient sortis de la zone principale des combats, mais les villages qui n'avaient pas été entièrement détruits portaient eux aussi des traces de la tragédie.

Et chez nous ? s'interrogeait Sidonie. Elle savait qu'ils allaient retrouver leur maison, mais ne pouvait s'empêcher de ressentir tout de même une grande inquiétude. Par respect pour le père Guillemin, dont le fils n'était pas revenu, elle retint les questions qui lui montaient aux lèvres.

A l'arrière les garçons cherchaient à reconnaître le pays, égrenant les noms des villages, réveillant leur jeune mémoire pour évoquer des souvenirs.

— Tiens, dit Henri, Sivry ! Il était d'ici, celui qui est sorti premier du canton au certif, l'année où je l'ai eu, moi aussi, mais ric-rac...

Des gens regardaient passer le camion, et pour un peu il se serait attendu à retrouver parmi eux, tel qu'il était alors, ce caïd du certif qui pourtant avait dû changer autant que lui.

Comme Marinette dans les bras de Sidonie, Alice s'était endormie contre Rosalie, qui, bien fatiguée elle aussi, ne cédait pas pour autant au sommeil. Comme ses frères, comme ses parents, elle était impatiente d'arriver, fébrile et un peu angoissée. Entre sa chemise et son caraco, elle pouvait sentir la lettre qu'elle avait glissée au moment des préparatifs, sachant qu'elle ne se déshabillerait pas de tout le temps que durerait le voyage, cette lettre qui représentait tant d'espoir pour elle.

La maison des Piquart se trouvait un peu à l'écart du village, la première quand on arrivait par la route de Verdun. Si pressés qu'ils fussent d'avoir des nouvelles des habitants de Clercy (quand on est une centaine à peine on se connaît tous), ceux qui étaient restés, ceux qui avaient évacué comme eux, revenus ou non, ceux qui manquaient à l'appel de la paix retrouvée, Eugène et Sidonie appréciaient cependant de retrouver avant tout leur maison, de ne partager qu'avec le père Guillemin cette première et intense émotion.

Dans un long silence, d'abord.

Les maisons comme les humains souffrent non seulement des attaques mais également des absences, et les traces, bien que moins profondes, en sont tout aussi émouvantes. Murs décrépis, toits envahis de mousse, portes et volets de bois torturés par le vent et la pluie, dépendances avachies, fouillis de la végétation livrée à elle-même…

Mais, malgré ces marques de souffrance, c'était bien « leur » maison, elle avait tenu le coup, les avait attendus. Beaucoup n'auraient pas cette chance.

— Nous v'là revenus… dit simplement Eugène, exprimant dans ces simples mots toute son émotion.

Et dans un élan spontané il serra sa femme dans ses bras.

Cette maison, ils l'habitaient depuis leur mariage, l'année du siècle, en 1900 tout juste. Il avait alors vingt-cinq ans, elle vingt-deux. Tous les deux de familles modestes, à la limite de la pauvreté, mais il y en avait tant comme ça, qui vivaient de presque rien, ce qui ne les empêchait pas d'être heureux. Sauf si bien sûr s'abattaient sur eux la maladie, l'infirmité, le vice de la boisson ou de la « traînerie », qui avaient heureusement épargné la famille Piquart, et celle de Sidonie, les Goulault, du moins jusqu'à la mort de la mère.

Le père d'Eugène était manœuvre, ce qui ne signifiait rien de précis mais tout à la fois. D'ailleurs, ne disait-on pas aussi « un homme à tout faire » ? Il avait suivi ses traces. Avec cependant une fonction en plus, celle de garde champêtre, qu'il avait acceptée dès leur arrivée à Clercy. Mais comme son exercice ne lui prenait qu'une partie de son temps, il occupait le reste par des travaux divers, du bûcheronnage, pour l'Ambroise et d'autres exploitants forestiers, de la maçonnerie, du terrassement, de l'aide aux paysans selon les besoins. Pas très grand mais trapu, costaud et courageux, Eugène manquait rarement de travail, et quand on ne lui en donnait pas il aidait Sidonie à entretenir leur propre maison et le jardin qui allait avec. Il faut dire que s'ils avaient pu l'acheter, si jeunes et si peu aidés par leurs parents, c'était parce qu'elle se trouvait en bien piteux état, et que les héritiers des derniers habitants avaient préféré la vendre pour une bouchée de pain plutôt que de la laisser tomber en ruine.

Sidonie allait-elle donner à Eugène toute une ribambelle d'enfants ? Il y avait de quoi l'espérer et le craindre à la fois, parce qu'une famille nombreuse, c'était hélas autant de soucis que de bonheur… Henri arriva en 1901, Georges en 1903, Rosalie en 1905… Alice faillit à cette régularité un peu troublante, en ne s'annonçant que cinq ans plus tard.

Sidonie était aussi courageuse et ingénieuse qu'Eugène. Elle trouvait le temps de s'occuper d'un petit élevage, et même de deux vaches, dont la famille tirait un grand profit. Elle vendait des œufs, du lait, des fromages, des volailles. Suivant l'exemple des parents, qui les aimaient mais n'avaient ni le temps ni les moyens de les choyer, les enfants trouvèrent bien vite à se rendre utiles, eux aussi, et les petits travaux qui leur étaient confiés, prendre la brouette et la faucille pour aller à l'herbe aux lapins, emmener brouter les vaches, à la longe, le long des chemins, arracher les mauvaises herbes au jardin, étaient pour eux autant des jeux que des corvées.

Puis la guerre était arrivée, bousculant cette vie laborieuse, mais tranquille, dans sa simplicité, sa régularité. Et sa logique, jusque dans les peines, à savoir les deuils, la perte des parents d'Eugène, du père de Sidonie.

Presque quadragénaire, père de quatre enfants, Eugène ne fut pas concerné par l'ordre de mobilisation. Une chance au goût un peu amer, en regard de tous ceux qui partirent en laissant des parents, des épouses, des enfants dans la crainte et le désarroi.

Mais devant le danger il fallut accepter l'évacuation. Fermer la maison, qui avait presque pris des allures de petite ferme. Confier les animaux à ceux qui disaient ne pas vouloir partir mais seraient peut-être contraints de s'y résoudre à leur tour…

Un long voyage en train les conduisit presque « jusqu'en bas de la France », jusqu'à Saint-Vallier, dans la Drôme, où les réfugiés de Lorraine dont ils faisaient partie furent accueillis pour être ensuite répartis dans la petite ville et ses environs. Pour eux ce fut Gachon, un village à peine plus important que celui qu'ils avaient quitté. Même si on n'envisageait pas de devoir rester longtemps, il fallut se loger, s'installer, s'organiser, subsister. Beaucoup d'hommes, partis à la guerre, manquaient au village. Et si les réfugiés, qui venaient de cette région par laquelle le malheur arrivait, étaient parfois regardés de travers, leurs bras se révélaient bien utiles pour remplacer ceux des absents. Eugène, qui savait tout faire, ne fut donc pas gêné pour trouver du travail, accompagné d'Henri, qui en avait fini avec sa scolarité. De son côté, Sidonie alla inscrire Georges et Rosalie à l'école du village, où une vieille institutrice à chignon, qui avait dû reprendre du service, pestait contre cette maudite guerre qui gonflait son effectif.

Contrairement à leur espoir, ils virent passer des années. S'habituèrent à ce pays de soleil, à l'accent local, mais l'esprit et le cœur toujours habités de leur Lorraine, dont ils recevaient peu de nouvelles mais savaient par les journaux qu'elle vivait un cauchemar.

Alice atteignit l'âge d'entrer à l'école, puis Georges celui d'en sortir. Au printemps de 1916, Sidonie donna le jour à Marinette, au terme d'une grossesse inattendue et harassante. Cette naissance ouvrit les yeux d'Eugène sur la fragilité de son épouse. La confiance dans sa solidité l'avait empêché d'en remarquer les premiers symptômes. Il repoussa l'idée qui lui vint d'abord, celle de la maladie, pour n'y voir, en plus de la maternité, que les effets de l'inquiétude liée au déracinement.

11 novembre 1918. L'armistice. Mais il fallut attendre encore quelques mois, jusqu'à ce printemps de 1919, avant de pouvoir remonter vers la Meuse, dont tous les témoignages confirmaient qu'elle s'était trouvée au cœur de la tourmente.

Eugène envoya un courrier à la mairie de Clercy pour faire connaître son intention de revenir au pays, avec sa famille qui comportait un enfant de plus. Aristide Guillemin, qui n'avait pas évacué, répondit que leur maison avait été épargnée et qu'ils pouvaient rentrer, il demandait à être prévenu de la date de leur retour, annonçant, pour finir, la mort de son fils au combat.

Eugène tenait toujours Sidonie contre lui, et il savait que comme lui, en l'espace de quelques instants, elle venait de revivre le film de ces cinq années d'exil forcé, dont, au contraire de tant d'autres familles, ils sortaient sans malheur. Là, pourtant, il la sentait trembler, comme si elle avait peur, encore, mais de quoi…

— La clé, Sidonie, c'est toi qui l'as, dans ton sac, dit-il.

Henri et Georges n'avaient pas perdu de temps et, aidés d'Aristide, avaient déjà descendu tous les paquets. Marinette pleurait dans les bras de Rosalie, qui lui parlait doucement, Alice se serrait contre elle en regardant avec curiosité cette maison qu'elle reconnaissait à peine.

— Bon, déclara Aristide, c'est pas le tout, faut que je rende le camion à l'Ambroise, maintenant. Allez, les amis, je vous laisse pour le moment, rentrez chez vous. La Jeanne a dit qu'elle ferait la soupe, vous viendrez la manger avec nous ce soir. Alors à tantôt !

2

Monsieur Richet, l'instituteur de Clercy, avait, alors que Rosalie n'était encore qu'une fillette, déjà détecté ses qualités. « Cette petite, disait-il à Eugène et Sidonie, quand il les rencontrait, elle a une bonne tête, elle promet ! »

Elle promettait si bien que madame Soulier, à Gachon, en avait rapidement fait une exception parmi ces enfants de réfugiés lorrains qu'elle avait dû accueillir dans sa classe, et elle lui avait accordé une attention particulière. Au point, ce qui était rarissime chez elle, de lui faire des compliments, non pas devant les autres, pour ne pas la gêner, mais après la classe, quand la gamine était de service pour balayer la salle et effacer les tableaux. Au point aussi de lui confier souvent le groupe des petits, qui apprenaient seulement à lire, pour leur faire répéter et tracer leurs lettres. Au point enfin qu'elle lui avait dit, un soir, qu'elle la jugeait capable d'envisager des études pour devenir une institutrice ! Enfin… qu'elle l'en aurait jugée capable, sans cette guerre qui en avait décidé autrement, en la déracinant avec sa famille. Rosalie en était devenue toute rouge d'émotion, parce qu'il lui avait suffi de faire lire ces petits pour rêver, en effet, d'être un jour une « maîtresse d'école ». Mais est-ce que la guerre, vraiment, pourrait l'en empêcher ? Comment ? En durant trop longtemps ? En interdisant à tous les réfugiés de retrouver leur pays, alors qu'ils n'attendaient que ça, et que ce n'était que là-haut, avec sa famille, que son avenir pourrait se construire ?

Parce qu'elle était vieille, sans doute moins qu'elle le paraissait, mais à leurs yeux bien vieille, parce qu'elle avait des mains sèches qui pinçaient les joues et tiraient les oreilles, la plupart des élèves n'aimaient pas l'institutrice et se vengeaient en se moquant d'elle, par-derrière bien sûr. Avec le nom qui était le sien, il n'y avait pas à chercher bien loin… Georges n'était pas le dernier, et pour la contrarier il faisait exprès d'exagérer son accent lorrain aux finales traînantes et d'employer des mots de patois. Il n'avait qu'une hâte, quitter l'école, pour travailler avec son père et son frère. Ce qu'il avait fait, sitôt ses treize ans atteints, sans même qu'ait été évoquée l'éventualité de sa présentation au « certif ».

Mais quand était venu le tour de Rosalie, madame Soulier l'avait préparée tout particulièrement. Et cette année-là, 1918, quand monsieur l'inspecteur, dans la cour de l'école de Saint-Vallier, où s'étaient déroulées les épreuves de l'examen, avait lu le palmarès, c'est le nom de la petite Lorraine qu'il avait cité en premier. Ni son père, à cause de son travail, ni sa mère, à cause de sa fatigue, ne s'étaient déplacés, sans doute n'avaient-ils pas imaginé qu'elle pût ainsi être à l'honneur.

Sur le chemin du retour au village, alors que les reçus couraient pour annoncer leur succès et que les recalés, honteux et inquiets, traînaient en arrière,

Rosalie était restée aux côtés de l'institutrice, sans oser lui poser la question qui la préoccupait, à savoir si malgré la guerre elle pourrait quand même devenir institutrice, parce qu'elle craignait une réponse contraire à ses espérances.

Son père travaillait, ses frères travaillaient, sa mère faisait de son mieux pour faire vivre la maisonnée, elle avait pris tout naturellement sa place auprès d'elle pour la seconder, d'autant plus qu'elle la voyait lasse, amaigrie, et souvent triste, malgré la présence de la petite Marinette, pourtant si mignonne, si câline. Alors, quand elles étaient ensemble, elle repoussait son envie de confier son rêve à sa mère et, pour réveiller un peu la lumière de ses yeux, elle la faisait parler du pays, des gens de là-haut, de la maison, de tout ce qu'ils retrouveraient bientôt. Mais Sidonie restait anxieuse.

« Est-ce que tu crois, ma fille, qu'avec tout ce qui s'est passé la vie va pouvoir reprendre, comme avant, hein ? »

Que sa mère cherchât à se rassurer ainsi auprès d'elle lui paraissait étrange, à Rosalie, contraire à la logique qui veut que ce soient les parents qui rassurent les enfants. Etrange et même un peu inquiétant.

Quand madame Soulier avait vu arriver Rosalie, la veille du départ des réfugiés, un jeudi, jour sans école, elle n'avait pas été étonnée.

« Je savais que tu ne partirais pas sans venir me dire au revoir.

— Au revoir, et merci, madame.

— Tu es une bonne fille, Rosalie. Tiens, avait-elle ajouté en prenant une enveloppe sur son bureau, j'étais si sûre que tu viendrais que j'ai préparé une lettre que je vais te confier. Elle est pour l'instituteur de ton village meusien. Parce que j'ai réfléchi, Rosalie, au sujet de ce que j'ai dit, concernant tes capacités. Tout a dû être bien perturbé, là-haut, dans ta Lorraine, mais quand les choses vont se remettre en place, il ne sera peut-être pas trop tard pour toi. Si cet instituteur veut bien s'occuper de toi, si tu as toujours l'envie d'apprendre… »

Des mains de madame Soulier, Rosalie avait reçu l'enveloppe en tremblant.

« Oh… Vous croyez, madame…

— Peut-être… avec de la chance… Allez va maintenant, petite. »

La vieille institutrice avait pris le visage de Rosalie entre ses mains, ses mains sèches plus promptes aux calottes qu'aux caresses, et lui avait déposé un baiser sur le front.

La lettre, elle était là, pour l'heure, entre le caraco et la chemise de Rosalie, qui dès qu'elle l'avait eue entre les mains avait décidé de ne pas en parler à ses parents. Qu'auraient-ils fait s'ils avaient appris que madame Soulier avait donné une lettre pour monsieur Richet ? Ils ne se seraient pas permis de l'ouvrir, par respect, mais ils auraient questionné leur fille : « Tu dois bien savoir, toi, pourquoi elle lui écrit, sans le connaître… » Comment alors prétendre le contraire ? Non, ce n'était pas le moment, à la veille d'un voyage qui s'annonçait long et difficile, et de retrouvailles aussi importantes.

La lettre, elle était toujours là, elle n'avait pas bougé, et si elle l'avait pu Rosalie aurait couru jusqu'à l'école pour la donner à monsieur Richet.

Mais... Est-ce que c'était toujours lui ?... S'il avait évacué... S'il n'était pas encore revenu... Si c'était un autre ?

Elle demanderait à monsieur Guillemin, tout à l'heure, en allant manger la soupe de la Jeanne.

Sidonie tendit à Eugène la clé qui n'avait pas quitté le fond de son sac à main depuis qu'elle l'y avait glissée, le jour du départ. Il l'introduisit dans la serrure, qui résista un peu. Puis il poussa la porte, qui entreprit de résister, elle aussi, et il fallut l'aide d'Henri pour la faire céder. Elle ouvrait sur le tambour[1], qui précédait la cuisine. Sidonie resta sur le seuil, d'où, si elle ne distinguait encore rien dans la pièce dont les volets étaient fermés, elle pouvait sentir l'odeur ambiante... Ils avaient laissé la maison propre en partant, mais elle avait pris en leur absence des relents de rance, de moisi, d'abandon. Eugène et Henri, déjà, bataillaient avec les volets pour faire entrer la lumière.

Georges perçut le désarroi de sa mère.

— C'est rien, va, m'man, dit-il, on va tous s'y mettre.

Sidonie hocha la tête, mais ne bougea pas.

Il a raison, mon garçon, ce n'est rien. Rien qu'une mauvaise odeur, et de la poussière, dont nous viendrons vite à bout.

La maison n'avait pas été touchée par les obus, ni pillée. Alors que, d'après ce qu'ils avaient vu depuis Verdun, beaucoup ne retrouveraient rien d'autre que des ruines. Et pourtant, elle se sentait tellement lasse,

1. Petite entrée borgne, sorte de sas entre le seuil et la première pièce de la maison, généralement la cuisine.

et même découragée, qu'elle dut prendre sur elle pour entrer.

Les premiers jours furent comme un tourbillon, qui les entraîna dans un rythme tel que Sidonie, bien épaulée par son homme, ses garçons et Rosalie, en oublia presque sa fatigue.

Un tourbillon d'embrassades, de paroles et de larmes, parce que ceux qui savaient que les Piquart allaient revenir, et ceux qui venaient tout juste de l'apprendre, tenaient à venir les voir au plus vite. Dès le premier soir, autour de la table des Guillemin, ils connurent l'état du village et des environs, les dommages, les pertes. Et Sidonie, en voyant pleurer la Jeanne, mesura sa chance, elle dont le mari s'était trouvé trop âgé et les fils trop jeunes pour la guerre. D'ailleurs la Jeanne le lui dit, et cela sans jalousie, sans amertume, résignée dans son malheur.

Les visites se succédèrent, les voisins, les gens du pays. Ainsi monsieur Richet, qui n'avait pas évacué, que Rosalie redécouvrit avec bonheur.

— Oh, monsieur, vous êtes toujours là !

Elle croisa ses mains sur sa poitrine, là où avait voyagé la précieuse lettre qui attendait maintenant parmi ses affaires, qu'elle avait rangées elle-même.

L'instituteur questionna les enfants sur leur scolarité, apprit que Georges n'avait pas passé son certificat, mais que Rosalie s'était distinguée, invita Alice à venir au plus tôt prendre sa place à l'école de son village.

Quant à la famille, ils n'en avaient plus beaucoup aux alentours. Des frères et sœurs d'Eugène et de

Sidonie, entre ceux qui étaient morts en bas âge, ceux qui s'étaient brouillés pour de pauvres affaires d'héritages qui n'en valaient pas la chandelle, et ceux qui s'étaient éloignés du pays, il ne restait plus grand monde. Deux personnes seulement, à vrai dire, qui, mises au courant par lettres, s'étaient déplacées. Lucienne, la sœur aînée de Sidonie, une vieille fille, servante et dame de compagnie d'un brave curé de campagne, l'abbé Virelet, qui avait la charge de plusieurs paroisses qu'il parcourait avec son cheval et son tilbury, et ce fut dans cet équipage qu'ils arrivèrent un matin. Et Léa, du côté d'Eugène, qui avait pris quelque peu des grands airs parce qu'elle avait épousé un « bureaucrate », Armand Beaugrain, pourtant simple gratte-papier employé d'un notaire de Montmédy, une sous-préfecture, s'il vous plaît...

Se revoir, après ces cinq années, les fit se tomber dans les bras les uns des autres, pleurer d'émotion, forcément, s'extasier sur la taille des enfants, qui avaient tellement grandi. On chercha les ressemblances, on découvrit la petite Marinette. Puis l'on déplora tous les malheurs infligés au pays par cette horrible guerre, on énuméra les familles connues touchées dans leurs biens, ou, pire, dans leur chair.

Et si l'on ne put faire autrement que de remarquer la mine chiffonnée de Sidonie, que la fatigue avait reprise, on souligna, comme la Jeanne, sa chance par rapport à tous ceux qui... oui, bien sûr, elle en convenait. Certains ne purent s'empêcher de penser à Adèle Goulault, sa mère, qui s'en était allée à petit feu sans qu'on ait jamais pu en connaître la raison, sinon une maladie sournoise. Mais Sidonie, elle, avait bien d'autres raisons d'avoir mauvaise mine, l'évacuation, le mal du pays, cette gamine de plus, à presque quarante ans, le choc du retour dans une région qui avait tellement souffert, toutes ces choses qu'Adèle n'avait pas connues.

Allez, fallait pas se mettre des idées noires en tête, Sidonie, elle avait un bon mari, des bons enfants, dans sa maison retrouvée elle allait vite remonter la pente.

Il s'agissait maintenant de tout remettre en route, comme l'avait dit Eugène, c'est-à-dire de redonner vie à cette maison et aux objets. Exposer la literie au soleil, réveiller la cuisinière de fonte, ramoner la cheminée, dépoussiérer les meubles, arranger les extérieurs… Et refaire des projets, déjà. D'abord trouver du travail, pour le père et les fils. La reconstruction allait exiger bien des bras, et dans le bâtiment ils s'y connaissaient. Ensuite, ils reconstitueraient le petit cheptel, si avantageux et si cher aux enfants.

— Tu vas voir, m'man, ça va redevenir comme avant…

En attendant d'avoir, comme avant, une vache, il fallut bien aller chercher le lait chez ceux qui étaient en mesure d'en produire, en l'occurrence les Pierron, dont une partie de la ferme avait été détruite, mais qui étaient restés au village et avaient continué leur activité, vaille que vaille.

Rosalie profita d'un soir où ni Alice ni Marinette, accroupies autour d'un chaton perdu qu'elles entendaient apprivoiser, ne se précipitaient pour l'accompagner chercher le lait, et fourra la lettre de madame

Soulier dans la poche de son tablier. Pour aller chez les Pierron, il fallait passer devant l'école, dont la petite cour et les fenêtres donnaient sur la rue, et en se haussant un peu elle vit que monsieur Richet était à son bureau, sur l'estrade. Alors elle poussa le portail de la cour, alla frapper à la porte de la classe.

— Ah, c'est toi, Rosalie ! dit l'instituteur, un peu surpris. Si tu passes seulement pour me dire bonsoir, c'est gentil. A moins que tu n'aies quelque chose à me demander ?

Rosalie sortit la lettre de sa poche et la lui tendit.

— C'est pour vous, monsieur Richet, c'est de mon institutrice de là-bas.

— Ce doit être pour m'apprendre ce que je sais déjà, que tu as passé brillamment ton certificat…

— Pas seulement, monsieur.

— Tu sais donc ce qu'elle contient, cette lettre ?

— Oui, monsieur, enfin à peu près…

Monsieur Richet ouvrit l'enveloppe, déplia la lettre impeccablement calligraphiée, à la plume et à l'encre violette, la retourna, vit que c'était écrit des deux côtés de la feuille, regarda la signature.

— Eh bien, dit-il en observant en coin Rosalie dont il devinait l'impatience, elle en a des choses à me raconter, cette madame Soulier… Voyons cela…

Et il commença à parcourir la lettre, en lut quelques mots à haute voix, en levant les yeux par-dessus ses lunettes pour voir les réactions de Rosalie.

— « Monsieur et cher collègue… quelques familles venues de la Meuse… des enfants déracinés… bien difficile pour moi… leur accent… » Pas très aimable envers les petits Lorrains, cette madame Soulier, dit-il en hochant la tête.

Rosalie baissait le nez.

— Voyons la suite... « La jeune Rosalie Piquart... studieuse... faire lire les petits... véritablement intelligente... »

C'était déjà plus positif, et les yeux de l'instituteur, par-dessus ses lunettes, souriaient à l'intéressée, qui venait de relever le nez, mais la suite effaça bien vite ce sourire :

— « Malheureusement la guerre... son avenir... vraiment dommage... »

Cependant Rosalie ne paraissait pas inquiète, elle esquissa même un petit geste, qui semblait vouloir dire : « Continuez, monsieur, vous allez voir... »

Et monsieur Richet de continuer :

— « ... état des établissements scolaires... reprise... la diriger vers l'école supérieure... vraiment capable... l'aider... les parents... insister... »

Et ainsi jusqu'à la fin, qu'il lut intégralement :

— « Veuillez croire, monsieur et cher collègue, à ma considération et à mes sentiments confraternels. Antonine Soulier, institutrice à Gachon, par Saint-Vallier, Drôme. »

Monsieur Richet replia la lettre, la remit dans l'enveloppe, posa ses lunettes sur son bureau, frotta son front de ses deux mains comme s'il réfléchissait fort. Rosalie attendait ses paroles comme d'autres un verdict.

— Eh bien, voilà une belle lettre, et il y a dedans des choses qui me font bien plaisir. Ainsi, tu voudrais devenir institutrice ? Ça ne m'étonne pas, et comme madame Soulier je suis persuadé que tu en as les capacités.

— Mais comment faire, monsieur ?

— Juste après ton certificat, il aurait fallu t'envoyer à l'école supérieure, pour y préparer le concours d'entrée à l'école normale.

— Alors c'est trop tard ? Elle m'avait dit, madame Soulier, que peut-être…

— Il y a peut-être une possibilité, en effet. Celle de te faire admettre quand même à l'école supérieure, qui va rouvrir à la prochaine rentrée, compte tenu de ton rang au certificat, et des circonstances, à condition, bien sûr, que tu n'aies pas régressé. Et c'est pourquoi madame Soulier me demande de t'aider, à la fois pour les démarches, et au besoin pour te faire travailler afin que tu conserves ton niveau.

— Je n'ai rien oublié, monsieur, dans ma tête je repasse tout ce que j'ai appris, les conjugaisons, les règles de grammaire, les mesures de surface, les dates d'histoire, les départements, tout, quand je travaille avec maman !

— Puisque tu évoques ta maman, dis-moi comment elle va, elle m'a paru bien fatiguée.

— Oui, monsieur, elle est fatiguée, mais maintenant qu'on est à nouveau chez nous, elle va aller mieux.

— Tes parents, Rosalie, est-ce qu'ils savent que tu aimerais faire des études ? Est-ce qu'ils ont parlé avec madame Soulier ?

— Non, monsieur, et pour la lettre non plus je ne leur ai rien dit. J'attendais de vous la montrer d'abord. Pour avoir votre avis.

— Ecoute, Rosalie, je vais étudier sérieusement la question. Et dans quelques semaines, quand tes parents y verront un peu plus clair eux aussi, j'irai les voir, et nous discuterons ensemble de ton avenir. Mais… tu pleures, Rosalie ?

— C'est parce que je suis contente, monsieur, mais que j'ai un peu peur, quand même, que ça ne puisse pas se faire.

— Sois confiante, Rosalie. Ne rêve pas trop, mais sois confiante.

Il y aurait bientôt trois mois que les Piquart étaient revenus à Clercy, et grâce à l'ingéniosité du père, parfaitement secondé par ses fils, leur maison avait retrouvé son aspect extérieur rassurant, tout comme à l'intérieur les meubles et les objets avaient repris leur service. Rosalie y avait beaucoup travaillé, et c'était une contrariété pour Sidonie de devoir se décharger sur elle des travaux les plus fatigants.

— Ne t'en fais pas, maman, explique-moi seulement ce que tu veux, je suis capable de le faire !

— Et moi je ne le suis plus...

— Ne dis pas ça, maman, tes forces vont revenir, avec le beau temps, le soleil...

Heureusement, le curé Virelet, touché par la mine de Sidonie, avait amené Lucienne et l'avait laissée pour une semaine entière, et c'était avec elle que Rosalie avait sorti des armoires tout le gros linge, les draps, les torchons, les nappes qui ne servaient que pour les fêtes, le tout jauni et même parfois piqueté de moisissure par ces années passées dans la maison sans air et sans feu. Tout avait été secoué, lavé, bouilli dans la lessiveuse, rincé, tordu, étendu, replié.

Oh, tout n'était pas simple encore, loin de là, se déplacer, s'approvisionner, cela restait difficile, mais dans ces villages où depuis toujours, ou presque, on vivait « entre soi », dans les périodes difficiles on savait faire jouer la solidarité. Ceux qui n'avaient pas évacué, ou qui étaient rentrés parmi les premiers, et qui de ce fait avaient pu commencer à remettre en culture leurs jardins et leurs champs, faisaient profiter les plus démunis des fruits de leur travail.

« Y a plus malheureux que nous ! » se répétaient les habitants de Clercy, qui en effet ne s'était pas trouvé au plus fort des batailles, et cette relative consolation contribuait sans doute à l'entraide qu'ils développaient entre eux.

Le village avait perdu six hommes, quand même, tous jeunes, et comptait maintenant plusieurs orphelins de guerre. Eugène et Sidonie avaient visité les familles éprouvées, les avaient vues éplorées, bien sûr, mais aussi dignes, fortes, sans ressentiment.

Trois autres jeunes hommes étaient revenus blessés, le fils Gallois, Lucien, amputé d'un bras, mais qui déjà réussissait à conduire un attelage d'une seule main, le fils Burger, Paul, amputé d'une jambe, et le Faustin Héraut, qu'on n'appelait pas autrement que le Faustin de la Zabelle, gazé dans les tranchées, et qui avait gardé, disait-on, un éclat d'obus dans la tête.

Il n'y aurait pas eu besoin d'aller loin pour trouver pire qu'ici. Pour voir des villages presque entièrement détruits, où ceux qui revenaient étaient logés dans des abris de fortune, des baraquements, certains d'entre eux, trop choqués, préférant repartir au plus vite vers leur lieu d'accueil. Où la terre, criblée d'obus enterrés, ne pourrait être retravaillée de sitôt. Sans parler des alentours de Verdun, auxquels on donnerait la terrible appellation de « zone rouge », où tout retour à la vie semblait impossible.

On citait des familles qui avaient perdu deux, voire trois fils…

Sidonie regardait les siens, Henri dix-huit ans, Georges seize, constatait que, même s'ils étaient choqués par toutes ces catastrophes, leur jeunesse semblait la plus forte, ils voulaient la vivre, ils regardaient déjà vers l'avenir avec enthousiasme.

— Cela devrait suffire à me redonner du courage, à moi aussi… se disait-elle.

Au soir du premier jour de juillet, Eugène, qui avait tiré une chaise jusque devant la maison pour prendre le frais, vit venir l'instituteur, qui s'arrêta devant lui et le salua.

— Vous allez faire un tour, monsieur Richet ? C'est la bonne heure pour la promenade.

— Non, je viens vous voir, monsieur Piquart. Je viens causer avec vous.

— Ah ? Et de quoi donc ?

— Ce ne sont pas les sujets qui manquent.

Eugène se leva et alla jusque dans le tambour pour crier :

— Rosalie ! Rapporte une chaise, y a quelqu'un !

En découvrant monsieur Richet, Rosalie rougit un peu. Elle le salua, il la remercia pour la chaise, lui fit un petit signe de connivence.

Se doutant que le père Piquart ne se laisserait pas facilement convaincre, il ne l'attaqua pas bille en tête, mais prit des chemins de traverse :

— Alors, monsieur Piquart, et cet Italien ?

L'Italien, c'était Luigi Rivero, qui, comme bon nombre de ses compatriotes, était venu en Lorraine mettre ses compétences au service de la reconstruction qui avait commencé, et du même coup, si possible, réaliser de bonnes affaires. Pas un chef-lieu de canton du nord de la Meuse qui n'eût maintenant son ou ses maçons italiens, et certains, tel ce Luigi à Bréolles, tout près de Clercy, n'avaient pas hésité à s'installer dans les villages.

— Côté langage, ça laisse encore à désirer, on ne se comprend pas toujours, il faut souvent qu'il nous parle avec les mains, ça fait rigoler les jeunes. Mais côté travail, c'est un as. Les Italiens, la pierre, ça les connaît.

Chaque matin, depuis un mois environ, Eugène et Henri, qui avait été embauché avec lui, partaient donc, à pied, musette au dos, vers l'entreprise qui les employait. Quant à Georges, que la terre intéressait davantage que le bâtiment, il avait trouvé à se placer à Clercy même, chez les Burger, des paysans freinés dans leur élan de reprise par l'infirmité de leur fils.

— Pour le moment ils ne lui donnent pas grand-chose, vu qu'ils le nourrissent, expliqua Eugène à monsieur Richet, juste un peu en nature, mais il se plaît chez eux, et il dit que quand ils parleront de le payer il leur demandera une vache, pour sa mère, rien que ça !

L'instituteur sourit, les deux hommes se turent un moment, puis Eugène changea de conversation :

— Et ce traité de paix qui vient de se signer, monsieur Richet, qu'est-ce que vous en pensez ? Ils devaient être moins fiers qu'en 1871, les Allemands, à

Versailles ! Certains disent que Clemenceau y a quand même été un peu fort avec eux. C'est pourtant normal que ce soit eux qui payent, non ?

— Oui, bien sûr, et ils vont payer, vingt milliards de francs-or à titre de provision, pour commencer, pour indemniser les victimes et réparer les dégâts. Mais savez-vous, monsieur Piquart, qu'ils ont perdu plus d'hommes que nous encore, pas loin de deux millions ? Ils nous ont rendu, et c'est justice, nos territoires, fallait-il, en plus, occuper à notre tour une partie du leur ?

Eugène haussa les épaules, il n'était pas un spécialiste de la politique, ne savait qu'en penser.

Rosalie apparut sur le seuil.

— Ça y est, vous avez tout rangé, avec ta mère ? lui demanda Eugène. Vous allez pouvoir entrer un moment, monsieur Richet, si vous voulez. Vous ne verrez pas les garçons, vous savez sûrement que la Paulette a rouvert son café et qu'elle a fait rafistoler son billard, alors ils sont partis faire une partie ou deux, les jeunes, faut bien qu'ils s'amusent, malgré tout.

Ils entrèrent. Sidonie les attendait, debout près de la table, autour de laquelle, après les salutations, ils s'assirent, alors que les filles restaient debout, Rosalie et Alice, un peu en retrait, et que Marinette venait regarder de près le visiteur, qui s'en amusa.

— Excusez-la, dit Sidonie en prenant la petite sur ses genoux.

— Alors, commença Eugène, et notre Alice ? J'espère qu'elle vous donne satisfaction ?

— Il lui a fallu un peu de temps pour s'habituer, mais j'ai pu constater qu'elle avait appris à lire et à compter correctement, avec cette madame Soulier.

Figurez-vous que celle-ci m'a fait parvenir une lettre, par l'intermédiaire de votre Rosalie...

— Comment, Rosalie, tu avais une lettre à remettre à monsieur Richet et tu ne nous as rien dit ? s'étonna Eugène.

— Ne la grondez pas, elle voulait mon avis sur une décision qui la concerne avant que vous ne soyez mis au courant. Vous allez comprendre...

Perplexes, Eugène et Sidonie, qui avait envoyé Alice coucher Marinette, se tournèrent vers Rosalie, pour l'heure dans ses petits souliers.

— Voici ce qu'elle m'écrit, la brave dame, poursuivit l'instituteur, qui entreprit de lire intégralement la lettre, à haute voix, lentement, avec des pauses.

S'ensuivit un long silence, Eugène et Sidonie étant apparemment sous le coup d'une véritable surprise.

— Institutrice... se décida enfin le père. Oui... c'est bien beau... mais...

— Mais quoi, monsieur Piquart ?

— Mais c'est p't-être pas pour des gens comme nous, vous comprenez...

— C'est pour celles qui en sont capables, tout simplement, et votre fille l'est.

— Je veux bien vous croire, mais, des études, ça doit coûter... la pension, le trousseau, les livres, tout...

— Etant donné votre situation matérielle et familiale, vous pouvez prétendre à une aide, sous forme d'une bourse. Nous établirons le dossier ensemble, sans oublier, bien sûr, d'y joindre le certificat de Rosalie, sa place de première jouera en sa faveur.

Les yeux de Rosalie faisaient le va-et-vient entre son père et monsieur Richet, qui parlait si bien, si clairement, et pas au conditionnel, au futur.

— Y a une autre chose aussi que je dois vous expliquer, monsieur Richet, reprit Eugène.

Sidonie, qui suivait la conversation sans intervenir, baissa les yeux et serra ses mains l'une contre l'autre, soudain inquiète.

— C'est par rapport à mes autres enfants, voyez-vous. En admettant que moi et ma femme on accepte de mettre Rosalie aux écoles, les autres pourraient trouver à y redire. Je parle des garçons, qui travaillent déjà comme des hommes et rapportent la paye à la maison. Et après, ça pourrait donner des idées aux deux autres filles, pourquoi pas, et alors on ne pourrait plus suivre.

— Je comprends vos arguments, et votre besoin de réfléchir, assura monsieur Richet. Mais je vous demanderai de ne pas trop tarder à me donner votre réponse, parce que le dossier, que nous établirons ensemble, doit être examiné avant les vacances, qui sont fixées au 31 de ce mois.

Monsieur Richet se leva, tendit la main à Sidonie, tapota l'épaule d'Alice et glissa à Rosalie un seul mot : « Courage », qu'elle ne sut comment interpréter. Courage… pour emporter l'adhésion de ses parents, ou pour renoncer ?

— Je vous raccompagne, dit Eugène.

Il alla plus loin que le seuil, fit carrément un bout de chemin avec monsieur Richet, qui se doutait d'une volonté d'aparté.

— Je vous remercie de vous intéresser à l'avenir de ma fille, vous faites votre travail d'instituteur. Je suis fier, et sa mère aussi, qu'elle soit intelligente, mais de là à en faire une institutrice… L'idée de la couper des autres, de l'élever plus haut qu'eux, ça ne me convient guère.

— Il n’y a pas de métiers plus hauts que les autres, monsieur Piquart, la valeur des gens tient à la façon dont ils exercent le leur, chacun dans sa spécialité et ses capacités.

— P’t-être bien, mais... C’est pas seulement ça, monsieur Richet. C’est ma femme.

— Sa santé ?

— Oui, ça ne vous aura pas échappé. Ça lui a pris là-bas, quand elle attendait notre petiote. Et ça ne l’a plus quittée. Elle ne se plaint de rien, pas de douleurs, mais on croirait qu’elle est comme rongée de l’intérieur. Je me disais que c’était dû à ce qu’on avait vécu ces années-ci, que ça passerait une fois revenus au pays, mais ça ne passe pas, au contraire. Alors, notre Rosalie, vous comprenez, on en a besoin. Je ne peux pas la laisser partir aux écoles.

— Est-ce que votre femme a consulté ?

— Non, elle dit qu’elle ne veut pas, qu’elle n’est pas malade.

— Il faut qu’elle voie un médecin, elle n’a peut-être besoin que de fortifiants. Tâchez de la convaincre, et vite.

Les deux hommes se serrèrent la main, monsieur Richet s’éloigna, partagé entre deux sentiments. Cette... comment dire, cette sorte de passivité, de résignation, l’aurait irrité s’il ne l’avait su liée à des principes si solidement ancrés que ceux qui les invoquaient le faisaient en toute bonne foi et auraient été bien étonnés, voire choqués, si l’on avait osé les leur reprocher.

Rosalie ne serait pas institutrice. Le sort en décida autrement. Sidonie ne vécut que six mois dans sa maison retrouvée, qui ne sut pas lui rendre ses forces. La maladie, car c'en était une, eut raison d'elle au matin du troisième jour de novembre de cette année 1919.

Son état s'était brusquement aggravé quelques jours seulement après la visite de monsieur Richet. Prise de fortes douleurs, de vomissements, grelottant de froid malgré la chaleur de l'été, elle n'avait pas pu s'opposer à la décision d'Eugène de consulter, pour reprendre le mot de l'instituteur. Georges avait couru jusqu'au bourg et en était revenu hors d'haleine pour annoncer que le docteur Sautret, qui se déplaçait avec une petite voiture à cheval, passerait au plus tôt. C'était un vieux médecin de campagne qui prétendait lui-même avoir vu à peu près toutes les misères du monde, y compris celles des guerres, ce qui lui avait séché le cœur, si bien qu'il ne s'embarrassait pas de formules pour exprimer ses diagnostics. Aussi n'avait-il pas caché son pessimisme à Eugène, parlant d'une grave affection hépatique, de l'inutilité d'une hospitalisation, et recommandant, en tout et pour tout, de la morphine contre la douleur et des bains chauds pour apaiser la malade.

Le bruit s'était répandu dans le village que la malheureuse Sidonie Piquart était « condamnée », provoquant la stupeur, l'émotion, le respect dans la discrétion.

Drôle d'été pour la famille. Un été de silence. Tous les sentiments refoulés au fond de soi. Les espoirs, que tous savaient vains. Les angoisses de chaque jour, pour ce que serait le lendemain. Les pensées dérangeantes, parfois jusqu'au remords. Dire que je n'ai rien vu, rien compris à temps... pour Eugène, et pour Rosalie cette envie de courir vers l'école, vers monsieur Richet, pour lui demander s'il croyait encore que...

Le dossier était resté vierge sur le bureau de l'instituteur. Il avait compris que la gamine n'irait pas à l'école supérieure à la rentrée d'octobre. Entêté dans son désir de la soutenir et de l'aider, il réfléchissait à toutes les éventualités qui lui permettraient d'y accéder tout de même, avec un retard que l'administration autoriserait peut-être, autant d'idées hélas chimériques, et il ne lui restait plus qu'à pester contre l'injustice du sort.

Lucienne et Léa, à tour de rôle, venaient passer quelques jours à Clercy, un peu au chevet de Sidonie, beaucoup aux côtés de Rosalie. Elles lui donnaient des conseils, pour la cuisine, pour le linge, la première d'un ton compatissant : « Ma pauvre petite, faut bien que t'apprennes... », l'autre, celle de la ville, d'un ton supérieur : « Ce n'est pas comme cela qu'on fait, je vais te montrer... » Quand le curé Virelet venait rechercher Lucienne, il proposait d'emmener les petites. Alice refusait pour ne pas quitter sa mère, au contraire de Marinette, qui n'attendait que ça. Petite poupée de trois ans et demi, elle oubliait vite, au trot du cheval, cette atmosphère pesante qu'elle ne comprenait pas mais qui étouffait le bonheur de la maisonnée.

« Ecoute bien, répétaient les deux tantes à Rosalie, regarde bien, faut que tu saches. Pour après. »

Il y avait à Clercy une femme, une veuve, la Louise Paulet, qui était laveuse de métier. Elle n'était pas une exception, des laveuses, il y en avait partout, elles travaillaient pour les femmes qui n'avaient pas, ou plus, de force, les malades, les accouchées, ou simplement les vieilles. Parfois aussi, mais c'était rare à la campagne, pour des « dames » qui avaient les moyens de se faire servir.

Dès que la Louise avait appris que Sidonie était malade, elle était venue proposer ses services. Plus par sympathie que par appât du gain. Tout le monde au village savait qu'elle avait un grand cœur et aimait se montrer généreuse, sans pour autant le chanter sur les toits. Mais comme Eugène avait de lui-même parlé d'argent, elle avait donné ses conditions, plus que raisonnables.

« Après », comme disaient les tantes, après le choc du deuil, la Louise s'était payée de culot, elle n'avait pas demandé son avis à Eugène pour décréter qu'elle continuerait à venir régulièrement pour la lessive.

« Je connais suffisamment le travail pour savoir la force qu'y faut, avait-elle affirmé, et une gamine de quatorze ans, cette force-là, elle l'a pas. Surtout avec trois hommes à la maison, dans le bâtiment et dans la terre, où on salit beaucoup. »

Eugène ne s'était pas froissé de cette audace, d'autant plus que ce que la Louise avait ajouté, il le pensait aussi :

« Elle aura déjà bien assez à faire avec tout le reste. »

Ainsi donc pour tout le monde il était clair que sa qualité de fille aînée désignait Rosalie pour assumer désormais les tâches de maîtresse de maison. Avec la volonté, toutefois, de lui épargner les plus rudes. Quelle confiance en son extrême jeunesse, quel hommage rendu à ses qualités supposées, quelle belle raison d'admirer son courage et son dévouement… Mais sans se demander si elle serait à la hauteur de la situation, et surtout si elle-même s'en estimait capable, encore bien moins si elle n'avait pas rêvé d'une autre jeunesse…

Tout le monde…

Sidonie elle-même, dont Rosalie se rappelait souvent les derniers mots : « Je te les laisse tous… »

Son père, qui l'avait voulue la plus proche de lui, pour la cérémonie, à l'église, au cimetière, lui disant : « C'est ta place, maintenant. »

Tous ceux qui l'avaient embrassée, à travers son voile noir, plus longuement qu'ils n'embrassaient ses frères, debout à ses côtés, gauches dans leur chagrin, et Alice, figée entre ses tantes.

Monsieur Richet lui-même, qui ne l'avait pas embrassée mais l'avait serrée contre lui, en lui redisant : « Courage. »

Monsieur Richet… le seul à connaître son rêve, son espoir.

Et elle, Rosalie, qu'est-ce qu'elle en pensait, de ce devoir d'aînesse qui venait de lui échoir sans qu'elle ait rien demandé ? Que répondrait-elle si quelqu'un s'avisait de connaître ses sentiments ? Etait-elle convaincue de l'évidence de la situation ? Ou bien se sentait-elle résignée, forcée, enchaînée même ?

Forcée, enchaînée, non. Résignée, oui, forcément. Se sentait-elle fière, au moins ? Non, même pas. Par contre, elle était sûre qu'elle aurait éprouvé de la honte si elle avait osé, non pas refuser, grand Dieu, mais seulement émettre quelque réserve. Encore eût-il fallu que quelqu'un l'interroge, et qu'elle ait eu l'audace de s'exprimer…

Monsieur Richet avait tenté une dernière démarche, dont elle n'avait rien su.

Un soir, Alice était allée vers son père, qui, assis sur le seuil, ôtait ses gros brodequins de travail.

— Le maître a donné ça pour toi, papa.

Un papier, dans une enveloppe, autrement dit une lettre, ce qui ne disait rien de bon à Eugène, qui en devinait le contenu. L'instituteur lui faisait savoir qu'il souhaitait s'entretenir avec lui, en présence de Rosalie, et qu'il les priait de passer tous les deux à l'école, quand ils le pourraient, même un dimanche.

Eugène s'y était rendu seul, dès le dimanche suivant, et s'il ne voulait pas faire attendre monsieur Richet, ce n'était pas uniquement par respect pour sa fonction. Le maître l'avait reçu dans la salle de classe, où ils étaient restés debout, car dès les premiers échanges le ton avait été donné.

— Dites-moi d'abord comment vous allez, monsieur Piquart.

— Comment je vais ? Comme le père d'une famille qui a perdu son âme, rien de moins. Mais dans mon malheur, voyez-vous, j'ai une consolation, celle d'avoir une grande fille, qui connaît son devoir. Si vous l'avez convoquée aussi, c'est que sûrement vous vouliez revenir sur cette question de dossier et d'école. Je ne l'ai pas amenée, parce que c'est inutile, monsieur Richet, tout bonnement parce que c'est impossible. C'est pas la peine de lui faire croire des choses qui n'arriveront jamais. C'est pas moi qui empêche ma fille d'aller aux écoles, c'est le sort. Le sort qui nous a placés là où nous sommes, qui m'a donné cinq enfants, qui leur a enlevé leur mère, et à moi ma femme.

L'instituteur avait alors cherché ses mots, mais Eugène l'avait devancé :

— Vous pensez sûrement, sans oser me le dire, que je sacrifie ma fille ? C'est quand même pas à vous, monsieur l'instituteur, que je vais apprendre la différence entre le devoir et le sacrifice. Gardez votre grand mot pour ceux qu'il concerne, c'est pas ça qui manque, n'est-ce pas ?

Monsieur Richet n'avait pas répliqué, vaincu par cette colère sans doute un peu forcée, par dignité, pour cacher les sentiments intimes, le chagrin.

Eugène, étonné lui-même de cet emportement, avait attendu un peu avant de reprendre, la voix brisée :

— Ne craignez rien, monsieur l'instituteur, moi aussi je connais mon devoir, je ne laisserai pas la tâche écraser ma fille.

3

— Tiens, dit Eugène en jetant un coup d'œil machinal sur le calendrier, c'est le printemps aujourd'hui, 21 mars 1921. Presque deux ans, déjà, qu'on est revenus ! Comme ça a passé, hein, ma fille, malgré tout…

Rosalie préparait le casse-croûte pour son père et Henri, qui à midi mangeaient sur le chantier. Georges était déjà à pied d'œuvre chez les Burger, dans une ferme les journées commençaient de bonne heure.

— As-tu besoin d'argent ?

— Non, papa, pas aujourd'hui. Mais demain j'irai à Dun pour le pain et l'épicerie. Cet après-midi Bertille va venir m'aider, pour la couture.

— Tu es contente, alors. Bon, à ce soir.

Eugène déposa un baiser sur la joue de Rosalie, mit sa musette à l'épaule et rejoignit Henri, qui l'attendait dehors.

Du tambour à la porte ouverte sur le matin de printemps, dont le soleil timide n'avait pas encore vaincu la fraîcheur, Rosalie les regarda s'éloigner. Deux silhouettes bien différentes. Henri ne ressemblait pas à son père, il tenait plutôt des Goulault, une famille dont la plupart des membres étaient grands et sveltes, Sidonie elle-même avait une silhouette gracieuse et dépassait son mari d'une demi-tête. Georges, par contre, était bâti comme Eugène, plus massif. Moins beau garçon que son frère, ce qui n'empêchait pas Rosalie d'avoir une petite préférence pour lui, peut-être à cause de cette façon qu'il avait de dire « m'man » quand il évoquait leur mère.

Un bruit de vaisselle remuée la rappela vers la cuisine. Alice venait de se lever, chagrine et boudeuse comme tous les matins, se plaignant que le lait était trop chaud, le pain trop dur, que ses cheveux étaient encore emmêlés, que Rosalie lui faisait mal en la coiffant... Puis elle s'en allait à l'école, d'où elle revenait, le soir, gamine de dix ans, résignée, obéissante, juste un peu passive.

Rosalie l'accompagna jusqu'au seuil où cette fois elle s'attarda un peu, attendant la petite voix qui l'appellerait bientôt de la chambre où dormaient les trois filles :

— Petite mère, je suis réveillée !

Marinette avait été éloignée de la maison dans les moments difficiles qui avaient suivi le départ de Sidonie. Confiée à la mère Pierron le temps des obsèques, emmenée ensuite par les deux tantes, à tour de rôle, jusqu'à ce qu'Eugène, au bout de trois mois, manifeste la volonté de la réintégrer à sa vraie famille. Elle lui manquait. Bon père avec les quatre autres, aimant sans démonstrations qu'il croyait réservées aux mères, il avait découvert sa propre faiblesse avec celle-ci. Lui qui aurait trouvé ridicule d'employer des petits mots, des mots doux, en avait pourtant inventé pour elle : p'tiot museau d'chat, p'tiote fleur des champs...

Léa et son gratte-papier, qui n'avaient pas d'enfants et avaient évoqué entre eux l'éventualité d'élever celle-ci, Lucienne et le curé Virelet, tous avaient fait de leur mieux pour expliquer à la fillette qu'elle n'avait plus de maman, avec des mots et des images censés convenir à son âge et dédramatiser l'absence. Sans doute lui avaient-ils parlé du bon Dieu, du ciel... peut-être d'une étoile qui y brillait dorénavant...

— « Petite mère ! » s'était étonnée la Louise quand pour la première fois elle avait entendu Marinette s'adresser à sa grande sœur, elle n'a pas trouvé ça toute seule, c'est quelqu'un qui a dû lui souffler ! C'est gentil mais... ça fait drôle quand même... tu crois pas, Rosalie ?

La Louise se trompait. Personne n'avait influencé la gamine. Le jour de son retour, aussitôt descendue du tilbury du brave curé, elle s'était précipitée dans les bras de Rosalie et lui avait glissé tout doucement, à l'oreille : « C'est toi, ma petite mère ! »

Marinette était une sentimentale, une instinctive. « Petite mère », elle ne le dit jamais devant son père, ni ses frères, ni même devant Alice. Seulement devant les femmes qu'elle aimait bien, la Louise, et Bertille. Elle était futée, aussi. Elle savait en jouer pour obtenir de Rosalie tout ce qu'elle voulait, ou presque, à commencer par des câlins, à l'heure tendre du lever.

Du seuil de la maison, Rosalie, qui avait un peu de temps devant elle, contemplait cet univers dont elle s'éloignait si peu, en pensant à Sidonie, qui aurait été heureuse de le voir reprendre de la vie et des couleurs. Sur les murs blanchis à la chaux se détachaient les volets repeints en vert, le jardin, impeccablement bêché et ratissé, attendait les semis de printemps. Taillés, les rosiers et les lilas promettaient à nouveau de belles floraisons, tout comme les touffes d'iris, d'œillets et de jonquilles, débarrassées des orties et autres mauvaises herbes qui avaient un temps pris leurs aises presque jusqu'à les étouffer.

Car Eugène avait vite réalisé que pour Rosalie la tâche était rude, qu'elle ne pouvait pas tout faire, et l'engagement devant monsieur Richet n'avait pas été pris à la légère. Aussi faisait-il ce qu'il pouvait pour lui venir en aide, et les garçons aussi, comme ils l'avaient fait pour leur mère malade. Mais leur compétence d'hommes se limitait à l'extérieur de la maison, au jardin et aux animaux. Les Pierron n'avaient pas encore donné une vache à Georges, et ne la lui donneraient certainement jamais, mais un porcelet prélevé dans une portée nombreuse, une poule couveuse et un couple de lapins avaient suffi à reconstituer rapidement un petit élevage dont les garçons assumaient les contraintes, la nourriture, l'entretien, jusqu'aux sacrifices, douloureux mais indispensables.

Par contre, à l'intérieur, le père comme les fils se révélaient plus que gauches, incapables, sauf s'il s'agissait de porter des choses lourdes, des seaux d'eau pour l'évier, des paniers de bois pour la cuisinière. Mais il y avait tout le reste… S'asseoir autour de la table pour un repas, prendre une « rechange » complète dans une armoire, et ne pas avoir à se demander combien de gestes, et lesquels, avaient été nécessaires à leur préparation, c'était alors le privilège des hommes, dont ils mésestimaient l'importance, parce que des femmes, toujours, des mères, des sœurs, des épouses, avaient tout assumé, y compris dans les moments difficiles. Il n'y avait guère que les « vieux garçons » pour effectuer ces tâches, par la force des choses, et à leur manière, le plus souvent simplifiée à l'extrême, d'où la réputation peu flatteuse qui était la leur.

Vieux garçon, monsieur Richet lui-même l'avait été, mais en raison de son rang et comme il ne négligeait ni son intérieur ni sa mise, lui, on le disait plus respectueusement « célibataire ».

Monsieur Richet... ce n'était plus lui qui tenait l'école, il avait quitté le village, regagnant la Bretagne dont personne ne savait qu'il était originaire, car il n'avait vécu que pour son métier et ne s'était confié à personne.

Avant de partir il avait rendu visite à Rosalie, et ils s'étaient trouvés un peu gênés, l'un comme l'autre. Lui de la surprendre dans sa cuisine, telle une épouse, enveloppée d'un grand tablier, devant un tas de légumes à éplucher, elle de ne pas pouvoir retenir les larmes qui lui montaient soudain aux yeux. Elle s'était tournée, pour les essuyer, d'un geste du bras, comme si elle repoussait ses cheveux. Il avait été bref. Il lui avait dit qu'il lui apportait des livres, et il avait en effet posé un assez gros paquet sur la table, que ce qui était important c'était de garder la curiosité de l'esprit, le goût d'apprendre, et que les qualités du cœur, surtout, étaient essentielles. Monsieur Richet parti, elle avait regardé les livres : un dictionnaire, un atlas, une grammaire, un recueil de poèmes, et quelques livres de bibliothèque. Il n'y avait au fond de la classe, en guise de bibliothèque, qu'un tout petit meuble à la porte vitrée, mais c'était ainsi que les enfants le désignaient, pour les ouvrages qu'il contenait, destinés non pas à l'étude mais à la distraction. Rosalie avait rangé tous ces livres au fond de son armoire, où ils dormaient encore. Pas le temps... se disait-elle. La vraie raison n'était-elle pas autre ? La crainte de réveiller un rêve en sommeil qui ne demandait qu'à refaire surface, mais ce ne serait alors que regrets amers...

Côté cuisine et ménage, ça allait, Rosalie s'en sortait, mais son principal souci, c'était le linge. La Louise faisait bien le plus dur, les lessives, mais il y avait aussi le repassage, l'entretien, et le renouvellement de tout ce qui était destiné à s'user, à s'abîmer, à devenir trop petit.

Eugène avait précipité les choses en rentrant un soir à la maison avec sa veste de coutil ouverte de part en part, dans le dos. Une négligence d'un ouvrier, une ferraille mal placée, la veste accrochée et déchirée. C'était un mauvais soir d'hiver, où tout était gris, jusque dans le cœur de Rosalie, qui avait eu une journée éprouvante, entre le lait qui avait débordé sur la cuisinière, les patates collées au fond de la cocotte, et Marinette qui faisait caprice sur caprice.

En découvrant la taille de l'accroc, elle avait laissé paraître son découragement :

« Ah non, papa, réparer ça, je ne pourrai pas ! »

Eugène alors l'avait vue telle qu'elle était, si jeune, presque une enfant encore, avec des larmes plein les yeux.

« Eh ben, tu sais pas ce qu'on va faire, ma fille ? En plus de la Louise, on va prendre quelqu'un d'autre pour t'aider. La Bertille, tiens, qui coud pour les gens, elle a l'air bien comme il faut, et ça lui fera gagner un peu de sous. On n'en a pas de trop nous-mêmes, mais t'en fais pas, on y arrivera. »

Dès le lendemain Eugène était allé chez les Mangeot et avait conclu l'affaire avec Bertille.

— Tu m'as pas entendue ? Je m'ai levé toute seule...

Elle apparaissait, la mignonne, avec ses boucles blondes cachant à moitié son visage d'ange encore tout ensommeillé, ses pieds nus sur le carrelage du tambour.

— J'ai faim, 'tite mère...

Rosalie se précipita, la prit dans ses bras, l'embrassa. « 'Tite mère », le raccourci que la petite employait à l'heure tendre du matin, c'était son cadeau, le ressort quotidien de son courage.

Bertille, jeune femme de vingt-six ans, était une veuve, de guerre comme tant d'autres. Ernest Mangeot, son mari, n'avait pas connu l'enfant qu'ils avaient conçu ensemble, à l'occasion de sa seule permission, en 1915. Un petit garçon, Pierre, né en 1916, comme Marinette. La mère et l'enfant vivaient à Clercy, chez les parents d'Ernest, des braves gens, très modestes, puisque le père avait repris la tâche de garde champêtre qu'Eugène Piquart, maintenant maçon à plein temps, n'exerçait plus. Bertille touchait une pension de l'Etat, bien sûr, mais c'était peu. Alors, pour ne pas être à la charge de ses beaux-parents, elle cousait à domicile. Coudre, quand on n'était pas vraiment couturière, cela voulait dire raccommoder, transformer des vêtements, et même en fabriquer, quand, comme elle, sans avoir vraiment appris, on avait de l'idée et du goût.

« Je bricole », disait-elle. Non, elle faisait plus, elle se débrouillait, et bien. Depuis qu'elle venait chez les Piquart, elle apportait à Rosalie beaucoup plus que ses capacités. De la compagnie, de la confiance et, malgré leurs dix années de différence, une véritable amitié de femme. Et Marinette adorait Pierre, auquel elle avait eu tôt fait d'imposer sa loi de petite fille déjà consciente de son pouvoir.

En début d'après-midi, comme elle le faisait une fois par semaine, deux si nécessaire, arriva donc Bertille, avec son panier plein de tout un attirail, des grands ciseaux, des épingles, des bobines de fil de toutes les couleurs, des chutes de tissus qui pourraient peut-être servir, des catalogues pour y puiser des idées, des patrons…

Elle prit aussitôt la direction des opérations. Elle tria le linge à repasser, à raccommoder, répartit les tâches, en tenant compte, en plus de son expérience et de ses aptitudes, de son statut de femme. Le linge des hommes, elle connaissait, elle avait entretenu, pas bien longtemps, hélas, celui de son mari, et maintenant c'était celui de son beau-père. Les chemises avec leurs panneaux plus longs derrière que devant, les caleçons, les rudes culottes de coutil (le mot « pantalon » était réservé aux gens ou aux circonstances plus distingués) et leurs « braillettes », auxquelles il fallait parfois recoudre des boutons, elle en faisait son affaire, parce qu'elle supposait qu'une fille de seize ans, qui n'avait plus sa mère à ses côtés, pouvait en être gênée. Et c'était vrai que Rosalie l'avait été, gênée, et même davantage, vaguement troublée, quand elle avait découvert et manipulé pour la première fois ces effets masculins qui suggéraient des intimités inconnues d'elle.

Tout en travaillant, pendant que les deux enfants jouaient dehors, Bertille et Rosalie se mirent à discuter. De ce qu'elles étaient en train de faire, principalement :

— Faudrait presque lui remettre un fond, à cette culotte-là, mais je me demande si c'est la peine, elle s'en va de partout, je m'en vais la rafistoler une dernière fois...

Et Bertille de s'installer, pour cet ultime rafistolage, aux commandes de la vieille machine à coudre à pédale que Sidonie tenait de sa mère.

— Ce tissu-là, Bertille, ça se repasse à chaud ?

— Montre-moi. Ça ? on dirait du crêpe Georgette, non, surtout pas trop chaud. Tu as un caraco en crêpe, toi, je ne l'ai jamais vu, celui-là !

— C'est ma tante Léa qui me l'a donné.

Eugène avait passé un accord avec les tantes, qui accompagnaient Rosalie pour tous les achats de vêtements et de linge. A la petite boutique de Dun, le bourg tout proche, qui proposait aussi un rayon de modiste, chez le marchand de chaussures, ou encore auprès des commerçants ambulants qui déballaient leurs cartons sur les tables de cuisine, parfois aussi sur le catalogue de la Samaritaine qui était pour Léa la bible de l'habillement. Les tantes ne se contentaient pas d'accompagner, elles participaient aussi aux achats. Et leurs conseils avaient presque toujours valeur de décisions.

« Le pauvre Eugène, disaient-elles, il n'y connaît rien, aux habits, surtout pour les filles ! »

Il n'en connaissait pas beaucoup les prix non plus. Et s'il recommandait toujours à Rosalie d'acheter ce qu'il fallait tout en croyant lui en avoir donné les moyens il était souvent loin du compte.

Alors les tantes ajoutaient ce qui manquait, surtout Léa, qui était la plus aisée. De plus, elle faisait profiter Rosalie de vêtements « encore tout bons » qu'elle ne souhaitait plus porter, comme le caraco de crêpe, ou un manteau, ou des jupes, ou encore des bottines.

« Tu es une vraie Piquart, toi, lui disait-elle, comme ton père, comme moi, comme Georges. »

Cela signifiait que Rosalie, comme elle, n'était pas très grande, ni très fine, de carrure comme d'attaches. Pour les vêtements ça tombait bien, ceux de la tante habillaient à peu près correctement la nièce.

— T'as de la chance, poursuivit Bertille, le crêpe, c'est beau !

Oui, c'était beau, mais la générosité des tantes, et particulièrement celle de Léa, même si elle arrangeait le porte-monnaie d'Eugène, gâchait un peu le plaisir, déjà restreint, de Rosalie pour la toilette. Avec cette silhouette empotée, ce visage trop rond, et ces taches de rousseur en plus… Seuls ses cheveux, d'un joli châtain doré, qu'elle portait simplement retenus par un ruban noué sur la nuque, trouvaient grâce à ses yeux.

— C'est beau, mais ça ne me va guère…

— Tu ne vas pas remettre ça, se récria Bertille, me dire encore que tu ne te trouves pas jolie ! A seize ans, une fille l'est toujours, jolie ! Et puis même si elle ne l'est pas, elle a le temps de le devenir ! Quand tu auras un amoureux, tu verras s'il ne te trouvera pas à son goût !

Elle rit, puis son rire se brisa net, et elle se repencha bien vite sur son ouvrage, parce qu'à plaisanter au sujet d'un amoureux quand on en avait eu un soi-même, qu'on l'avait aimé, épousé et perdu, on risquait trop de voir les rires se transformer en pleurs.

Rosalie alla choisir sur la cuisinière le fer qui, en raison de sa place par rapport au foyer central, serait à la température adéquate. Elle n'avait plus envie de parler non plus, surtout d'amoureux, elle n'y pensait jamais, et qu'on y pense pour elle, même en plaisantant, bizarrement ça lui déplaisait. Etait-ce seulement parce qu'elle n'en avait pas l'âge ?

L'après-midi de travail passa vite, entrecoupé par les irruptions des enfants, qui s'étaient chamaillés, ou qui rapportaient du dehors quelque trésor. Alice rentra de l'école et les emmena jusqu'à la maison des vignes, pour voir les biquettes de la Zabelle.

— Ne vous approchez pas trop près ! leur recommanda Rosalie, qui connaissait l'audace de Marinette.

La Zabelle Héraut et son fils Faustin étaient un peu les marginaux de Clercy. Ils habitaient une maison située en dehors du village, au bout d'un chemin qui rejoignait la route tout près de celle des Piquart. On l'appelait « la maison des vignes », parce qu'elle était posée à mi-pente d'une côte où on en cultivait autrefois. Même les personnes les plus âgées se souvenaient à peine de cette époque, qui avait pourtant bel et bien existé, comme en témoignait à l'église la statue de saint Vincent, le saint patron du village, ornée de feuilles de vigne et de grappes de raisin. De plus, la maison de la Zabelle comportait une curiosité, un très vieux cep planté jadis contre la façade, et qui au fil du temps s'était comme incrusté dans le mur, au point que le bois et la pierre, enlacés, prisonniers l'un de l'autre, semblaient à jamais inséparables.

La Zabelle n'avait eu que des malheurs dans sa vie. Elevée à la dure par des parents misérables, mariée au Brutus Héraut, qui portait bien son prénom. Un bûcheron buveur, violent, avec sa mule comme avec sa femme. Mort en pleine force de l'âge, foudroyé un jour d'orage, la hache à la main.

Les Piquart ne l'avaient pas connu, c'était avant le siècle, avant leur installation à Clercy, mais la réputation de l'homme était telle qu'on en parlait encore, longtemps après sa disparition.

— Mes beaux-parents m'ont raconté, reprit Bertille, qu'à l'enterrement de son mari la Zabelle ne portait même pas le voile noir et qu'elle se déclarait tout haut bien débarrassée !

Bien débarrassée, sans doute, mais pas quitte pour autant de toutes les souffrances endurées, dont elle avait encore à se venger. Sur elle-même. Sur les autres, bêtes et gens, y compris son gamin, que pour l'empêcher de tourner comme son père elle corrigeait à la moindre incartade.

— Mon Ernest était du même âge que Faustin, continua Bertille, je me rappelle qu'il me parlait de lui, il disait qu'il avait souvent des bleus, parce que sa mère le battait. Et aussi qu'il aimait bien l'école, qu'il y travaillait bien.

— Papa m'a dit qu'avant la guerre il travaillait au chemin de fer, sur la voie, moi je ne me souviens pas de lui à cette époque-là.

— Il a eu la chance d'en réchapper, de la guerre, mais on dirait que ça l'a rendu sauvage, on ne le voit jamais au village.

— Il vient des fois jusque chez nous, mais sans jamais entrer, si papa est là ils parlent un peu ensemble. Il a dit qu'il avait souvent des migraines terribles, qui durent plusieurs jours de suite. Tu y crois, toi, à cette histoire d'éclat d'obus qu'il aurait encore dans la tête ?

— J'sais pas, mais si je le rencontrais j'oserais jamais lui demander.

Rosalie non plus n'oserait pas. Et pourtant il lui était arrivé, à elle aussi, d'échanger quelques mots avec Faustin, lorsqu'elle était dehors, à balayer le devant de porte, ou dans l'enclos des poules, à ramasser les œufs. La première fois, il lui avait dit pour commencer qu'il se souvenait bien de sa mère, puis qu'il la trouvait courageuse de s'occuper de sa famille comme elle le faisait. Et la dernière fois, qui datait de peu, il lui avait demandé son âge, et si elle avait son certificat.

Mais cette conversation-là, elle ne l'avait rapportée à personne, pas même à Bertille. Parce que le mot « certificat » lui était allé droit au cœur, au point qu'elle s'était retrouvée en train de confier au pauvre garçon que là-bas dans la Drôme elle avait été reçue première, que la maîtresse l'avait encouragée à faire des études, mais que la mort de sa mère, hélas… Alors qu'elle avait décidé de ne plus en parler à personne, ni à ceux qui savaient, qui auraient pu y déceler de la rancune, ni à ceux qui ne savaient pas et auraient pu lui remuer le couteau dans la plaie en s'apitoyant sur elle.

Bon, le Faustin savait, et ce n'était pas lui qui irait le répéter, étant donné qu'il ne fréquentait personne. Mais le rêve perdu de Rosalie cherchait à reprendre une place dans sa tête, la poussant à tendre parfois la main pour caresser les livres de monsieur Richet, qui s'ennuyaient au fond de l'armoire.

— C'est bon pour aujourd'hui, dit Bertille en rassemblant son petit matériel. Je reviendrai vendredi pour couper et faufiler les robes des petites, tu n'auras plus qu'à les piquer, c'est facile.

Déjà Alice avait mis la soupe à chauffer et préparait la table pour le souper. Arrivèrent les hommes, Eugène et Henri. Marinette se précipita vers son père et s'agrippa à lui qui se dirigeait vers l'évier.

— Attends un peu, ma p'tiote, faut que je sois propre pour saluer les demoiselles !

Bertille n'en était plus une, de demoiselle, mais elle était si jeune encore et si jolie que c'était tout comme, même avec ce petit garçon fatigué de son après-midi qui s'accrochait à sa jupe.

— Bonsoir, monsieur Piquart ! Bonsoir, Henri !

Elle se dirigea vers la porte, se retourna juste avant de sortir. Son regard croisa alors celui du jeune homme, qui ne l'avait pas quittée des yeux.

C'était un dimanche apparemment comme les autres. C'est-à-dire différent des jours de semaine entièrement consacrés au travail. Avec des rites qui malgré les désordres de toutes sortes avaient resurgi pour redonner son rythme au temps, même si pour beaucoup ils contribuaient à raviver leurs peines.

Le dimanche, d'abord, c'était la messe. Certains auraient eu de bonnes raisons d'être fâchés avec le bon Dieu, ceux qu'il n'avait pas protégés de la guerre ou de la maladie, mais un mélange de respect, de doute, de sagesse et de soumission, d'habitude aussi, avait étouffé les velléités de révolte, les envies de résister aux appels des cloches. Sauf pour le Faustin et la Zabelle, mais pour elle ça ne changeait rien, elle n'avait jamais mis les pieds à l'église, sauf le jour de son baptême, sans le savoir, et celui des funérailles de son mari, par obligation.

La messe, ce n'était pas seulement le geste de piété, suivi de la visite au cimetière, c'était aussi l'occasion de la grande toilette et de la grande « rechange », des habits du dimanche, des bavardages à la sortie, des commentaires sur les faits les plus anodins, des échanges de nouvelles, quand il y en avait. Pour la plupart des hommes et des jeunes gens, c'était un verre ou deux pris ensuite au café de la Paulette, où des groupes se formaient autour de ceux qui payaient la tournée. De vin blanc, ou tout simplement de rouge, comme celui que buvaient les poilus dans les tranchées.

Un dimanche matin chez les Piquart, donc. Le premier coup de la messe venait de sonner. Le curé, qui connaissait ses ouailles, savait qu'il fallait les avertir à l'avance s'il ne voulait pas être dérangé dans son office par les grincements de la porte de l'église poussée par des retardataires.

Rosalie veillait particulièrement à la mise de toute la maisonnée. Le chapeau d'Eugène, son col dur, sa chaîne de montre. La tenue de ses frères, la propreté de leurs bottines, leurs cheveux soigneusement peignés vers l'arrière.

Après les hommes, les filles. La robe d'Alice, qui s'agrafait dans le dos, sa chaîne avec la médaille qu'elle ne trouvait plus, le ruban à nouer dans les cheveux de Marinette, grimpée sur une chaise pour se regarder dans le miroir, accroché près de la pierre à eau, là où tout à l'heure le père et les fils s'étaient rasés avec le grand rasoir, le coupe-chou, dont la lame se dépliait et se repliait. Les bottines hautes, que la mignonne ne savait pas encore bien lacer toute seule.

Et puis elle, enfin, Rosalie. Un col de dentelle sur sa robe de drap gris-bleu, un petit chapeau à la bordure dissymétrique, relevée d'un côté, rabaissée de l'autre, un petit sac à main noir à chaînette et fermeture dorées, un cadeau, un de plus, de la tante Léa.

Elle sortait la dernière, après un regard vers la cuisinière sur le coin de laquelle le lapin achèverait de mijoter tout doucement, sans risque.

Le gâteau, un « tôt-fait », elle l'avait confectionné la veille au soir. Le gâteau du dimanche, ou la tarte, ou la crème, enfin une douceur sucrée pour la fin du repas, Eugène y tenait, pour marquer le coup, disait-il. Car tout au long de la semaine, sur les tables des petites gens, on ignorait le dessert, sauf quand il suffisait de le cueillir à même les arbres fruitiers en saison.

« Tu fermes la porte, Rosalie », disait Eugène.

La porte, c'était toujours elle qui la fermait lorsqu'ils sortaient tous ensemble, pour la messe du dimanche, ou quand, rarement, l'oncle bureaucrate venait les chercher avec son auto, où ils s'entassaient alors, pour aller prendre un repas en famille. De même la clé, c'était elle qui la gardait dans son sac. Comme le faisait Sidonie avant elle. C'était le père qui en avait décidé ainsi, et s'il le rappelait à chaque fois, bien que ce ne fût plus nécessaire, c'était peut-être sa façon de saluer la responsabilité de sa fille aînée et d'exprimer la confiance qu'il avait en elle.

La messe finie, elle revenait la première, avec Alice, qui mettait la table pendant qu'elle finissait sa cuisine, alors que les hommes s'attardaient un peu au café, et avec eux Marinette, accrochée à son père pour ne pas manquer le bonbon que la Paulette lui réservait toujours.

— Mais… c'est les gens de la ville ! dit Eugène, qui ne désignait pas autrement sa sœur et son beau-frère quand ils étaient ensemble. Et Lucienne est avec eux…

Ils sortaient en effet tous les trois de l'auto. Il vint les accueillir sur le seuil.

— Qu'est-ce donc qui vous amène ? On ne vous attendait pas aujourd'hui…

— On a à te causer, répondit Léa.

— Et parce que c'est plutôt une affaire de femmes, ajouta son mari, moi pendant ce temps-là je vais aller promener un peu les demoiselles, enfin les deux petites.

Pas Rosalie ? Cette affaire de femmes la concernait donc aussi ? Ça tombait bien, Henri et Georges, aussitôt le repas terminé, étaient repartis chez la Paulette, qui en plus de son billard venait de faire installer un jeu de quilles derrière son café. Peut-être auraient-ils été indésirables, eux aussi…

Sur la table autour de laquelle s'assirent Eugène et les femmes, Léa posa une brioche, tirée de son sac, enveloppée d'un torchon aussitôt replié.

Rosalie repensa au soir où monsieur Richet avait lu à ses parents la lettre de madame Soulier, parce qu'il y avait aujourd'hui, semblait-il, la même solennité, la même anxiété dans l'attente. Mais non… elles ne pouvaient pas être venues pour remettre sur le tapis, si longtemps après, cette affaire d'études… que d'ailleurs elles devaient ignorer. Alors ?

— Eugène, commença Lucienne, je sais combien vous avez aimé notre pauvre Sidonie, qui a été heureuse avec vous, et je suis certaine que son souvenir restera à jamais dans votre cœur… Heureusement vous avez Rosalie, ajouta-t-elle après un court silence, elle fait ce qu'elle peut et elle le fait bien. Mais vous avez dû engager ces deux femmes pour l'aider. Vous n'êtes pas si riche, ça vous fait des frais. Et puis…

Le visage d'Eugène se figea. Aurait-il déjà compris ?

— Et puis quoi ?

Léa prit le relais :

— Je vais te parler franchement, mon cher frère. Ce que nous sommes venues te dire, ensemble, c'est qu'il serait bon que tu songes, comme on dit ici, à « reprendre quelqu'un ».

Qui a pu prétendre un jour que le langage des campagnards était dépourvu de toute nuance ? « Prendre quelqu'un », c'est l'embaucher, le payer pour un travail, mais « reprendre quelqu'un », pour une syllabe de plus, mine de rien, en voilà une nuance, et de taille…

Eugène pâlit, crispa ses mains sur le bord de la table.

— Me remarier ? souffla-t-il. C'est ça que vous voulez dire…

Plus encore que lui, Rosalie en était tout estomaquée. Elle baissa les yeux. N'osa plus regarder ni son père ni les tantes qui avaient eu cette audace.

— Ecoute, Eugène, poursuivit Léa, ta grande fille, tu ne l'auras pas toujours près de toi, ni tes autres enfants non plus. Alors mieux vaut avoir affaire à la maison à une femme légitime qu'à des étrangères, même si elles sont honnêtes.

— Une veuve, par exemple, reprit Lucienne, une brave femme, pas trop jeune, qui connaîtrait la vie, ça doit se trouver… Ça serait bien pour vous.

Eugène avait dominé sa surprise, son émotion. Ne restait que la colère, mais si bien contenue encore qu'elle échappait aux deux femmes. Il se demanda jusqu'où elles avaient l'intention d'aller. N'auraient-elles pas déjà des vues sur « quelqu'un » pour lui ?

— Rosalie est grande, maintenant, on peut tout dire devant elle, dit Léa. Tu vas sur tes cinquante ans, Eugène, c'est déjà un âge, mais tu es encore un homme… tu as encore des besoins… Enfin tu me comprends… il ne faudrait pas qu'on vienne à jaser sur toi…

— Oui, hasarda Lucienne, monsieur l'abbé lui-même me disait…

Alors là Eugène, enfin, explosa :

— Monsieur l'abbé ! Qu'est-ce qu'il y connaît, lui, aux besoins des hommes ? Et vous, Lucienne, une vieille fille ? Ecoutez-moi bien, toutes les deux ! Ma vie, c'est moi qu'elle regarde ! Je ne me remarierai jamais ! Par respect pour ma défunte femme, pour mes enfants, et pour moi-même. Quant à mes besoins, comme tu dis, Léa, ça aussi c'est mes oignons. Tu pourras le dire à ton gratte-papier, et vous, Lucienne, à votre monsieur l'abbé !

La promenade n'avait pas été bien longue, et déjà le bruit de la voiture annonçait le retour.

— Ce qui a été dit a été dit, des deux côtés, reprit Eugène, calmé. Mais les familles Piquart et Goulault ont été suffisamment éclaircies par les deuils et les vieilles fâcheries pour qu'on n'en rajoute pas une de plus. Alors on en restera là. Vous avez voulu que Rosalie entende notre conversation, admettons, mais je ne veux pas qu'il en soit question devant les autres.

Là-dessus la brioche, restée inentamée sur la table, acheva de redonner un semblant de convivialité à la famille. Les visages un peu crispés, les sourires un peu forcés n'échappèrent qu'à Marinette, qui battit des mains pendant que Léa découpait le gâteau. L'oncle aurait tout à l'heure la confirmation de ce qu'il avait deviné, à savoir que la conversation, qu'il estimait délicate, avait tourné court. Quant à Alice, elle devrait se contenter du prétexte fourni à ses frères, accueillis à leur retour par Marinette :

— Moi et Alice, on a été promener en auto !

— Ils ne sont quand même pas venus exprès pour nous apporter une brioche ? demandèrent les garçons, mis au courant de la visite inattendue, tout en faisant honneur à la part qui leur avait été réservée, l'appétit creusé par les parties de quilles.

— Non, répondit Rosalie, les tantes voulaient faire avec moi le tour des armoires, avant les commandes de printemps.

4

Aux années de guerre qui avaient si cruellement touché la région, dans un déferlement de bruit et de feu, après le temps silencieux du retour à la paix, dans le soulagement d'abord, puis dans la consternation et la douleur, succédait maintenant une grande activité. C'était le temps de la reconstruction. Matérielle, s'entend. Celle des familles, celle des hommes, revenus amoindris des combats, celle des cœurs et des âmes blessés serait plus longue à venir. Si elle venait jamais… Beaucoup ne s'en remettraient pas.

Il fallait reconstruire, vite. Il y avait urgence. A la nécessité de relever les villages en partie détruits (ceux qui l'avaient été entièrement ne le seraient pas et constitueraient des lieux de témoignage, puis de mémoire), de remettre les terres cultivables et ce qui pouvait l'être des forêts en état de produire à nouveau, les commerces et les administrations en activité s'ajoutait une fébrilité qui était comme un élan de vie, un enthousiasme, une foi en l'avenir. Cette guerre qui venait de finir, on l'appelait déjà « la Grande Guerre », parce qu'on voulait croire, on croyait, vu sa durée même, le nombre des morts, des blessés, des destructions, les conditions des combats, les tranchées, tous ces hommes engloutis dans la boue, que rien de cela ne pourrait être surpassé et que cela marquait forcément une fin, celle de la folie meurtrière. Plus jamais ça ! La der des ders ! Comment pourrait-il en être autrement ? N'était-ce pas aussi la volonté des hautes autorités politiques qui, autour du président américain Wilson, se pressaient pour participer à la création de la Société des Nations, génératrice de grandes espérances ?

Au travail, les architectes, les géomètres, les maçons, italiens ou pas, les manœuvres ! Les entreprises recrutaient à tout va. Et quant à reconstruire, puisque c'était pour longtemps, on disait volontiers pour toujours, autant ne pas lésiner, ni sur les matériaux ni sur les espaces. On s'étonnerait, bien plus tard, de la fière allure de ces fermes, de la majesté de ces maisons, de la recherche dans leur architecture, du bel agencement des pierres de taille, qui permettraient de les dater à coup sûr : les années vingt.

Les vaincus devaient payer ? Ils paieraient.

Ceux qui avaient eu à déplorer des dégâts étaient invités à faire des déclarations pour toucher les dommages de guerre, selon la loi du 17 avril 1919. Une belle et bonne loi, certes, mais maintenant qu'on en était à l'application, elle faisait apparaître des différences, bientôt ressenties comme des injustices. Le paysan dont la ferme avait été épargnée et qui avait d'abord considéré cela comme une chance n'était pas loin maintenant de changer complètement d'avis, quand pour d'autres, à la place des ruines, s'élevaient ces fameuses fermes lorraines, gros bâtiments aux toits à pans coupés qui abritaient en enfilade granges, écuries (ici on ignorait le mot « étable », les vaches avaient une écurie comme les chevaux), corps de logis. De ce qui ressemblait fort à de la jalousie, le chemin était court vers la suspicion (« Mais combien donc qu'ils ont touché ? Elle valait tant que ça, leur ferme ? »), vers les soupçons de tricherie, de fausses déclarations, d'arrangements et de trafics... Soupçons hélas parfois fondés, et qui seraient à l'origine de brouilles entre des familles, pour des générations qui à la longue ne sauraient même plus pourquoi elles s'étaient fâchées.

La mère Pierron elle-même, pourtant une brave femme, une « crème de femme » comme on disait ici, généreuse, pas envieuse, se laissait aller à exprimer de tels regrets, de telles insinuations.

« Et dire que nous on a recommencé avec quasiment des ruines, des bâches en guise de toit sur l'écurie, et qu'on aidait les autres... On aurait dû "fiche"ce qui restait par terre, en attendant de toucher les dommages... Les plus malins ne sont pas toujours les plus honnêtes... »

A ceux qui l'écoutaient elle allait jusqu'à citer des noms, à mi-voix, oubliant dans son amertume que certains avaient connu d'autres malheurs.

A l'inverse, la reconstruction engendra aussi des mouvements de générosité. Des départements, des villes, situées dans des régions qui n'avaient pas connu les combats, des arrondissements, des quartiers de Paris, des associations lancèrent des actions pour venir en aide aux populations sinistrées, à l'initiative de personnes ayant des liens particuliers avec des Lorrains, ou ayant noué des amitiés avec des réfugiés. Des comités d'aide, et même d'adoption, se constituèrent, et les dons affluèrent vers les communes concernées. Pour la reconstruction des bâtiments publics, l'éclairage des rues, l'équipement des écoles...

Le mouvement d'entraide gagna même les pays alliés, l'Amérique, l'Angleterre. Apprenant qu'elle avait pour homonyme un petit village meusien touché par la guerre, la ville d'Eton, célèbre pour son fameux collège, entreprit de le parrainer. Londres, dont le nom serait donné après la reconstruction à un quai au bord de la Meuse, adopta Verdun, la ville symbole.

Travailler pour les vivants n'impliquait cependant pas l'oubli des morts.

A l'initiative de monseigneur Ginisty, évêque de la ville, les restes des disparus de la bataille de Verdun furent rassemblés dans un ossuaire provisoire, à Douaumont, en attendant la construction d'un ouvrage définitif, selon des plans grandioses.

Quant aux hommes tombés sur les autres lieux de combat, d'abord enterrés sur place, leurs dépouilles furent ensuite regroupées, séparément, dans des cimetières, nombreux. Croix blanches impeccablement alignées, parfois agrémentées de rosiers nains plantés à leurs pieds pour les Français, simples croix noires et verdure austère pour les Allemands. Si tous eurent droit au même respect, ce qui les avait opposés resta cependant visible dans cette différence.

C'est dans la citadelle de Verdun que fut désigné, au cours d'une cérémonie poignante, le Soldat inconnu, transporté au Panthéon, puis inhumé sous l'Arc de Triomphe le 11 novembre 1920.

Chaque ville, chaque village, jusqu'au plus petit, voulut aussi honorer la mémoire de ses enfants disparus. Partout en France, il n'y en eut pas une, pas un, qui ne fît ériger son monument aux morts.

« Qu'est-ce qu'un peu d'or, que sont quelques privations faciles en regard du sacrifice librement, joyeusement consenti par nos poilus ? Ont-ils marchandé leur vie ? Ont-ils compté les gouttes de leur sang ? » C'est ainsi que dans la petite bourgade de Dun-sur-Meuse le comité du monument, soutenu par le maire, s'adressa à la population pour lancer une souscription destinée à financer cette œuvre de mémoire.

Un monument aux morts, c'était un emplacement à choisir, à acquérir, une stèle à ériger, où seraient gravés les noms des héros, une sculpture aussi pour rappeler leur courage, autant de démarches qui demandaient des mois, et même des années. La commune de Dun fit appel à un artiste de Mézières apparenté à des familles dunoises. D'abord modelée en argile, puis coulée dans le bronze, la statue représente à jamais, selon les mots du président du comité, « le poilu sortant boueux et hirsute de la tranchée immonde où pendant des années il a mené une vie infernale ».

C'est l'héroïsme, en effet, qui inspira la plupart du temps la main des artistes, animant les corps, galvanisant les visages de leurs sujets, pointant des fusils. Quelques-uns, cependant, s'inspirèrent davantage de la douleur des veuves et des orphelins, figés dans des postures implorantes ou accablées.

Les héros de Clercy eurent aussi leur monument. Plus modeste, à la mesure du village. Aristide Guillemin aurait eu trop de peine à mener lui-même les opérations, aussi en avait-il chargé son adjoint, déclarant sobrement en conseil :

« Vous me comprendrez, je suis mal placé pour… »

Pas de sculpteur réputé pour Clercy, pas d'inauguration solennelle, pas de fanfare, aucun de ces invités prestigieux, députés, ministres, président du Conseil, qui rendaient tous, là où ils assistaient aux cérémonies, un hommage vibrant aux combattants.

Un dimanche matin de tout début d'automne, en septembre 1923.

Après la messe on se retrouva devant le monument, planté sur la petite place, face à la mairie. Une simple stèle de pierre grise, au milieu d'un espace recouvert de gravillons bleutés et entouré d'une grille de fer forgé sur trois côtés. Sur la stèle, une statue. Modeste, elle aussi, par sa taille et le talent de son auteur. Un buste de poilu, avec son casque, simplement, tout droit, la tête légèrement levée. Formes figées, couleurs trop vives, le bleu des yeux, le rose des joues. Pas d'expression, un regard vide vers on ne savait quoi, et ces bras, ce buste, qui semblaient coupés net. Mais il était terriblement émouvant, ce poilu mutilé né sous le ciseau d'un sculpteur malhabile. N'étaient-ils pas eux-mêmes figés à jamais, n'avaient-ils pas eu, eux aussi, ce regard vide, les poilus, les vrais, quand le feu se déchaînait autour d'eux ?

Le conseil municipal prit place devant le monument, autour du maire, figé dans sa fonction et sa douleur de père, ceint de son écharpe. Les enfants de l'école, avec l'instituteur. Les blessés de guerre, le fils Gallois, qui avait miraculeusement retrouvé son entrain et sa gaieté d'avant, mais dont le visage aujourd'hui traduisait la gravité et l'émotion, le fils Burger, la tête baissée pour cacher son malaise. Et le Faustin Héraut ? Là, lui aussi, avec la Zabelle, mais pas en vue, derrière. Personne n'irait le chercher pour le mettre à l'honneur, sachant qu'il refuserait. Les veuves, toutes en noir, la Bertille plus du tout jeune fille. La Jeanne Guillemin, qui pleurait dans son mouchoir. La mère Pierron, qui regrettait certaines paroles malheureuses qu'elle avait pu prononcer.

Et nous, pensait Eugène, nous les Piquart, que la guerre n'a pas directement atteints, parce que évacués et revenus. Mais également touchés, même si ce fut autrement.

Dans un silence troublé par quelques sanglots étouffés venus de l'assistance, l'adjoint lut, d'une voix forte, les six noms gravés sur la stèle.

Une fillette se détacha ensuite du groupe des élèves, un livre ouvert dans les mains. Lise Gallois, que le maître avait choisie parce qu'elle n'était pas timide et articulait bien.

Ceux qui pieusement sont morts pour la patrie
Ont droit qu'à leur cercueil la foule vienne et prie.
Entre les plus beaux noms leur nom est le plus beau.
Toute gloire près d'eux passe et tombe, éphémère.
Et comme ferait une mère,
La voix d'un peuple entier les berce en leur tombeau !

Rosalie, au comble de l'émotion, ne cherchait pas à retenir, ni à essuyer, les larmes qui ruisselaient sur ses joues. Son rêve déçu venait brusquement de refaire surface, car dès les premiers mots elle avait reconnu ce poème, cet hymne, de Victor Hugo. Comme elle aurait aimé être à la place de Lise, non pas pour lire, mais pour réciter ces quelques vers qu'elle connaissait par cœur !

Car elle avait fini par sortir de leur ennui les livres de monsieur Richet. Elle avait mis de côté les romans, dont par instinct elle se méfiait, craignant qu'ils ne lui décrivent des vies susceptibles de la faire rêver, de la torturer en lui rappelant les opportunités perdues à jamais. Mais elle avait parcouru les livres de classe, pour vérifier qu'elle n'avait rien oublié de ses connaissances, lu et relu le recueil de ces poèmes qu'à l'école madame Soulier appelait des récitations. Dans ses matinées et ses après-midi de solitude, largement consacrés au travail domestique, elle avait réussi en effet à grappiller par-ci par-là quelques minutes, quelques-uns de ces quarts d'heure qui deviennent parfois des heures… Et l'affolement qui s'emparait d'elle quand lui venait la pensée de tout ce temps perdu était largement compensé par l'idée que pour elle, non, ce temps n'était pas perdu.

La cérémonie se terminait. Après la lecture de l'hymne, une autre fillette était venue déposer au pied de la stèle une gerbe de fleurs barrée d'un ruban tricolore. Le poilu au teint rose et aux bras tronqués faisait maintenant partie intégrante du village, et le beau-père de Bertille viendrait régulièrement entretenir la stèle et son entourage en pensant à son fils disparu.

Si dans les villes et les communes importantes l'inauguration des monuments aux morts, présidée par des personnalités, était généralement suivie d'un vin d'honneur, et parfois même d'un banquet, à Clercy, modeste village, c'est au café de la Paulette que les hommes se retrouvèrent pour lever leurs verres à la gloire des héros et à l'espoir de paix définitive, juste un peu plus solennels qu'en un dimanche ordinaire.

Rosalie regagna la maison, avec Alice qui, étonnée de l'avoir vue en larmes, ne la quittait pas du regard, pour voir si elle pleurait encore, et Marinette. La petite, pour une fois, sans doute impressionnée par la solennité de la cérémonie, n'avait pas insisté quand son père avait refusé de l'emmener au café. Elle agrippait la main de Rosalie, qui devait presque la traîner, parce qu'elle se retournait tous les trois pas.

— Y a la Zabelle derrière nous… Elle rouspète après le Faustin…

Les Héraut, mère et fils, Marinette les aimait et les craignait à la fois. Pour la même raison. Parce qu'ils étaient « drôles », tous les deux. C'est-à-dire pas comme les autres. Elle s'échappait parfois toute seule pour monter jusqu'à la maison des vignes et en revenir aussitôt en courant, comme si elle venait de se soustraire à un terrible danger.

Ils marchaient plus vite que les trois filles, qui pouvaient entendre leurs pas se rapprocher, et la voix de la Zabelle, en effet en train de rouspéter :

— On aurait mieux fait de pas y aller... je me demande bien pourquoi que t'as voulu... le monument, les honneurs, ça ressuscite pas les morts... ça raccommode pas les éclopés... ça grossit pas les pensions... tu couves encore une crise, je vois ça à ta tête...

Ils étaient maintenant tout près, dépassaient les filles arrivées chez elles.

— Bonjour, madame Héraut, bonjour, Faustin, lança Rosalie, aussitôt imitée par Alice.

Elle dut secouer la main de Marinette pour que celle-ci salue aussi, entre ses dents.

Pour toute réponse, la Zabelle fit un signe de tête, en maintenant d'une main son petit chapeau de paille noire qui menaçait de choir.

— Ils sont pas polis, ils nous ont pas répondu, dit Marinette.

— C'est parce que le Faustin est malade.

— Qu'est-ce qu'il a, le Faustin, dis, Rosalie, qu'est-ce qu'il a ?

— Mon beau-père, dit Bertille à Rosalie deux semaines plus tard, quand il a enlevé la gerbe fanée au monument, il n'a pas jeté le ruban avec. Il l'a rapporté à la maison, et ma belle-mère, tu sais ce qu'elle en a fait ? Elle l'a enroulé autour de la photo d'Ernest, qui est dans un cadre sur le buffet de la cuisine. Depuis ça me fait tout drôle, j'ai l'impression qu'il me surveille...

— Quelle idée ! Comment veux-tu qu'il te surveille, puisqu'il est mort ?

— J'ai peut-être pas employé le bon mot, mais moi je me comprends.

5

Rosalie
Elle est partie
En ch'mise de nuit
Si tu la vois
Ramène-la-moi !

Qu'est-ce qu'il avait pu faire enrager Rosalie, Georges, avec ce refrain idiot ! Ou encore avec cet autre, dont heureusement il ne connaissait que les premiers mots :

P'tite Rosalie qu'a perdu son amant,
N'est-ce pas bien dommage à l'âge de quinze ans ?

C'était Marinette, maintenant, qui les chantait, quand elle voulait elle aussi taquiner sa petite mère. Et curieuse comme elle l'était, surtout pour poser des questions qui restaient sans réponse, elle ne manquait jamais d'ajouter :

« C'est quoi, un amant ? Hein, dis, 'tite mère, c'est quoi ? »

Georges n'était déjà plus là le jour de l'inauguration du monument aux morts, appelé pour effectuer son service militaire, et Rosalie souffrait de son absence, plus encore qu'elle ne l'avait redouté.

Il était parti un matin, juste après la moisson, avec une petite valise qui ne contenait pas grand-chose. Elle voulait qu'il emporte un peu plus de linge, quelques provisions.

« Mais non, Rosalie, pour quoi faire ? Je vais être logé, nourri, habillé, tout ! »

Sa destination : Metz. Il s'en était réjoui quand il l'avait appris en recevant sa feuille de route :

« Ça va, c'est pas trop loin, je pourrai revenir en permission, il paraît qu'on en donne plus aux gars de la terre qu'aux autres, au moment des gros travaux. Et puis dix-huit mois, c'est pas trop long. »

Le 1er avril de cette année 1923, en effet, la durée du service militaire avait été ramenée de trois ans à dix-huit mois.

« Quand je pense, continuait-il, aux pauvres garçons qui finissaient juste leurs trois ans, en 14, quand la guerre a commencé, qui se croyaient quittes et qui ont dû "rempiler" et du coup faire sept ans, sauf ceux, les malheureux, qui ne sont jamais revenus… »

C'était Eugène qui l'avait accompagné à la gare de Dun, pour prendre l'omnibus jusqu'à Verdun, où il aurait la correspondance pour Metz.

Henri, lui, n'avait pas fait son service militaire, il avait obtenu une dispense. Le secteur du bâtiment était en effet prioritaire dans la région, où les hommes n'étaient pas nombreux, loin de là. L'entreprise de

Luigi Rivero s'était considérablement développée, et comme il avait détecté chez Henri des qualités certaines, il l'avait formé jusqu'à en faire un excellent maçon capable d'effectuer les travaux les plus délicats. Pour la reconstruction de ce qu'on appelait les « maisons de maîtres », c'est-à-dire de notables, médecins, notaires, juges de paix..., il fallait en effet presque des artistes, de façon à satisfaire aux nouveaux types d'architecture, avec des toits débordants sur « corbeaux moulurés en bois », des façades ornementées de rotondes, de marquises, de bandeaux décoratifs, de fenêtres aux encadrements variés, autant de termes et de techniques qu'Henri maîtrisait non sans fierté, et même avec un brin d'orgueil. La paye qu'il rapportait chaque semaine à la maison dépassait maintenant celle du père, ce qui lui donnait le droit d'en utiliser une partie à sa guise. C'est ainsi qu'il venait d'acheter une moto, une Magnat-Debon, d'occasion, mais tout de même un bien bel engin.

Eugène était bien sûr fier de ce grand fils, auquel Luigi témoignait une véritable amitié, au point de l'inviter chez lui, en famille, où sa femme Mariza et sa fille Julia cuisinaient à l'italienne, ou pour des sorties entre hommes.

C'est peut-être pour cela qu'il ne semblait pas remarquer que petit à petit la sollicitude d'Henri envers Rosalie, son indulgence, ses attentions se faisaient plus rares. Peut-être aussi parce que lui-même, insensiblement, inconsciemment, s'était habitué au rôle si bien tenu par sa grande fille qu'il en arrivait à relâcher sa vigilance et sa prévenance envers elle.

Venant de lui, parce que c'était le père, Rosalie n'en était pas choquée. Elle prenait ses manquements pour des oublis, qu'il réparerait très vite. Il lui suffisait de dire « Il n'y a plus de bois fendu pour la cuisinière », ou « Tu ne m'as pas donné les sous pour payer Bertille », pour qu'il s'exécute aussitôt. Sans excuses, sans effusions, dont il n'était capable qu'envers Marinette, mais avec ces simples mots qui en disaient assez sur sa tendresse intacte : « Eh bien voilà, ma fille ! »

Avec Henri c'était différent, sa supériorité parfois affichée, ses agacements à remplir certaines tâches domestiques, tuer un lapin, charrier de l'eau, comme si elles étaient devenues indignes de lui, ses remarques sur les maladresses, pourtant rares, de sa sœur, un faux pli sur un vêtement repassé par exemple, humiliaient Rosalie et ravivaient sa blessure.

Avec maman, pensait-elle, il ne se serait jamais permis la moindre remarque. Et moi aussi, si elle n'était pas partie, j'aurais pu comme lui faire la preuve que j'étais capable…

Depuis la disparition de Sidonie, les différences entre les deux frères n'avaient pas cessé de s'accentuer, tout comme la préférence de Rosalie pour Georges. Qui n'avait pas la belle allure de son aîné, ni son aisance à porter les vêtements de sortie, le pantalon tuyau de poêle, la veste à martingale, la casquette, et avait en partie oublié l'éducation reçue de Sidonie, qui bien que modeste et simple avait de la finesse et savait obtenir de son mari et de ses enfants un minimum de bonnes manières, ce qu'elle appelait de la tenue. Elle n'allait cependant pas jusqu'à exiger des enfants qu'ils ne tutoient pas leurs parents, comme dans les familles bourgeoises ou qui voulaient s'en donner l'apparence.

Georges ne s'exprimait pas toujours correctement, il disait « le lévier » pour l'évier, ou « j'm'en va », ou « j'en r'veux »… Il se penchait trop vers son assiette, faisait du bruit pour manger sa soupe, comme sans doute on le faisait chez les Burger, ce qui ne les empêchait pas d'être de braves gens. Mais il avait conservé quelque chose de l'enfance, le goût des plaisanteries, la gentillesse, et de la spontanéité jusque dans l'émotion. Sous ses dehors un peu rustres, Georges avait du sentiment, et lui, au moins, consentait à le montrer, même avec maladresse.

Elle gardait le souvenir de ses élans vers elle, pour la consoler, quand dans les mois qui avaient suivi la mort de Sidonie, malgré sa bonne volonté et tous les conseils reçus, il lui arrivait de poser sur la table une soupe trop claire, un rata au goût de brûlé, ou un gâteau désespérément plat, faute de levure.

« T'en fais pas, Rosalie, même si c'était pas comme avec m'man, c'était bon quand même ! »

Il faut si peu de chose pour partager une émotion. M'man…

Georges reviendrait bientôt, en permission. Le père le premier lisait ses lettres, ni très fréquentes, ni longues, ni variées, il les passait ensuite à Rosalie, qui s'en voulait d'y voir d'abord les fautes d'orthographe.

« Moi je m'ennuie après Georges, disait Marinette, nous deux on rigolait bien avec lui, hein, Rosalie ? »

Oui, on rigolait bien, non seulement quand il chantait « Rosalie », mais aussi des comptines, « Une poule sur un mur, qui picote du pain dur », ou « T'en rappelles-tu, Titine ? », ou encore quand il essayait d'attirer les pies, qu'il rêvait d'apprivoiser, en copiant leurs cris, ou qu'il imitait la grand-mère Burger en marchant cassé en deux comme elle.

— Rosalie, je ne veux plus rester ici. Je veux m'en aller.

— T'en aller ? Mais où ? Pourquoi ?

— N'importe où. Pour travailler. Je veux travailler. J'ai mon certif. J'ai l'âge.

Mars 1924. Rosalie et Alice se trouvaient seules à la maison, Eugène et Henri au travail, Marinette à l'école. Elles écossaient des haricots, de ceux qui avaient séché depuis la récolte, à la fin de l'été précédent, noués avec des ficelles en bouquets accrochés au grenier. Un travail pénible, les cosses durcies résistaient, de quoi s'abîmer les ongles et s'écorcher les doigts. Depuis qu'elles avaient commencé, Alice n'avait pas cessé de soupirer et de regarder Rosalie par en dessous.

— Tu veux t'en aller, Alice ?... Et tu me dis ça, à moi...

— A qui veux-tu que je le dise ? A papa ? J'ose pas...

— Travailler... mais où ? Pour faire quoi ?

— J'sais pas, je verrai bien... Avec mon certif...

Un silence. Les mains avaient cessé leur travail. Alice venait d'exprimer, enfin, ce qu'elle retournait dans sa tête depuis des semaines, peut-être des mois. Le visage plus fermé que jamais, les yeux baissés. Mais la bouche tremblante. Et soudain elle éclatait :

— C'est vrai, quoi, je ne suis rien, ici, moi, rien du tout, personne ! Papa, Henri, Georges, ils sont des hommes, ils sont importants, ils gagnent les sous ! Toi tu t'occupes de tout, tu décides de tout dans la maison ! Marinette, parce qu'elle est la plus petite, tout le monde la remarque, tout le monde s'occupe d'elle ! Mais moi, moi ! C'est comme si je n'existais pas. J'ai la plus mauvaise place dans la famille, je suis celle qui ne sert à rien !

Surprise de sa propre audace, de sa franchise ? Honteuse d'être allée si loin, de les avoir tous accusés ? Inquiète des conséquences ? Ou simplement soulagée d'avoir osé, enfin ? Alice posa son front sur ses bras croisés sur la table, et le mouvement léger, très léger, de ses épaules se soulevant par saccades trahissait ses pleurs étouffés.

Rosalie n'en revenait pas. Non pas de cette sortie intempestive, mais de ne pas s'être aperçue de ce qu'Alice venait de dénoncer, de ne pas avoir compris que ce calme remarqué par tous, et ce goût de la solitude, qui avait remplacé la mauvaise humeur et les bouderies de gamine, cachaient une souffrance et préparaient une tempête…

Le père, en effet, réfléchit-elle, ne lui parle guère, en tout cas moins qu'aux autres, surtout depuis qu'elle a quitté l'école, qui lui donnait des raisons de s'intéresser à elle. A table, c'est toujours au père, puis aux fils, aux hommes donc, que je passe la soupière ou le plat en premier, puis je me sers, et je sers Marinette, avant elle. Est-ce que je la consulte sur les choix, pour la cuisine, ou les achats ? A peine pour ses vêtements, et encore, je demande plutôt l'avis de Bertille…

Une foule de détails lui revenaient à l'esprit, confirmant que sa sœur avait toutes les raisons de se sentir mal aimée. Des scènes en apparence anodines. Le père accaparé au retour du travail par sa « p'tiote » et qui ne semblait pas la voir, elle, parce qu'elle ne se mettait guère en avant... Le soir où Henri était revenu avec sa moto, avait installé Marinette sur le tansad de sa machine et l'avait emmenée faire un petit tour, sans penser qu'à elle aussi, peut-être, cela aurait fait plaisir... Même Georges, le plus tendre à sa façon, quand il était revenu en permission, un peu avant Noël, ne l'avait pas embrassée avec autant d'élan qu'elle, Rosalie, et que Marinette, qui était restée longtemps accrochée à son cou.

Elle qui n'est plus une enfant mais pas encore une adulte, elle m'envie parce que je suis l'aînée des filles, parce que ça me donne de l'importance... Sans doute, mais à quel prix ! Si elle savait le mal que je me suis donné, que je me donne encore pour tenir la maison ! Si elle savait que j'avais un rêve, plus qu'un rêve, presque un but, puisque des gens bien placés, madame Soulier, monsieur Richet, y croyaient ! Mais à quoi bon lui révéler tout ça...

La main de Rosalie se posa sur les cheveux d'Alice, qui s'était plainte tant de fois qu'elle lui faisait mal en la coiffant.

— Ne pleure plus. Je parlerai à papa, je lui dirai que tu veux travailler.

Les épaules d'Alice se soulevèrent encore, une ou deux fois, mais pour des soupirs. Elle se calma, releva un peu la tête, renifla dans son coude, tourna enfin son regard encore noyé vers Rosalie.

— Allez, dit celle-ci, il serait temps qu'on reprenne les haricots.

Rosalie avait su parler à Eugène. Du malaise d'Alice, de cette impression d'être la mal-aimée de la famille, il n'avait pas été question. Seulement de son peu d'entrain pour les travaux de la maison, auxquels elle-même pouvait suffire, avec Georges en moins et Marinette qui grandissait. De son envie de travailler, pour voir du monde, pour gagner un peu de sous...

— Toi qui vas à la boulangerie, à Dun, tu connais celle qui y travaille, qui livre le pain ?

— Oui, un peu, c'est Flore Bajeot, elle est veuve de guerre, comme Bertille, elles ont le même âge. Mais pourquoi me parles-tu d'elle ?

— Parce que hier, sur le chantier, j'ai entendu dire qu'elle allait se remarier avec un gars du côté de Verdun. Ta sœur, elle pourrait peut-être la remplacer ? Elle a tout de même son certificat, la vente, ça peut lui convenir ! Demain, je demanderai à Luigi la permission de prendre une heure et j'irai voir le boulanger, qu'est-ce que t'en penses, Rosalie ?

Depuis son embauche à la boulangerie de Dun, Alice s'était métamorphosée.

Cette place si vite dénichée n'était pourtant pas le Pérou ! Mais son sort était celui de tous ces jeunes placés chez des artisans ou des commerçants qui, parce qu'ils s'engageaient à les former, s'autorisaient à exiger beaucoup d'eux sans les payer, ou presque. Elle n'aurait cependant pas à se plaindre, car monsieur

Jacobie, le boulanger, et sa femme, s'ils aimaient le travail bien fait et entendaient être obéis, n'étaient pas dépourvus de bonté. Il arrivait bien, de temps en temps, que le petit Gilbert, tout autant garçon de corvée au fournil que mitron, qui se levait donc aussi tôt que son patron, se fît sonner les cloches et même un peu plus, quand il s'endormait sur les sacs de farine ou qu'il oubliait de renouveler la provision de bois pour le four, mais ça n'allait jamais jusqu'aux brimades ou aux brutalités dont étaient capables certains patrons, « pour faire rentrer le métier dans la tête des jeunes », comme ils disaient.

Alors Alice avait aussi ses corvées, faire le ménage de la boutique, chaque soir, après la fermeture, la vaisselle après le repas de midi, qu'elle prenait, comme Gilbert, avec la famille, et pendant les heures creuses, madame Jacobie, qui professait qu'une femme ne devait jamais rester les bras croisés, lui trouvait toujours quelque occupation.

« Tiens, petite, fais-moi donc les carreaux de ma cuisine... »

Mais ce n'était rien. Parce qu'il y avait tout le reste, qu'elle aimait.

La tournée du matin, dès qu'elle arrivait, c'est-à-dire la livraison du pain tout frais, avec une petite charrette à deux roues qu'elle poussait devant elle, aux habitants du bourg qui pour diverses raisons, grand âge, handicap, commerces à tenir, ne se déplaçaient pas. Le bourg était tout en longueur, le long de la Meuse, à l'exception du quartier haut, dont l'accès se faisait par un véritable raidillon.

Apprendre à vendre le pain à la boutique, ça n'avait l'air de rien, mais ça demandait quand même bien de la compétence. Savoir peser, rajouter le petit supplément quand un pain de trois livres ne les faisait pas tout juste. Calculer le prix, rendre la monnaie. Surveiller l'étalage, ranger correctement le contenu des grands paniers qui arrivaient du fournil dans une bonne odeur de pain chaud, sans attendre que les étagères soient dégarnies.

« Tu apprends vite », lui disait madame Jacobie.

Mais le nouveau bonheur d'Alice résidait surtout dans le fait de partir le matin, comme les hommes, à la même heure qu'eux. Partir, seulement, pas quitter sa maison, sa famille, mais s'en éloigner pour la journée, et rentrer le soir. Les ouvriers de Luigi étaient maintenant « ramassés » par un camion, et elle en profitait, parfois, selon l'emplacement des chantiers. Ou bien Henri l'emmenait, à l'arrière de la Magnat-Debon, mais le plus souvent elle faisait le chemin à pied, une demi-heure de marche. Quel plaisir de se savoir attendue par les clients de la tournée, même si c'était tout au bout de la longue rue, ou tout en haut du raidillon, qui l'appelleraient « mademoiselle » et la remercieraient. De croiser chaque matin des gens qui lui étaient devenus familiers, le petit livreur de journaux, le garçon coiffeur, les demoiselles de la poste qui couraient vers leur guichet, le facteur sur son vélo, sacoche au dos, l'épicier qui arrangeait son étal. De remplacer carrément madame Jacobie quand celle-ci devait s'absenter, jamais pour très longtemps. De porter comme elle un beau tablier blanc. De faire sonner le tiroir-caisse. D'entendre en fin de journée la patronne lui dire, en lui glissant quelques pièces : « Tu t'es bien débrouillée, petite, tiens, voilà pour toi ! »

Alice, dorénavant, on la voyait, on lui parlait, elle avait une place, elle existait ! Quand elle rentrait, le soir, elle avait quelque chose à dire, à raconter, comme Eugène, comme Henri, comme tous ceux qui avaient une vie en dehors de chez eux.

Elle en oubliait ses frustrations, ses rancœurs, ses jalousies, ce malaise qu'elle n'avait plus à cacher derrière une moue boudeuse et des yeux baissés sous des cheveux emmêlés.

« T'as remarqué, Rosalie, comme Alice a changé, s'était étonné Georges à sa dernière permission, elle commence à ressembler drôlement à m'man. »

Vrai. Son corps changeait, elle grandissait, s'affinait, et par sa silhouette et les traits fins de son visage elle évoquait de plus en plus Sidonie. Quand celle-ci avait eu vingt ans, deux ans avant le siècle, son père et sa mère l'avaient emmenée chez un photographe, où elle avait posé dans sa plus belle robe, dans un décor artificiel, tenture, fauteuil, fleurs… Un luxe, étant donné la pauvreté de la famille. La photo était dans la chambre du père, à côté de celle de leur mariage, et Rosalie, seule autorisée à y pénétrer, pour le ménage et le linge, les regardait souvent, longuement.

M'man… Rosalie aurait tant aimé elle aussi lui ressembler, ne pas être « une Piquart tout craché », comme disait la tante Léa, malgré tout l'amour qu'elle avait pour son père, et pour Georges, qui en était un, aussi.

Alice, maintenant, prenait soin d'elle, disciplinait ses cheveux en un chignon bas qui la faisait ressembler, à même pas quinze ans, à une vraie jeune fille. Elle découvrait la coquetterie, exprimait des avis, des exigences. Elle dépensait même une partie de son salaire « Aux Nouveautés », le nom pompeux que s'était donné la boutique de Dun, pour s'acheter quelques fantaisies, répondant ainsi au souhait de madame Jacobie, qui lui avait fait la leçon :

« Une commerçante se doit non seulement d'être aimable, mais en plus agréable à regarder. Tu remarqueras, dès le matin, en plus de mon tablier blanc, mon chignon impeccable et mes joues poudrées. Il faut plaire à la clientèle, ma petite Alice ! Dans la correction, cela va sans dire. »

Ce passage si apparent de l'enfance à la jeunesse, chez Alice, serrait le cœur de Rosalie. D'émotion. Parce qu'elle aimait sa sœur, et que c'était bon de la voir sourire, céder à la séduction de Marinette, comme tout le monde. Le dimanche, elle travaillait le matin, et comme c'était le jour où monsieur Jacobie faisait des gâteaux, comme ceux des pâtissiers, avec du glaçage dessus et de la crème dedans, parfois, s'il en restait, la boulangère lui en donnait un. Et quand elle arrivait :

« Tiens, Marinette, c'est pour toi. »

Mais d'une sorte de tristesse aussi, parce qu'elle réalisait qu'elle-même aurait bientôt dix-neuf ans et que c'était comme si elle n'avait pas d'âge. Elle avait pour seule certitude de n'être plus une enfant. Son enfance s'était arrêtée au retour de la Drôme, et même un peu avant, quand Sidonie était tombée malade. Elle n'avait pas eu d'adolescence. Un grand saut par-dessus l'avait précipitée dans le monde des adultes, alors qu'elle n'en était pas encore une. L'était-elle davantage maintenant ? Ou encore simplement une jeune fille ? Quand le serait-elle devenue ?

Quelqu'un l'avait-il seulement remarqué, puisqu'elle-même ne s'en était pas aperçue, sauf à constater quelques changements physiques typiquement féminins dont elle ne s'était même pas réjouie.

— Quel âge elle a, au juste, Alice ? demanda Bertille, un jour où elle avait rejoint Rosalie pour un après-midi de couture.

— Bientôt quinze ans.

— La veinarde, c'est le plus bel âge. Je voudrais bien les avoir encore, moi, mes quinze ans... Si j'avais su ce qui m'attendait, j'en aurais profité davantage, crois-moi...

— Moi j'ai jamais eu quinze ans.

6

Pendant que les hommes, leurs hommes, étaient au front, des femmes avaient travaillé pour eux, à coudre des uniformes et des capotes bleu horizon, à tourner des obus et à les ranger dans des caisses. D'autres les avaient remplacés dans leurs fonctions et leurs entreprises, qu'elles avaient assumées et dirigées, et souvent avec réussite. Dans les campagnes, elles avaient tenu les mancherons des charrues, appris le pas régulier des semeurs et des faucheurs, étendu leur pouvoir aux chevaux et aux engins agricoles.

Que de situations difficiles, d'expériences hasardeuses, de découragement, sans doute, d'échecs, mais aussi de détermination, de courage, de paris audacieux réussis, de victoires ! Et la preuve pour la plupart d'entre elles que, sans avoir délibérément voulu égaler les hommes, elles avaient fait la démonstration de leurs capacités.

Mais, la guerre finie, repeupler le pays exsangue était devenu une nécessité, et il fallait pour cela rappeler aux femmes, et aux jeunes filles en passe de le devenir, leur tâche originelle, celle de faire et d'élever des enfants.

On les glorifia, ce qui fit l'objet d'une intense propagande, par exemple à travers les manuels scolaires, qui s'attachaient à montrer clairement que leur place se trouvait au foyer.

On les honora. La médaille de la famille française, récompensant les mères valeureuses, fut créée par décret au début de 1920. Du bronze, de l'argent, du vermeil, pour cinq, pour huit, pour dix enfants ! La mère était décorée de la médaille, mais c'était le père qui recevait la somme d'argent allant avec... Serait-ce pour cette raison, l'absence d'un homme à leur côté, que les divorcées et les mères d'enfants naturels furent écartées de ces distinctions ? En 1920 également, le fondateur de la Samaritaine et sa femme créèrent un prix qui portait leurs noms accolés, Cognacq-Jay, pour venir en aide aux familles nombreuses pauvres, et qui deviendrait célèbre à travers ces photos, publiées dans les journaux, de parents entourés de leur progéniture foisonnante. Plus tard, à partir de 1926, serait instaurée officiellement la fête des Mères, à l'imitation du « Mother's Day », dont les soldats américains, venus en renfort en 1917, avaient appris l'existence à leurs compagnons de combat.

On protégea les femmes. Par des lois qui leur accordaient des congés de maternité, des indemnités.

On les mit en garde contre certains dangers, la propagande anticonceptionnelle, l'avortement, dont la répression était désormais correctionnalisée pour tempérer la clémence des juges, qualifiée de laxisme.

Mais pour la plupart elles ne réagissaient pas aussi bien que l'auraient souhaité les instigateurs à cette volonté venue d'en haut. Souscrire à cet « impôt du sang » leur paraissait soit impossible, soit peu tentant.

Les veuves pleuraient encore leurs maris disparus, et tenter de se recaser au plus vite leur eût paru déplacé, voire sacrilège. D'autant plus que les hommes ne faisaient plus nombre, comme le constataient aussi celles qu'on appelait « les veuves blanches », les jeunes filles en âge de convoler, dont beaucoup verraient les années passer et leur jeunesse s'éteindre sans qu'elles aient pu, même sans exigence particulière, trouver chaussure à leur pied. Il y avait celles, aussi, dont les maris, revenus blessés, mutilés, gazés, amoindris, se montraient vindicatifs, jaloux de la nouvelle liberté d'action de leurs épouses, soucieux de reprendre leur place de chef de famille, autant de situations qui freinaient les élans amoureux et le désir d'enfanter. Alors les femmes, hormis celles qui appréciaient cette nouvelle donne, car il s'en trouvait quand même, aimaient comme elles pouvaient, et continuaient, malgré les dangers, à se débrouiller en cas d'accident.

Certes, elles méritaient le respect, ces femmes qui avaient les honneurs de la presse, madame Paraire, de Vincennes, entourée de ses treize enfants, madame Amet, des Vosges, posant avec son mari et leurs vingt-deux enfants et dont on aurait facilement imaginé qu'elle était la grand-mère des plus jeunes plutôt que leur mère. Le respect, bien sûr, l'admiration, mais sûrement pas l'envie de les rejoindre dans cette sorte de gloire.

A peine sorties de l'ombre, celle des hommes, ne voilà-t-il pas que certaines femmes affichaient leur volonté de devenir pour de bon leurs égales, de leur ressembler ? La mode les y incitait, qui les invitait à raccourcir leur jupe, porter le costume-tailleur, avec chemisier et nœud papillon, des escarpins à talons plats, des boutons de manchette... Elles se firent couper les cheveux. Elles entendaient aussi intégrer les grandes écoles pour exercer de prestigieux métiers masculins, avocat, médecin, architecte. Elles conduisaient des voitures, faisaient du sport, du tennis, du hockey sur gazon, de la boxe française !

Elles devinrent des « garçonnes », comme l'héroïne du roman de Victor Margueritte, paru en 1922, et qui, bien qu'accusé de donner une image nuisible et fausse de la jeune fille française, atteignit l'incroyable tirage d'un million d'exemplaires et contribua largement à susciter des désirs d'émancipation.

Mais il y avait deux mondes.

Celui des intellectuels, des artistes, des créateurs, des bourgeois progressistes, ceux qui lançaient les modes, allaient aux bains de mer et s'y dénudaient, fréquentaient tous ces endroits, théâtres, cabarets, music-halls, salles de concert, qui refleurissaient pour faire oublier les horreurs de la guerre. Ces gens-là, qui acceptaient, voire encourageaient, cette émancipation des femmes, vivaient dans les beaux quartiers de Paris et des villes. Pour eux, c'était le début des « années folles ».

Et l'autre monde. Celui des campagnes, des petites villes de province, des quartiers ouvriers, un monde plus modeste, plus soumis aux traditions, aux valeurs héritées du passé, à l'influence des gens d'église, autant de facteurs qui entretenaient chez eux une méfiance vis-à-vis de certaines notions comme le plaisir, la liberté, l'étalage des corps et des sentiments, jugé immoral.

Et dans ce monde-là, les lieux où la guerre s'était déroulée, comme la Meuse, étaient davantage encore à part. Parce que les traces en étaient tellement visibles qu'on pouvait craindre que certaines ne s'effacent jamais. Parce qu'il y avait tous ces cimetières et leurs alignements de croix. Parce que des accidents rappelaient régulièrement les combats. Dans des champs retravaillés, prudemment pourtant, ou des forêts, des obus enterrés intacts étaient heurtés par des engins et explosaient, faisant de nouvelles victimes, des blessés, des morts, et cela à chaque fois rappelait la tragédie. Alors comment oublier, ou même faire semblant, dans ces conditions ? Les manifestations trop voyantes de joie, les audaces, les excentricités ne paraîtraient-elles pas plus déplacées ici qu'ailleurs ?

Cela ne voulait pas dire que tout amusement était banni. Il y avait les parties de cartes, les jeux de quilles, le billard dans les cafés, comme celui de la Paulette, mais ces plaisirs-là ne concernaient que les hommes et les garçons. Les fêtes de village, par contre, rassemblaient la jeunesse, les fêtes de famille, en particulier les mariages, étaient autant d'occasions de réunions joyeuses, avec banquet et bal, où étaient conviés tous les jeunes des environs.

Les familles que le deuil avait touchées en restèrent éloignées quelque temps. Car dans ce domaine les règles étaient encore strictes, particulièrement pour les femmes et les jeunes filles. Le grand deuil leur imposait d'être vêtues de noir, au moins quand elles se rendaient à l'église, où pendant plusieurs semaines elles devaient même garder, fixé à leur chapeau, le voile noir qu'elles pouvaient tout de même rejeter sur l'épaule. Suivait le demi-deuil, avec le retour des couleurs, cependant encore discrètes, du gris, du mauve. Le tout plus que défini, codifié. Ne pas respecter ces règles était un manquement à la morale et à la décence, amplement commenté, et pas seulement par les mauvaises langues. Le fait que tant d'années après la mort du terrible Brutus Héraut on se scandalisât encore de la manière dont la Zabelle s'était comportée montrait assez que ce qui touchait au deuil était sacré. Ses souffrances ne la dispensaient pas du respect envers son défunt mari.

Sortir, s'amuser... Pour cela, sauf si c'était au village même, il fallait se déplacer. A pied le plus souvent. Le dimanche, les jeunes gens se regroupaient pour aller danser ici ou là, et c'était encore une particularité de la campagne de se distraire l'après-midi et rarement en soirée, comme en ville, où les spectacles, surtout les plus clinquants, se donnaient de nuit. Les campagnards étaient habitués à vivre non seulement au rythme des saisons, mais aussi des heures. On travaillait le jour, on se reposait la nuit.

Les bicyclettes, encore rares, étaient l'apanage et la marque de certaines professions. C'est à vélo que se déplaçaient les facteurs, les « hirondelles à pédales », autrement dit les gendarmes, les inspecteurs qui visitaient les écoles de village, et même des médecins. Quant aux engins motorisés, ils avaient rang d'exceptions. A Clercy, Henri faisait des envieux avec sa motocyclette, qui n'était pas sans contribuer à son succès auprès des filles.

Dès 1921, le ministère des Transports avait publié un décret instituant un « règlement général sur la police de la circulation et du roulage », en abrégé un code de la route. A partir du 1er janvier 1923, il devint illégal de circuler en voiture sans avoir obtenu le permis de conduire, après un contrôle par des examinateurs dont la plupart étaient des rescapés de la Grande Guerre qui avaient piloté au front des camions ou des ambulances, ou servi de chauffeurs à des militaires haut gradés. Et pourquoi ces mesures, dont le non-respect entraînait des sanctions ? Pour mettre de l'ordre dans la guéguerre qui opposait, à Paris et dans les villes, les conducteurs d'automobiles, de plus en plus nombreux, souvent imprudents, confondant volontiers leur avantage avec un droit, à ceux qui conduisaient encore des chevaux, éboueurs, bougnats et livreurs en tous genres, parfois interdits de circulation aux heures de pointe ! Sans parler des piétons...

A la campagne, par contre, les chevaux avaient gardé leur prestige, parce que c'était encore grâce à eux que s'effectuait la totalité des travaux agricoles. Et le monde paysan n'avait pas oublié quel déchirement avait représenté pour lui l'obligation de livrer ses chevaux pour la guerre, et pas seulement parce que leur force allait manquer.

Hors des villes, les automobiles étaient rares, et les quelques privilégiés qui avaient les moyens d'en posséder une savaient encore respecter les attelages.

A Clercy, situé sur la rive gauche de la Meuse, où le trafic était moins important que sur l'autre rive, et la route à bien des endroits fort étroite, il passait à vrai dire très peu d'automobiles.

Un jour, pourtant, le fils Gallois, Lucien, à son grand étonnement, eut maille à partir avec un conducteur arrogant. Venant d'un champ situé en bordure de la route, il conduisait un tombereau chargé de sacs de pommes de terre, quand il entendit derrière lui des coups de klaxon, répétés de manière impérative. Une torpédo décapotée, dont le chauffeur entendait faire comprendre, par des gestes nerveux de la main, que l'attelage devait se garer au plus vite pour le laisser passer, apparut dans son dos. L'endroit ne se prêtait guère à lui laisser la place. L'homme, « un gandin avec un chapeau mou et des gants accompagné d'une cocotte blonde », dirait plus tard Lucien qui, faisant confiance à son cheval, s'était carrément retourné et le toisait de son perchoir, s'énervait de plus en plus, écrasait son klaxon, brandissait carrément le poing et hurlait des insultes, « cul-terreux », « péquenot », que le fils Gallois affirmait avoir nettement entendues malgré le bruit. Il avait alors doucement tiré sur les rênes pour ralentir le pas du cheval, qui de son côté avait eu l'envie judicieuse de libérer une avalanche de crottin. Un élargissement de la route était en vue, l'homme allait enfin pouvoir doubler. Lucien avait alors stoppé son cheval, sauté du tombereau, et s'était approché de la torpédo, qui avait dû s'arrêter aussi. La blonde agitait un mouchoir sous son nez, à cause de l'odeur du crottin.

« Oh, ces péquenots, avec leurs canassons ! avait-elle lâché dans une moue de dégoût.

— Le péquenot est un blessé de guerre, madame, avait répliqué Lucien, brandissant jusque sous le nez des passagers de la voiture ce qu'il restait de son bras gauche, et son canasson aussi, un des rares qui en aient réchappé. C'est pour ça qu'on va pas vite, tous les deux, voyez-vous… »

L'histoire avait fait le tour du village, et s'était même répandue au-delà, augmentant le prestige du fils Gallois, déjà connu pour son courage et son moral à toute épreuve.

Les chevaux, à la campagne, on les utilisait d'abord pour le travail, mais aussi, au besoin, pour rendre visite à des parents, pour répondre à des invitations, pour aller se distraire. Il n'était pas rare de voir des familles endimanchées dans des « chars à bancs », et quelques paysans avaient même dans leur écurie, à côté de leurs robustes ardennais, un cheval plus vif et léger qu'ils attelaient à une petite voiture munie d'une capote les jours de pluie. Et pour cela aussi, on pratiquait l'entraide. Si l'on avait de la place, on emmenait des cousins, des voisins, des camarades. On prêtait cheval et voiture à l'occasion. A condition toutefois d'être entre gens de confiance, de ne pas être opposés par des querelles d'héritages, des bisbilles concernant des parcelles mitoyennes mal bornées, des chemins de servitude et d'autres sujets de discorde, auxquels étaient venues s'ajouter les pitoyables histoires de dommages de guerre.

On était à l'automne de 1924. Bertille était toujours là, fidèle au poste. Pierrot ne l'accompagnait plus, puisque comme Marinette il allait à l'école depuis maintenant deux ans. La Louise Paulet, par contre, avait déclaré forfait pour la lessive, vaincue par ses reins brisés et ses mains déformées. Rosalie ne confiait plus à sa bru, qui lui avait succédé, que le gros linge et les cottes des hommes. Du reste elle se débrouillait, d'autant mieux qu'Eugène et Henri lui avaient installé sous un auvent un « lavoir à hauteur », qui rendait la tâche nettement plus facile.

Bertille, cet après-midi-là, semblait de très bonne humeur, presque guillerette. Elle chantonnait en fourrageant dans le panier de linge avec des gestes vifs.

— Tu te rappelles, dit-elle à Rosalie, alors qu'elles venaient de se mettre au travail, chacune de son côté, la première fois où je suis venue te chercher pour aller danser ?

Si Rosalie s'en souvenait...

C'était en 1922, au mois de mai. Elle avait mis plus longtemps que ses frères à sortir de son deuil. Leur peine n'était pourtant pas moins vive que la sienne. Le chagrin, ça ne se mesure pas, pas même à l'intensité des flots de larmes, au temps mis à les tarir. Mais, dans ce domaine comme dans tant d'autres, les traditions et l'inévitable morale exigeaient davantage, en matière de réserve, des filles et des femmes, qui ne trouvaient d'ailleurs pas à y redire.

Bertille aussi avait respecté son deuil avec d'autant plus de scrupule qu'à son état de veuve s'ajoutait celui de mère. Quatre ans ! Mais elle se sentait jeune, encore, elle se savait jolie, elle en avait assez de cette surveillance que, mine de rien, sa belle-mère exerçait sur elle. Elle ne voulait pas faire le mal. Juste sortir un peu, danser, peut-être. Pierrot était parti à la pêche avec son grand-père. Elle avait dit à la mère Mangeot :

« Je vais voir Rosalie. On ira se promener toutes les deux.

— T'as besoin de garder ta belle robe pour ça ? »

Rosalie aussi était « en dimanche », pour rien, parce que c'était le jour. Elle venait juste de retirer son tablier de cuisinière, de ménagère. Eugène s'apprêtait à emmener les petites jusqu'au bois, où elles voulaient cueillir du muguet, quand il avait vu Bertille.

« Tiens, Rosalie, tu vas avoir de la compagnie ! »

Elles étaient allées, à pied, jusqu'à Bréolles, un village voisin, où il y avait un bal, dans l'arrière-salle du café, où trônait un piano mécanique. Bertille avait dû insister pour convaincre Rosalie.

« Viens, pour moi. Que la mère Mangeot sache que j'étais avec toi, et pas avec quelqu'un d'autre, si jamais elle l'apprend. »

Le piano mécanique distillait une polka quand elles étaient entrées et avaient pris place sur un banc. Bertille regardait les danseurs.

« Il y aura peut-être Henri… » avait-elle dit.

Non, il n'y était pas. Ni Georges, qui préférait encore les amusements entre garçons, le billard, les quilles, les parties de cartes chez la Paulette.

Bertille avait dansé, plusieurs fois. Aucun garçon n'était venu inviter Rosalie. Elle aurait pu en être froissée, elle en avait été soulagée. Elles n'étaient pas restées longtemps, Bertille elle-même n'ayant pas pu échapper à un désagréable sentiment de culpabilité.

Rosalie était rentrée après les cueilleuses de muguet, il y avait sur la table un gros bouquet parfumé. C'était le moment de penser au souper, elle avait remis son tablier.

Elles finirent de se remémorer cette première sortie, qui avait fait remonter le petit goût amer de la déception. Elles se turent. Sans doute se souvenaient-elles, chacune de son côté, de celles qui avaient suivi, et qui ne leur avaient pas apporté non plus ce qu'elles en attendaient.

Ce que Bertille cherchait, en allant danser, c'était un homme. Parce qu'elle avait connu l'amour et n'en pouvait plus de vivre sans. Mais pas n'importe quel homme, et pas pour une aventure. Elle cherchait un mari pour elle, qui soit aussi un père pour son petit Pierre.

Mais la guerre était passée par là, rompant l'équilibre entre les hommes et les femmes, qui, hormis des cas particuliers, en temps normal offre à peu près sa chance à tout le monde.

Les hommes de son âge avaient eu vingt ans en 1914, comme son Ernest. Il en manquait beaucoup. Quant à ceux qui étaient revenus... les uns avaient retrouvé des fiancées fidèles, d'autres avaient déniché l'âme sœur parmi les jeunes filles que leur surnombre menaçait du célibat. Restaient ceux qui n'avaient plus le cœur, ou plus l'audace, de chercher à séduire, parce que leur état, croyaient-ils, les en rendait indignes. Et les filles, c'était vrai, les avaient regardés à leur retour avec un mélange de curiosité et de pitié dans lequel ils avaient vu aussi, parfois à tort, des refus inscrits d'avance. Tous n'avaient pas l'allant de Lucien Gallois, qui courait les bals et allait jusqu'à affirmer, un brin hâbleur, que s'il n'était pas encore marié, c'était parce qu'il ne pouvait pas se décider à choisir parmi ses cavalières ! Sans aller jusqu'à s'enfermer, comme le Faustin de la Zabelle, dans une solitude presque absolue, ils ne fréquentaient guère les lieux de plaisir et de rencontre.

On racontait que dans les hôpitaux, où des chirurgiens avaient tenté, dans les premières années d'après-guerre, de réparer les grands blessés, jusqu'aux plus douloureusement atteints, les « gueules cassées », des infirmières, pourtant, avaient senti leur émotion et leur dévouement se transformer en tendresse, et même en amour. C'était beau, mais vu de loin, des petits bals de campagne, cela tenait davantage du conte de fées que de la réalité…

Quant aux plus jeunes, ceux qui n'avaient pas fait la guerre, ils regardaient plutôt du côté des filles de leur âge. Ceux qui connaissaient Bertille l'invitaient cependant à danser, par pure sympathie et sans aucune arrière-pensée. Ceux qui ne la connaissaient pas et pouvaient se méprendre sur son âge tentaient parfois des approches qu'elle décourageait aussitôt, même si elle en était troublée.

Restaient les hommes plus âgés. Des graines de vieux garçons, dont certains allaient jusqu'à s'estimer providentiels pour les femmes dans sa situation. Une veuve, n'est-ce pas, de plus avec un marmot, ça ne devait pas faire la difficile… Ou encore des hommes mariés qui s'enhardissaient à courir de temps en temps la gueuse, et qui, devinant sa frustration de belle femme sans amour, lui proposaient crûment des aventures qui l'humiliaient.

Elle confiait ses réflexions sur toutes ces catégories d'hommes et de garçons, dont aucun ne pouvait lui convenir, à Rosalie, sur le chemin du retour quand elles sortaient ensemble, sinon à l'occasion des après-midi de couture. Tantôt elle faisait mine de s'en amuser, riait en traitant ses soupirants occasionnels de puceaux ou de vieux cochons, tantôt elle laissait percer ses émotions :

« As-tu vu le grand brun à moustache, avec un pantalon de golf, qui essayait de me serrer de près ? J'en avais le cœur à l'envers et les jambes en flanelle... »

Elle interrogeait Rosalie.

« Et toi ?

— Quoi, moi ?

— Tu as dansé plusieurs fois, je t'ai vue, même que tu danses bien maintenant. »

C'était vrai, malgré son air un peu farouche et ses yeux baissés quand le piano mécanique entonnait un air de danse, des garçons parfois se dirigeaient vers elle et l'invitaient. Mais si elle acceptait, parce qu'il était mal vu et même impoli de refuser, elle n'en tirait guère de plaisir, et s'efforçait de régler ses pas sur ceux de son cavalier pour oublier ce bras qui l'enlaçait, cette main qui tenait la sienne, ce souffle si proche du sien.

« Et alors ?

— Alors quand est-ce que tu vas te dénicher un amoureux ? Tu en auras bien envie un jour, quand même ? »

Rosalie haussait les épaules et ça se terminait toujours par des silences.

Aujourd'hui, ce temps de silence, pour Bertille, ne semblait pas avoir été rempli de pensées amères. Aucune ombre n'était passée sur son visage, et elle n'avait pas cessé de sourire.

— Rosalie, il faut que je te dise quelque chose...

— Quoi ?

— Je suis amoureuse... Tu veux savoir qui c'est ?

— Je le connais ?

Bertille éclata de rire.

— Bien sûr que tu le connais ! C'est ton frère, c'est Henri !

Bertille qui rit, Bertille qui pleure...

Ses amours avec Henri n'avaient pas duré bien longtemps. Le temps d'une saison, qui plus est la moins propice pour les rencontres, et au printemps suivant, déjà, ses espoirs s'étaient envolés.

Elle avait fini par remarquer ses regards appuyés quand il rentrait du travail et qu'elle était encore à coudre avec Rosalie. C'est vrai qu'elle lui plaisait. Mais il avait mis du temps à céder à cette attirance, à cause du lien qu'elle avait avec sa sœur, de l'estime dans laquelle la tenait son père, et aussi de ce petit garçon dont elle avait la charge. Il aimait les conquêtes, mais ne tenait aucunement à s'engager, quelques jeunes filles des environs en avaient déjà fait l'expérience. Avec Bertille il y regarda cependant à deux fois, en raison de sa situation et de ses qualités, qui méritaient des égards.

Bertille s'était mise à rêver, puis à espérer, puis à croire à une histoire d'amour avec lui. Pour les mêmes raisons qui le faisaient hésiter, lui.

Et puis un dimanche, dans un bal, elle s'était retrouvée dans ses bras pour une danse, une autre, et encore une autre. Et dans d'autres bals, pour d'autres danses. Il avait senti son désir, si différent de celui des jeunettes qu'il provoquait parfois et qui riaient, effarouchées. Un désir fait d'émotion, d'attente, qui la faisait plus lourde entre ses bras. Il en avait joué. Elle lui avait cédé. C'était l'hiver. Les petits bals de campagne étaient devenus rares, elle avait dû faire preuve d'audace et d'imagination pour justifier ses quelques sorties et se retrouver, hors du village, sur la moto d'Henri. Elle se collait contre lui et il l'emmenait vers des granges, des cabanes de bûcherons ou des hameaux déserts qu'il semblait bien connaître, parce qu'il s'y dirigeait tout droit, et là, ensemble, ils oubliaient le froid.

Jusqu'au jour où, pris de remords et plus encore de la crainte de se trouver dans une situation difficile, leur liaison découverte, ou pire, placé devant ses responsabilités, il lui avait dit que ça ne pouvait continuer, qu'il ne voulait pas lui attirer d'ennuis, qu'il la respectait trop, qu'elle était trop bien pour lui.

Bertille était arrivée avec sa tête des mauvais jours, celle qu'elle avait quand quelque chose n'allait pas, le plus souvent des réflexions de sa belle-mère, une tête que Rosalie ne lui avait pas vue depuis qu'elle était au courant de ses amours. Alors elle crut deviner :

— Bertille, ça ne va pas ? C'est la mère Mangeot ? Elle sait ?

— Non. Peut-être qu'elle sait, elle me bat froid, mais ça m'est bien égal. C'est pas elle, c'est Henri. C'est fini entre nous. J'avais rêvé de devenir ta belle-sœur, hélas c'est fichu.

— Mais…

— Mais rien. C'est comme ça.

Bertille retenait ses larmes, plissant les yeux pour enfiler son aiguille, coupant d'un coup sec, avec les dents, la bonne longueur de fil, et se mettant à coudre, à réparer un accroc sur un pantalon de coutil. Et tout en travaillant elle s'épancha, à petites phrases saccadées, d'un ton qu'elle voulait neutre, comme si elle parlait de la pluie et du beau temps.

— Je le savais, que ça ne pouvait pas durer… Il ne m'avait rien promis… C'est moi qui ai été bête… Un jeune homme comme lui, avec toutes les filles qui lui courent après, s'embarrasser d'une veuve avec un gosse… J'ai pas à lui en vouloir… je lui en veux pas…

Elle en avait fini avec l'accroc, replia le pantalon, piocha dans le panier un tablier de Marinette, troué aux coudes, auxquels il allait falloir mettre des pièces.

— Les hommes, continua-t-elle, faut les comprendre, ils ont des besoins. Ils ne peuvent pas y résister. Nous aussi, les femmes, on en a, enfin pas tout à fait des besoins, disons des envies. Mais, et c'est pour ça qu'on est bêtes, nous les femmes, il faut toujours qu'on y mêle le cœur. Alors que les hommes, pour eux, c'est pas obligé. Je te dis ça, pour que tu le saches, ça pourra peut-être te servir un jour.

Rosalie regardait son amie, étonnée, troublée par ses paroles, si sincères, si directes. Et pas très rassurantes.

— Tu sais ce qu'il m'a dit, Henri, comme cause de sa rupture ? Que j'étais trop bien ! Comme si ça pouvait consoler une femme de lui dire qu'on la quitte parce qu'elle est trop bien…

Rosalie se prit à réfléchir à cette affaire de « besoins » des hommes, qui lui rappelait les paroles de sa tante Léa, ce fameux dimanche où, avec Lucienne, elles avaient eu l'audace de suggérer à son père de se remarier.

Au fil des années, les visites des tantes s'étaient faites plus rares. Elles ne venaient plus à Clercy que deux ou trois fois par an, et plus jamais sans s'être annoncées par un courrier. Force leur avait été de constater que Rosalie avait pris de l'assurance dans la gestion de la maison. Aussi la laissaient-elles maintenant faire ses achats toute seule, se contentant de lui glisser une enveloppe que la nécessité l'obligeait à accepter. De la perte de leur influence elles se vengeaient par des remarques auxquelles Eugène avait pris le parti de ne pas répliquer, en conseillant à Rosalie d'en faire autant. « Henri, disaient-elles, a la réputation d'être un maçon hors pair, sans doute, mais comme il a l'air sûr de lui, presque dédaigneux ! Alice est bien coquette pour son âge. Et il faudrait peut-être voir à moins gâter Marinette, qui a la langue trop bien pendue, et qui maintenant refuse carrément de se laisser emmener en vacances chez l'une ou l'autre de nous. » A quoi la petite répondait : « J'ai pas envie. »

« La tante Léa m'embête, expliquait-elle ensuite dans leur dos, elle me parle toujours des bonnes manières, et le curé Virelet se plaint sans arrêt de sa goutte. Mais dis, Rosalie, c'est quoi, "sa goutte" ? »

Pour Eugène, plus de conseils, ni de suggestions, elles avaient compris. Et à peine, pour Rosalie, quelques remarques, qui n'étaient en fait que des interrogations déguisées :

« Alors il paraît que tu sors un peu, maintenant, qu'on t'a vue au bal, eh bien tant mieux... Tu n'as pas tout à fait une jeunesse comme les autres, il est normal que tu veuilles en profiter. Mais sois prudente, tout de même... »

On aurait dirait que le père, ces temps-ci, avait quelque peu changé. Lui à qui la marche n'avait jamais fait peur, même quand il lui fallait se rendre sur les chantiers à pied, musette au dos, il s'était rendu au magasin à l'enseigne des « Armes et Cycles » et y avait fait l'achat d'une bicyclette, un grand vélo haut sur roues qui avait bien étonné les filles quand il était revenu avec. Dorénavant, de temps à autre, le dimanche après-midi, il partait faire un tour.

Il en avait bien le droit, après tout, d'autant que la cohésion de la famille, il fallait bien l'admettre, petit à petit, s'était relâchée. Henri disposait de ses loisirs à sa guise depuis plusieurs années, et la maison n'était plus guère pour lui, semblait-il, qu'un lieu où manger, se changer et dormir. Alice vivait sa vie de vendeuse de pain toute la semaine, et le dimanche elle revendiquait le droit de se distraire.

C'était le père, curieusement, qui demandait la permission de s'échapper, ou qui en faisait mine, par égard pour Rosalie :

« Je peux aller faire un tour ? Tu sors, toi, aujourd'hui ? Avec ta sœur ? »

Tantôt, la réponse était :

« Oui, il y a un bal (ici ou là), Alice a envie d'y aller.

— Fais bien attention à elle, disait-il alors, elle est encore tellement jeunette. »

Tantôt, Rosalie lui répondait qu'Alice allait rejoindre des amies de son âge, ou qu'elle, Rosalie, allait jouer aux dames, ou aux cartes, avec Marinette, à moins que celle-ci ne coure aussi vers d'autres gamines du village. Ou encore Rosalie avait du travail en retard, elle allait rester toute seule, mais ça ne la dérangeait pas. Si elle n'avait rien à faire, elle pourrait toujours lire. Plus exactement, elle relirait quelques passages des fameux livres de bibliothèque, choisis par monsieur Richet, quand elle avait quinze ans. Peut-être n'avait-il pas voulu sortir de son rôle d'instituteur, se limitant à des contes et légendes, des récits d'aventures et des épopées, alors qu'elle aurait aimé ce que dans sa tête elle appelait « des livres de vie », dans lesquels elle aurait pu se retrouver, s'imaginer, et se rêver autre. Elle finirait immanquablement par les *Histoires naturelles* de Jules Renard, récitant plus qu'elle ne le lirait le portrait de la pie, à laquelle « il reste toujours, du dernier hiver, un peu de neige », le seul qui avait encore le pouvoir de l'émouvoir, en lui rappelant Georges.

Rosalie s'avisa que les dimanches où le père allait faire un tour, après la messe et le détour par chez la Paulette, il ne se rechangeait pas, gardait sa chemise blanche, son paletot et sa culotte de drap, dont il resserrait le bas avec des pinces avant d'enfourcher son vélo, à cause de la graisse dont il avait enduit la chaîne. Et elle l'avait vu, à plusieurs reprises, déboucher discrètement le flacon d'eau de Cologne et s'en frictionner le visage.

S'en allait-il poussé par ses « besoins », dont Bertille, tout comme les tantes, lui avait appris que les hommes ne savaient y résister, en ajoutant cependant qu'il fallait les comprendre ?

Avait-il « quelqu'un » ? Le cœur, pour les hommes, ce n'était pas obligé, et de ce côté-là elle était tranquille, son père ne se remarierait jamais, il l'avait affirmé haut et fort. Comment pourrait-il aimer une autre femme après avoir partagé la vie de Sidonie ? Pour le reste, elle préférait ne pas savoir.

Eugène, en effet, avait « quelqu'un ».

Une femme entre deux âges, qui depuis la fin de la guerre tenait un poste de garde-barrière, au sortir d'un petit bois, entre deux villages éloignés de Clercy d'une dizaine de kilomètres. Le peu qu'on savait d'elle, c'était qu'elle était divorcée. A part ça elle était plutôt volumineuse mais avenante, semblait-il, et bien mise, quoique simplement. Elle s'appelait Ginette, Ginette Huygens, un nom pas d'ici, et elle vivait entourée d'une ribambelle de chats. Il ne lui en fallait pas plus pour traîner une réputation un peu douteuse.

Comment Eugène avait-il été conduit jusqu'à elle ? Hasard ? Curiosité ? Pendant plusieurs semaines, Luigi avait eu un chantier à proximité, et le camion qui emmenait et ramenait ses ouvriers empruntait le passage à niveau.

Que trouva-t-il auprès de cette Ginette dont ses compagnons de travail se riaient en la regardant manœuvrer les barrières, certains allant jusqu'à imiter les miaulements de ses chats, assortis de quolibets d'un goût plus que douteux ? La satisfaction de ses besoins, sans doute, mais aussi celle de parler avec une femme sans arrière-pensée, sans ce besoin de commenter et, pire encore, de juger qui se cache si souvent sous la fausse bonhomie de tant d'autres. Il lui racontait sa vie avec Sidonie, dont le souvenir le hantait toujours, lui parlait de ses enfants, de ses soucis, de ses craintes. Etait-il un bon père, surtout pour celle qui, il lui fallait bien se l'avouer maintenant, avait été sacrifiée pour prendre la relève de la mère ? A elle il osa confier que Rosalie avait voulu devenir institutrice, qu'elle en avait les capacités, que sans doute elle regrettait encore que les circonstances l'en aient empêchée, même si elle ne l'avait jamais dit.

Quelqu'un connaissait-il, ou soupçonnait-il, ce qui reviendrait presque au même, la liaison d'Eugène avec cette Ginette ?

Jusqu'ici aucun bruit n'avait couru.

Mais voici qu'un dimanche après-midi, revenant d'une de ses cachettes avec l'une de ses nouvelles conquêtes, dont il obtenait rarement ce que lui avait accordé Bertille, Henri, en franchissant un passage à niveau, aperçut un vélo, en partie caché par un buisson, et crut reconnaître celui de son père.

— Je te dépose ici, dit-il à la jeune fille, j'ai plus envie d'aller danser.

Sans plus se préoccuper de la donzelle, il repartit vers Clercy, pour constater que le vélo d'Eugène, en effet, ne s'y trouvait point. Il ouvrit la caisse à outils, y prit une solide pince, repartit aussitôt. Il arrêta sa moto un peu avant le passage à niveau, la dissimula derrière un arbre et se rendit sous le couvert du bois jusqu'à la barrière. Le vélo n'avait pas bougé, et c'était bien celui de son père. Lequel entretenait parfaitement ses outils, *clac clac clac*, en deux temps trois mouvements la pince avait brisé un maillon de la chaîne et sectionné deux rayons.

Les filles, ce dimanche-là, n'avaient pas quitté la maison. Emilie Dumont, une jeune fille de Clercy, se mariait dans les jours à venir, et elles étaient invitées pour le dessert et le bal. Bertille avait coupé et cousu une robe pour Alice, il ne restait que les finitions, en particulier la longueur à préciser. Mais Alice n'était pas contente, elle la trouvait trop longue. Elles se chamaillèrent :

— Il faut couper, Rosalie !

— Non, je vais faire un ourlet, ça suffira.

L'ourlet fait, c'était encore trop long au goût de la demoiselle.

— Il faut couper, je te dis !

Rosalie hésita, puis se décida à couper.

— Comme ça ?

— C'est pas assez, encore plus court !

— Mais on va voir tes genoux !

— C'est la mode, à Paris, madame Jacobie m'a montré, sur un magazine !

— On n'est pas à Paris, ici on ne montre pas ses genoux !

Au final, Rosalie dut s'exécuter, raccourcir encore. Alice enfin satisfaite, Rosalie reconnut que c'était joli. Joli, mais osé, tout de même.

Marinette avait suivi toutes les opérations, en trépignant et en répétant : « Vivement que je sois grande, moi aussi, pour danser avec les garçons ! »

Elle irait au bal de la noce, un peu, les enfants y avaient droit aussi, mais en guise de danses les petites filles devaient se contenter de rondes, entre elles, sous les yeux moqueurs des gamins.

— Tu devrais en faire autant à la tienne, de robe ! lança Alice, plus pour taquiner sa sœur que pour la convaincre.

Elles préparèrent le souper, mirent la table. Eugène tardait, bizarrement. Rosalie commença à s'inquiéter. Henri était rentré, plus tôt que d'habitude, il était resté dehors, assis sur le banc devant la maison.

Voici enfin Eugène.

Il venait de faire dix kilomètres à pied, en portant son vélo, plutôt qu'en le poussant, parce que pour éviter des rencontres il n'avait pas suivi la route mais avait emprunté des chemins à travers les bois et les champs, et contourné le village pour y entrer du côté de chez la Zabelle.

Henri le regarda s'approcher, le pas lourd, le visage sombre. Il se leva. Les yeux du père rencontrèrent ceux du fils, qui avait agi sur un coup, mais de quoi au juste, surprise, colère, dépit, au nom de quoi, de la morale, mais de quel droit, et qui le regrettait, maintenant. Eugène devina la culpabilité d'Henri, il aurait dû exploser de colère, mais il ne le pouvait pas. Il se sentait honteux d'avoir été pris en flagrant délit de faiblesse, et quelle faiblesse, comme son fils de s'être permis de le condamner. Ils baissèrent les yeux en même temps. Henri retourna à sa moto, l'enfourcha, démarra et s'éloigna. Eugène traîna son vélo jusqu'à la remise, et entra enfin dans la cuisine, où l'attendaient les filles.

Marinette s'élança vers lui.

— Papa ! Papa ! Enfin ! On se faisait de la bile, tu sais !

— Saloperie de bécane, dit-il, j'ai ramassé une bûche et ça a fait du dégât, y a rien de tel que d'aller à pied, ou encore mieux, de rester chez soi ! Mais on va souper quand même, hein ?

— Et Henri, il vient pas souper ? Il s'en va sans rien dire ? Ah, les hommes ! ajouta la petite en allant prendre place à table. Ils en ont de la chance, ils peuvent faire ce qu'ils veulent, et même des bêtises, ils ont le droit ! Alors que les filles… Hein, Rosalie, que c'est vrai ?

7

— A l'année 1926 ! Qu'elle nous apporte la prospérité et à nos enfants le bonheur !

Luigi Rivero leva sa coupe et invita toute la tablée à en faire autant.

Du champagne, du vrai, comme de l'or, pétillant dans le cristal des beaux verres de Mariza.

— A la tienne, Eugène !

Eugène Piquart n'était plus l'un des ouvriers du maître de maison, il était dorénavant son ami, et même davantage, le beau-père de sa fille Julia. A ses côtés, debout aussi, une coupe à la main, Rosalie. Bien qu'elle n'eût pas encore bu, la tête lui tournait déjà un peu.

Il s'était passé tellement de choses au cours de cette année 1925 que Luigi se préparait à enterrer dans la joie !

D'abord, conséquence de sa déception amoureuse, Bertille avait quitté Clercy. Une peine réelle pour Rosalie, dont elle était la meilleure amie. Non pas parmi d'autres, car elle était la seule, mais par tout ce qu'elle lui apportait, de savoir-faire, de connaissance de la vie, de courage, et de gaieté, jusqu'à sa déconvenue.

Si Bertille vivait chez ses beaux-parents, c'était à leur demande, dont elle avait admis le bien-fondé. Ernest étant leur seul fils, le petit Pierre leur seul petit-fils à porter le nom de Mangeot, ils avaient considéré qu'il devait grandir auprès d'eux, moyennant quoi ils aideraient sa mère à l'élever. Ce qu'ils faisaient, à la mesure de leurs modestes moyens. Quand Bertille avait fait part à sa belle-mère de son intention de retourner chez ses propres parents, qui déploraient son éloignement, celle-ci n'avait exprimé aucun étonnement. Au contraire.

« C'est ce que t'as de mieux à faire, va, maintenant. T'avais rien à attendre de ce garçon-là. »

Elle avait haussé les épaules devant l'étonnement de Bertille.

« Qu'est-ce que tu crois ? Que je ne savais rien ? Des motos, par ici, y en a pas tant que ça, et un jupon qui voltige à l'arrière, ça se remarque. J'te jette pas la pierre, t'es encore jeune, t'as sûrement envie de te recaser. Mais avec l'Henri Piquart, t'aurais dû te méfier. Je te le répète, t'avais rien à attendre de lui. Tu sais pas ce qui se dit ? Qu'il vise la fille de son patron. Elle n'est peut-être pas mieux que toi, mais elle est de son âge, elle n'a pas un gamin à charge, elle, et son père est riche. Tu comprends ? »

Bertille avait alors découvert que sa belle-mère n'était pas si mauvaise que ça, que si elle la surveillait, et même la soupçonnait, c'était surtout pour la protéger, à sa façon, maladroite et bourrue.

« Si le bruit s'était répandu que tu fréquentais le fameux Henri, pour beaucoup c'est toi qui aurais eu tort, on t'aurait accusée de l'avoir cherché. Dans ces cas-là c'est le plus souvent la femme qu'on juge mal. Alors c'est mieux comme ça, avait conclu la mère Mangeot, même si le petiot va nous manquer. Et si un jour tu retrouves quelqu'un, je veux dire quelqu'un de bien, pour du sérieux, tu pourras nous le dire, on n'aura rien contre. Tu mérites encore d'être heureuse. »

Henri et la fille de Luigi ? C'était vrai. On n'avait pas tardé à l'apprendre, et aussi à voir Henri, qui avait passé son permis de conduire, promener ladite Julia dans la voiture de son patron, à l'arrière de laquelle s'étalait souvent Mariza en chaperon.

Des relations entre les deux familles, les Rivero et les Piquart, s'étaient forcément nouées quand il avait été question de mariage, mais comme selon la tradition tout devait se passer chez les parents de la fille, Eugène et les siens n'avaient eu qu'à acquiescer à tout.

Quelques jours avant le mariage, mais cela Rosalie ne l'avait pas su, Eugène avait eu une conversation « entre hommes » avec son fils aîné. Peut-être le sabotage du vélo y avait-il été évoqué, peut-être aussi la cause du départ précipité de Bertille…

La tradition, toujours, voulait que la fiancée fût conduite vers la mairie et l'église par son père, en tête de cortège, et que le futur marié fermât la marche au bras de sa mère. Qui allait accompagner Henri ?

« Rosalie a remplacé ma pauvre sœur à la maison, mais pour ça, non, avait décidé la tante Lucienne, elle est trop jeune. Je conduirai Henri, ça me revient. »

Rosalie, qui n'aurait pas su exprimer un avis sur la chose, avait cependant ressenti douloureusement ce malaise qui n'était pas nouveau chez elle, celui de n'avoir pas d'âge, de ne s'inscrire nulle part dans le cheminement d'une vie, de l'enfance à l'âge de femme.

Henri avait quitté sa famille pour s'installer chez les Rivero, en attendant que se construise, tout à côté, la maison destinée au jeune couple.

Georges aussi s'était éloigné, contre toute attente. Le service militaire avait fait de lui ce qu'il était censé faire de toute recrue, un homme, et cela s'était manifesté chez lui par le désir légitime de voir son travail non seulement reconnu mais rétribué à sa juste valeur. Certains, comme son frère, n'avaient pas eu besoin de ce passeport pour l'âge adulte, tant mieux pour eux, mais lui, tant qu'il n'était pas « allé soldat », comme on disait alors, avait accepté les conditions de la famille qui l'employait. A savoir pas de salaire fixe, mais des rétributions en nature et des « pièces », qui de temps en temps étaient tout de même des billets.

« Ça ira comme ça ? » demandait le père Burger, qui serait sans doute resté cloué sur place si le jeune homme avait répondu que non, ça n'allait pas.

Les Burger l'avaient remplacé par un garçon aussi peu exigeant que lui, un émigré d'Europe centrale, un Yougoslave, qu'une nourriture solide, une paillasse pas trop dure et de quoi vider quelques verres le dimanche chez la Paulette suffisaient à satisfaire. Quand il revenait pour quelques jours de permission, Georges troquait sa tenue militaire pour ses habits de travail et allait se replonger dans l'ambiance de la ferme, dont il ne pouvait que constater la dégradation. Le fils Burger vivait de plus en plus mal sa mutilation et s'aigrissait. Il rudoyait le « Yougo ». Il raillait Georges, qui pourtant ne venait pas seulement pour dire bonjour, mais reprenait volontiers les outils ou les rênes des chevaux.

« Des soldats qui ne risquent rien, c'est pas des soldats, disait Paul, c'est des fainéants qui se payent du bon temps aux frais de la princesse ! »

Dans son régiment, à Metz, Georges s'était fait plus qu'un copain, un ami, un Picard lui aussi, mais pas de nom, de région. C'était cette coïncidence qui avait été à l'origine de leur sympathie réciproque. Il s'appelait René Maunier et venait de la Somme, du côté de Péronne, où s'était déroulée en 1916 une grande bataille, presque aussi meurtrière que celle de Verdun. Il était de famille paysanne et Georges aimait l'entendre parler des fermes de cette région, qui produisaient surtout des céréales et des betteraves sucrières, alors que dans la Meuse elles se partageaient à peu près également entre l'élevage et les cultures, celles-ci servant en grande partie à la nourriture du bétail. Le père Maunier attendait avec impatience le retour de son fils, parce qu'il ne s'était pas contenté de relever sa ferme qui avait souffert de la guerre, mais il avait su profiter d'opportunités pour en augmenter la surface. Pour travailler ses terres, il entretenait six chevaux, ce qui épatait Georges, car chez les Burger il n'y en avait que trois, ce qui n'était déjà pas si mal pour la région.

A la dernière permission de Georges, le père Burger l'avait prévenu :

« Ça ne va guère, chez nous. On vit tout juste. On pourra pas te reprendre, après ton service. Faudrait te payer, et on n'en a pas les moyens. T'as dû te rendre compte aussi que notre Paul n'est pas facile, il veut commander maintenant, et il ne sait pas toujours s'y prendre. Le Yougo ne fait pas d'histoires, vu sa situation, mais avec toi... »

Et c'est ainsi que Georges, deux semaines seulement après son retour à la vie civile, était parti dans la Somme, chez les Maunier, où il n'était pas un « commis » taillable et corvéable à merci, mais un valet de ferme payé, sinon à sa juste valeur, du moins de façon régulière et raisonnable.

Eugène n'avait pas cherché à le retenir, acceptant que ses fils construisent leur vie à leur manière, à condition que ce soit par le travail et dans l'honnêteté. Comme à Henri un peu avant, il lui avait tenu un petit discours de père, un peu solennel, et cette fois en présence de Rosalie.

« Tu peux remercier ta sœur », avait-il dit pour finir.

Georges le savait. Il la remercia. A sa manière, avec ce mélange d'émotion et de plaisanterie qu'elle appréciait tant chez lui :

« "Rosalie, elle est partie, en chemise de nuit"... Ben non, Rosalie, elle est restée, et c'est Georges qui s'en va ! Je t'ai donné assez de mal comme ça, avec le linge et tout. T'as remplacé m'man, mais tu ne me l'as pas fait oublier, au contraire. Je reviendrai, pour vous voir, surtout toi, Rosalie. »

Ce fut au milieu de cette année 1925, aussi, le 11 du mois de juin précisément, que Rosalie eut vingt ans. Elle s'en fichait. Comme elle n'en attendait rien, elle n'était pas impatiente, ni inquiète. La seule chose qu'elle craignait, c'était la photo. Eugène n'allait-il pas s'aviser de cette coutume qui avait été respectée pour Sidonie ? Il n'en fut pas question. Tant mieux.

Il n'était pas dans les habitudes, à la campagne, de fêter les anniversaires. On se contentait de remarquer, si on y pensait, qu'on avait « ses années », on disait « une de plus », en attendant la prochaine, et on ajoutait parfois quelques lieux communs, du genre « c'est la roue qui tourne ». Les enfants, eux, auraient voulu qu'elle tourne encore plus vite pour devenir des grands.

Le vingtième anniversaire de Rosalie fut donc un jour comme les autres. Un vendredi. Eugène au chantier. Alice à la boulangerie. Marinette à l'école. Et elle au jardin, à la cuisine, au bac à laver.

Quand on n'a jamais eu quinze ans, elle se souvenait d'avoir eu ce mot dans une conversation avec Bertille, comment pourrait-on en avoir vingt ? Un jour comme les autres. C'était très bien comme ça.

Les fils partis faire leur vie chacun de son côté, l'un tout près, admis dans une famille dont il partagerait désormais le sens des affaires et le désir d'enrichissement, l'autre plus loin, qui n'avait pour ambition que de vivre du travail de la terre, et qui sans en souffrir resterait un ouvrier au service des autres, Eugène ne vivait plus maintenant qu'entouré de ses trois filles.

Il avait passé la cinquantaine, un âge déjà, selon sa sœur. Et de l'âge, en effet, il commençait à ressentir le poids. La nature l'avait heureusement doté d'un corps généreux, qui avait peut-être un peu manqué d'élégance, mais ni de force ni de résistance. Des os solides, des muscles à toute épreuve, des mains larges à la poigne sûre. Mais il lui avait beaucoup demandé, comme tous les hommes de sa génération et de son milieu, pour lesquels l'aptitude au travail, jusqu'au plus pénible, était, à défaut des autres, la principale, voire la seule richesse. Marcher, porter, se baisser, soulever de lourdes charges, creuser, terrasser, maçonner, sa vie avait été faite en grande partie de ça. La terre, la pierre, autant d'éléments nobles qu'il avait toujours aimés, et respectés, s'efforçant toujours d'en obtenir le meilleur. Mais des éléments rudes, qui ne laissaient pas intacts ceux qui les manipulaient, comme en témoignaient les reins en feu, les articulations rouillées, les mains déformées et calleuses, autant de désagréments qui taquinaient d'abord les hommes, avant de les faire carrément souffrir.

De ce qu'il fallait bien appeler de la fatigue, un mot si longtemps inconnu de lui, Eugène ne se plaindrait jamais. Pas plus qu'il n'avouerait les incertitudes et les angoisses qui commençaient à le travailler.

On aurait pu croire que le souvenir d'un être cher s'estompait avec le temps, qu'on s'habituait en quelque sorte, qu'on souffrait de moins en moins. Il n'en était rien. Certaines circonstances de la vie ravivaient au contraire la sensation de vide, le regret, et ce lancinant questionnement sur la manière dont la présence de l'autre, s'il n'était pas parti, aurait pesé sur le déroulement des choses.

Quand Eugène regardait ses trois filles rassemblées autour de lui dans la cuisine, il se disait que comme pour les garçons leur tour viendrait de construire leur propre vie, de s'en aller, pour suivre un homme. Et lui resterait seul. Alors que pour un homme et une femme qui avaient élevé ensemble leurs enfants, c'était quand ceux-ci s'éloignaient et que la vieillesse s'emparait d'eux qu'ils avaient le plus besoin l'un de l'autre. La vieillesse aux côtés de Sidonie aurait été sereine et douce. L'avait-il assez aimée, toujours comprise, avait-il été assez attentif à ses fatigues de mère de famille nombreuse ?

Pour Marinette et ses dix ans tout juste atteints, l'échéance était lointaine, un peu moins pour Alice. Mais ce n'était pas sans elles à ses côtés, bien qu'il les aimât, qu'il ne pouvait imaginer de vivre. C'était sans Rosalie. Voir partir Rosalie, qui tenait la maison debout depuis la mort de Sidonie, lui semblait inenvisageable. Et pourtant, selon la logique de l'âge, c'était elle qui devrait s'en aller la première. Mais il n'y avait pas que la logique des années. Il y avait le tempérament des filles, et le sien, c'était visible, était différent de celui de ses sœurs. Eugène en aurait presque été à se réjouir de la voir moins jolie qu'Alice, qui ressemblait de plus en plus à Sidonie à l'âge de leur rencontre, et que Marinette, qui serait elle aussi un beau brin de fille. Moins coquette. Plus réservée. Moins attirée par les plaisirs. Autant de raisons qui pouvaient lui laisser espérer l'avoir encore longtemps auprès de lui.

Mais si elle était ainsi, c'était parce qu'elle n'avait pas eu le temps, le loisir de penser à elle, de s'épanouir. Qui lui avait demandé son avis au moment de l'investir d'une telle charge ? Qui avait tenu compte du fait qu'elle n'avait que quatorze ans ? Monsieur Richet parlait d'en faire une institutrice. Elle n'avait jamais exprimé de regrets, mais est-ce que cela signifiait pour autant qu'elle n'en avait jamais eu ? Qu'elle n'en avait plus, maintenant ?

On dit que les enfants s'envolent quand ils quittent le toit familial. Comme des oiseaux, qui déploient leurs ailes et découvrent la liberté. Les ailes d'Alice et même déjà de Marinette poussaient, cela se voyait, se sentait. Qui avait rogné les ailes de Rosalie ? Avait-elle vraiment été « sacrifiée » ?

Faudrait que je parle avec elle, se répétait Eugène, une bonne fois, pour aller au fond des choses, pour savoir. Ce qu'elle pense. Si elle m'en veut. Si elle envisage des perspectives d'avenir.

Mais il ne le faisait pas, parce que ça l'arrangeait, de la voir se comporter comme si la vie qu'elle menait lui convenait et ne devait jamais changer. Parce qu'il préférait penser que ses remords n'étaient pas fondés et que Rosalie resterait près de lui jusqu'au bout.

Le dimanche, Eugène ne s'éloignait plus de Clercy. D'ailleurs, il n'avait plus de vélo. Il l'avait revendu. Au père Bertèche, le marchand de peaux de lapins, qui s'était plaint de l'état du sien, une véritable ferraille qui menaçait en effet de crouler sous le poids des fourrures entassées sur les deux porte-bagages, l'un à l'avant, l'autre à l'arrière. Eugène l'avait emmené dans la remise, où quelques peaux mises à sécher, retournées poil en dedans sur des armatures de fil de fer, attendaient son passage.

« Tiens, un vélo, en v'là un, si tu veux. J'ai eu un pépin avec, ça m'a dégoûté, t'auras juste des petites réparations à faire.

— Tu me le ferais à combien ?

— Cinquante francs. »

Même pas la moitié de ce qu'il l'avait payé... Le père Bertèche n'en revenait pas, il s'était empressé de conclure l'affaire, avant qu'Eugène ne revienne sur sa parole.

Chez la Paulette, Eugène acceptait de temps en temps de faire le quatrième pour des parties de manille, et les perdants payaient des tournées aux gagnants, rejoints par les autres âmes en peine du dimanche, le jour du Seigneur, où pour le célébrer dignement il fallait chômer, comme le rappelait régulièrement le curé. Entre hommes, c'était de la politique, forcément liée aux suites de la guerre encore présente dans tous les esprits, qu'il était le plus souvent question. Mais ceux qui en discutaient comme eux au café n'avaient ni la même expérience, ni les mêmes arguments, ni la même éloquence que ceux qui s'affrontaient à la « Chambre » ou au gouvernement. Chaque dimanche, les mêmes discussions revenaient sur le tapis. Tous plus ou moins victimes de la guerre, ayant encore sous les yeux les blessures de leur terroir, ils étaient d'avis de ne rien concéder à l'Allemagne. Ils s'indignaient de son admission à la Société des Nations, de cette idée de réconciliation franco-allemande, prônée par Aristide Briand, « l'apôtre de la paix ».

« C'est p't-être pourtant ce qu'on aurait de mieux à faire... » avançait Aristide Guillemin.

Les uns le raillaient :

« C'est parce que tu t'appelles comme lui que tu le soutiens ? »

Les autres s'étonnaient :

« Comment, toi qui as perdu un fils, tu accepterais qu'on fasse ami-ami avec ceux qui te l'ont tué ?

— Et ma guibole alors, je l'aurais donnée pour rien ? s'insurgeait le fils Burger, auquel il arrivait plus souvent qu'à son tour de noyer son amertume dans le gros rouge.

— Je ne soutiens pas Briand, disait le père Guillemin, conciliant, pour éviter les accrochages. Je me demande seulement... »

Un qui faisait l'unanimité, par contre, c'était Poincaré. Pensez donc, un Meusien, né à Bar-le-Duc ! On disait les Meusiens froids, qu'ils avaient la tête dure, qu'ils ne se livraient pas facilement, c'était pas des défauts, ça, au contraire ! Poincaré, un homme qui avait été président de la République pendant toute la durée de la guerre, et qui après, redevenu président du Conseil, avait décidé l'occupation de la Ruhr parce que les Allemands rechignaient à payer ce qu'ils devaient à la France ! Et le voilà de retour au pouvoir, vainqueur de ce Cartel des gauches qui ne présageait rien de bon avec ses drôles d'idées !

« Paulette, remets-nous une tournée, qu'on trinque à la santé de Poincaré ! »

Eugène, que la guerre n'avait pas touché aussi directement que ceux qui s'enflammaient, écoutait beaucoup plus qu'il ne parlait, et quand on lui demandait son avis, il restait évasif. Tout ce qui semblait aller dans le sens de la paix aurait plutôt eu sa préférence, mais Raymond Poincaré était de toute évidence un grand homme. Il trinquait avec les autres.

« L'union sacrée » entre les buveurs du dimanche, chez la Paulette, se faisait plus facilement quand l'actualité n'était pas liée à la politique. Quand on célébrait de grands exploits, dont ils avaient pris connaissance par la gazette locale, *Le Petit Meusien*, qui leur faisait l'honneur de sa première page. La victoire des mousquetaires du tennis, Lacoste, Cochet, Borotra et Brugnon, qui remportèrent en 1927 le fameux saladier d'argent de la coupe Davis, accueillis triomphalement à leur retour à Paris, reçus par le président de la République Gaston Doumergue ! La prouesse de l'Américain Charles Lindbergh, qui atterrit au Bourget après la première traversée de l'Atlantique en avion, cinq mille huit cents kilomètres en trente-trois heures et vingt-sept minutes !

Ou encore quand ces rudes hommes de la campagne se mettaient à parler des femmes, pas des leurs, non, parce qu'elles savaient se tenir, parce qu'ils les respectaient ou les craignaient, ni de leurs filles, mais de celles qui osaient se baigner dans la mer les cuisses et les bras nus, ou des danseuses à moitié nues qui se donnaient, paraît-il, en spectacle à Paris ! Le café de la Paulette résonnait alors de leurs gros rires d'hommes aussi étonnés qu'émoustillés par de telles excentricités.

Quand Eugène sortait du café, il avait parfois le pas un peu hésitant, la tête un peu brumeuse. Le bruit, la fumée, le vin, auquel succédait de temps en temps un petit quinquina ou un vermouth. Mais jamais il ne dépassait les limites. L'air, la marche jusqu'à la maison suffisaient à lui redonner sa dignité de père.

Il arrivait que la maison fût fermée, la clé glissée derrière un volet tiré. Mais les filles, ensemble ou séparément, suivant ce qui les avait attirées ailleurs, seraient de retour pour le souper. Eugène les attendait avec impatience.

Printemps 1928. Tout était sens dessus dessous chez les Piquart. Alice se mariait le lendemain. Elle serait femme avant d'atteindre ses vingt ans. Madame Lancet, du nom de Raymond, le fiancé, le garçon coiffeur du salon de Dun, spécialiste des coiffures pour dames, frisures au fer, bouclettes, mais aussi cheveux plaqués et nuque dégagée, à la mode. Un gentil garçon, ce Raymond, toujours prêt à blaguer, comme à rendre service.

Georges aussi s'était marié, là-bas en Picardie. Depuis son départ, il n'était revenu visiter sa famille que deux fois, par le train, pour quelques jours seulement. La première fois, il avait parlé de son ami René et des parents Maunier, de bons patrons, de leur grande ferme bien organisée, où le travail lui plaisait. Il avait reconnu avoir eu un peu de mal à s'habituer aux grands espaces plats, monotones, alors qu'ici, de quelque côté qu'on se tournât, le regard était toujours limité par les collines boisées qui dominaient les vallées, si bien qu'on se sentait chez soi, protégé. La seconde fois, il avait parlé d'une petite Marie qui lui plaisait bien, qu'il aimerait épouser, et dont déjà la mère, veuve, l'accueillait de bon cœur. Puis une lettre était venue, il y avait trois mois de cela, annonçant crûment, faute de savoir mieux s'y prendre, qu'avec Marie ils avaient mis « la charrue avant les bœufs » et qu'ils allaient se marier, sans aucune cérémonie, juste une bénédiction, et se mettre en ménage dans un petit logement aménagé dans une dépendance par les patrons de Georges.

Ils étaient arrivés tout à l'heure, par le train, et à pied depuis la gare de Dun. Georges avait présenté Marie, ni grande ni petite, ni laide ni belle, ni blonde ni brune, qui n'avait pour elle que la douceur de ses yeux, la timidité de son sourire, et ce petit ventre rond qui dénonçait sa faute et rendait son bonheur un peu coupable.

Préparer le mariage d'Alice n'avait pas été une mince affaire. La robe, elle la voulait comme ci, le voile, comme ça, et un diadème sur le front, et…

Il avait fallu décider le père à acheter un costume neuf, l'accompagner « Aux Nouveautés ». Composer le menu, embaucher une cuisinière, recenser la vaisselle. Heureusement les tables, les chaises et les bancs pour caser tout le monde, dans la remise vidée de son bric-à-brac et décorée de fleurs, venaient de chez Luigi.

Bertille, se désolait Rosalie, il me faudrait Bertille auprès de moi.

Elle correspondait avec son amie, qui vivait chez ses parents et travaillait dans un atelier de confection. Les lettres de Rosalie étaient toujours courtes, par contre Bertille racontait par écrit ses espoirs et ses déboires amoureux, et semblait tantôt s'accommoder, tantôt se désoler de la perspective d'un veuvage sans issue.

Et puis voilà qu'hier Bertille était arrivée, sans prévenir ! Elle avait pris le train, elle aussi, avec Pierre, retrouvant pour deux jours ses beaux-parents, plus chaleureux que dans son souvenir.

— Je me doutais que tu aurais besoin de moi, dit-elle à Rosalie.

— Tu seras des nôtres, il suffira d'ajouter un couvert.

— Non, je ne veux pas gêner Henri.

Ne pas gêner Henri... ou ne pas risquer plutôt de l'être elle-même ? Une ombre passa, rapide. Puis :

— Montre-moi ta robe, Alice, passe-la, que je voie comment elle te va.

C'était madame Jacobie qui avait payé le tissu et la confection par sa couturière, cadeau pour son employée. La robe tombait bien. Une petite retouche, peut-être.

— Ta taille fine, il faut la mettre en valeur, en serrant un peu plus la ceinture... Voilà.

— Je suis contente de me marier, il est gentil, Raymond, je l'aime... mais j'ai un peu peur quand même.

Bertille sourit.

— Peur de quoi ?

— De... de... enfin... Tu le sais bien, de quoi...

Rosalie s'éclipsa, les laissant en tête à tête. Ainsi ces choses que les filles doivent savoir avant de s'unir à un homme, qui leur sont révélées par leurs mères, quand celles-ci osent ou savent le faire, Alice allait les apprendre de la bouche de Bertille, qui saurait trouver le ton et les mots justes.

Ils étaient tous là, au matin du grand jour. Les tantes et l'oncle, mais pas l'abbé Virelet, qui ne quittait plus sa cure que pour ses offices, risquant à chaque fois un coup de sang fatal. La famille Rivero au complet, Luigi et Mariza, Henri et Julia, qui « attendait », elle aussi, avec plus de fierté que Marie, discrètement couvée par Georges. Raymond, un œillet à la boutonnière, entouré de sa famille, que la guerre n'avait pas épargnée.

Marinette, robe rose à volants, boucles blondes, ne tenait pas en place, faisant tourbillonner autour de son poignet un petit sac de satin piqué de perles, cadeau de Bertille. Eugène, raide dans son costume neuf, plus ému qu'il n'y paraissait, guettait l'arrivée de la mariée.

La voici. Il ferma les yeux. Sidonie ! C'était il y a vingt-huit ans. Comme Alice lui ressemblait ! Il refoula ses larmes, recomposa son visage, tendit son bras à sa fille, lui sourit.

Et Rosalie ? Avec la cuisinière, penchée sur les casseroles et les cocottes, dans la remise à vérifier le bon ordonnancement de la table, dans sa chambre pour la dernière touche à sa toilette, son chapeau, ses gants...

Marinette, inquiète, arriva en courant, en criant :

— Eh ben, tu viens, Rosalie ? Ils commencent à partir à la mairie, tous !

Elle s'approcha, prit la main qui se tendait, redevint toute douce :

— Allez, viens, ma 'tite mère !

Pendant toute la cérémonie, à la mairie puis à l'église, Rosalie se fit attentive, plus concernée par les paroles prononcées par le maire et le curé, par l'échange des anneaux entre les époux, que lors du mariage d'Henri. Elle tenta de s'imaginer à la place de sa sœur. En robe blanche, un homme à ses côtés, prenant l'engagement de l'aimer, de le servir, de lui être fidèle pour la vie, ce qui signifiait aussi lui appartenir.

Elle n'y parvint pas. Au lieu de lui suggérer de l'envie, cette perspective l'effrayait plutôt.

Je n'oserais pas, pensa-t-elle, je ne saurais pas. Je crois que je ne me marierai jamais.

8

Rosalie était assise à côté de Faustin, sur le banc près duquel le vieux cep incrusté dans le mur ne s'était pas encore décidé à mourir, puisque comme chaque année, après avoir développé quelques feuilles, il avait réussi à produire une demi-douzaine de grappes. Parviendraient-elles à maturité ? Seul le soleil pouvait en décider.

La Zabelle ne s'était pas assise, elle. Ce n'était pas dans ses habitudes de se payer du bon temps en pleine journée, et surtout pour regarder ce qui n'en valait pas la chandelle. Devant la porte entrebâillée de sa cuisine, où l'attendait le caillé qu'elle devait mouler et égoutter, son éternel tablier noir lui descendant presque aux chevilles, son chignon de travers, appuyée d'une main au chambranle, elle s'attardait cependant. De multiples petits plis entouraient ses yeux et sa bouche. Sa façon de rire. Elle n'aurait su faire davantage, la vie lui ayant enlevé si tôt la manière et l'envie de rire pour de bon, et c'eût été faire trop d'honneur à celui ou à celle qui viendrait à les réveiller que d'y céder à nouveau.

Enfant, adolescent, jeune homme, comme elle Faustin connaissait peu le rire, et pour cause. La guerre le lui avait fait ravaler complètement. Quand il était revenu, à la fin de 1918, pour tout accueil la Zabelle lui avait ouvert les bras pour une longue étreinte muette, et il avait repris sa place auprès d'elle, à la différence près qu'il était devenu inapte au travail.

« Va falloir faire petitement, mon pauvre garçon, encore plus qu'avant... »

Des garçons et des hommes meurtris comme lui, il y en avait eu beaucoup. Certains étaient parvenus à se reconstruire, peu totalement, mais enfin ils vivaient. Tous avaient eu besoin d'aide, d'assistance. Celle de leurs proches, des femmes en particulier, les mères, les épouses, dont la tendresse les avait aidés à redevenir des hommes. Quelques-uns, très peu, avaient tiré gloire de leurs exploits pour justifier leur droit d'exister encore. D'autres, hélas, avaient sombré, dans l'alcool, le désespoir, l'amertume, l'agressivité. Faustin, lui, s'était fermé, le regard tourné vers le dedans de lui-même, vers toute cette horreur qu'il ne pouvait dire à personne et qui le coupait du monde.

La Zabelle en avait pris son parti, l'avait accepté comme il était, ne lui avait jamais fait de reproches, s'en était toujours prise aux responsables d'en haut, à ceux qui avaient tiré les ficelles et s'en étaient sortis avec les honneurs.

Les gens de Clercy, une fois passé le temps de la curiosité et de l'apitoiement, avaient fait de même. Les plus judicieux avaient remarqué que c'était bien tombé que les Héraut habitent à l'écart, vu que maintenant le Faustin ne voulait plus voir personne. Et c'était vrai qu'il s'aventurait rarement jusqu'au village, s'arrêtant le plus souvent à la hauteur de la maison des Piquart.

Rosalie et Faustin étaient assis sur le banc. Ils riaient. Si le rire de Rosalie sonnait clair, celui de Faustin était rauque, menacé par la quinte de toux qui pouvait à chaque instant l'étouffer, ou pire, par la migraine qui sommeillait dans sa tête. Devant eux, Marinette faisait son numéro, imitant avec la plus grande drôlerie, bien qu'elle fût blanche et blonde, Joséphine Baker, dont elle s'était entichée. Elle avait relevé sa robe des deux mains et se trémoussait en découvrant ses genoux pointus qu'elle écartait et rapprochait à toute vitesse, tout en faisant rouler ses yeux, son visage fendu d'un large sourire.

Rosalie se tourna vers la Zabelle, pour voir comment elle réagissait au spectacle.

— Ta sœur, dit celle-ci, elle en a, un grain !

Et en haussant les épaules elle retourna à ses fromages.

On était en 1930, au cœur de l'été, Rosalie avait vingt-cinq ans et l'impression qu'au cours des deux années qui venaient de s'écouler les gens de son entourage avaient bougé, telles des boules de billard, les uns s'éloignant, les autres se rapprochant, composant autour d'elle un univers différent, sans que pour autant elle pût entrevoir le sens de sa propre vie.

Le cercle familial s'était encore resserré. Ils n'étaient plus que trois. Des liens, plus ou moins distendus, demeuraient avec ceux qui avaient pris leur envol, mais c'était avec d'autres qu'ils construisaient leur vie. Des vies dans lesquelles Rosalie trouvait difficilement sa place. Qui était-elle pour Julia, pour Raymond ? Elle leur était proche par l'âge, mais le rôle qu'elle avait joué leur imposait un respect qui creusait une distance, sans lui donner, à elle, le moindre droit. Quant à Marie, elle la connaissait à peine.

Henri affichait de plus en plus son goût pour les attributs de la réussite sociale qu'il devait à sa belle-famille. Mariza régnait en maîtresse généreuse mais directive au foyer de Julia, qui élevait son enfant comme un petit prince. A cause du métier de son Raymond, qui passait ses journées à embellir des femmes, Alice était torturée par une jalousie qui la rendait nerveuse.

Et Georges… Ils avaient pris le train, une fois, tous les deux, Eugène et Rosalie, toute une expédition, pour aller voir comment il vivait dans la Somme, lui qui ne donnait presque plus de nouvelles, et toujours en quelques mots banals. Il avait été bien étonné de les voir débarquer. Un deuxième enfant en route, toujours le même petit logement. Plus d'accent meusien. Un autre Georges, qui leur avait vanté le charme des grands espaces et les rendements de la betterave à sucre. Ils étaient revenus en disant qu'ils se sentaient rassurés, pour ne pas avouer leur sentiment profond, celui d'un éloignement définitif. Rosalie en chemise de nuit, m'man, tout ça c'était fini, enfoui dans le passé…

« As-tu des nouvelles de notre ancienne belle-fille ? » demandait la mère Mangeot à Rosalie, quand elles se rencontraient, à la sortie de la messe, ou dans les rues du bourg.

Rosalie n'en savait pas plus qu'eux. Bertille n'était plus chez ses parents, parce qu'elle s'était remariée. Elle allait être à nouveau mère. Pierre allait bien. Comment expliquer cette discrétion de Bertille, elle pourtant si volubile, en paroles et par écrit ? Etait-ce la conséquence d'un nouveau bonheur qui prenait toute la place dans son cœur, ou au contraire d'une déception qu'elle voulait taire à ses proches pour ne pas les alarmer ?

Eugène fréquentait de plus en plus assidûment le café de la Paulette, où parfois, échauffé par quelques tournées de trop, il se permettait d'intervenir dans des débats qui auraient assurément tourné à la dispute sans la vigilance de quelques anciens, tel l'Aristide Guillemin, qui n'était plus maire mais bénéficiait toujours du prestige de son ancienne fonction.

Poincaré et Briand étaient encore souvent au cœur des débats. La dévaluation du franc, devenu selon une chanson satirique « le franc à quat'sous », avait terni quelque peu la gloire du célèbre Meusien, qui restait cependant très populaire dans sa région. Quant à « l'apôtre de la paix », il faut croire que ses idées suscitaient davantage de confiance que de méfiance, puisque soixante-quatre pays avaient déclaré renoncer officiellement à la guerre dans un pacte qui portait son nom et celui d'un grand homme politique américain, le pacte Briand-Kellogg. On s'interrogeait aussi, et on s'affrontait, sur le bienfait des assurances sociales, nouvellement instaurées, qui protégeraient les travailleurs contre la maladie, la vieillesse, l'invalidité... Des avantages que les plus anciens avaient bien du mal à admettre, eux qui avaient dû faire face, sans aide aucune, à tant d'adversité.

« Et nous, est-ce qu'on l'a été, protégé ? Et pourquoi pas des assurances contre la pluie, ou la grêle, ou la gelée ? Et pourquoi pas contre la mort, pendant qu'on y est ! »

Mais c'était aussi un sujet de plaisanterie :

« A quand des assurances contre la domination des femmes, qui nous obligent à les suivre à l'église le dimanche !

— Ou qui nous refusent trois sous pour boire un coup ! »

Un soir, Eugène ne put atteindre la porte de sa maison et s'écroula sur le chemin, ivre de boisson et du tohu-bohu du café enfumé et bruyant. Rosalie, qui guettait son retour en soulevant de temps en temps le rideau de la fenêtre, accourut à son secours, affolée, le croyant malade.

— Papa !

Il sentait le vin. Elle comprit aussitôt. Elle l'aida à se relever, le soutint jusqu'à sa chambre, jusqu'à son lit, le déchaussa, le déshabilla, jusqu'au caleçon.

Elle pleura, non seulement de sa peine à elle, mais de celle de cet homme, son père, qui aurait honte le lendemain, et serait comme un enfant devant elle, elle qui ne se sentait ni le droit ni le cœur de lui faire le moindre reproche.

Il ne recommença pas, enfin pas au-delà du stade de la démarche hésitante et de quelques hoquets piteusement étouffés.

La maison eût été le plus souvent silencieuse s'il n'y avait eu Marinette. On aurait pu penser qu'elle cherchait à remplir l'espace laissé vide par les départs successifs. Toujours en mouvement, virevoltante, toujours à questionner, à dire ce qu'elle pensait, à insister, à faire preuve de mauvaise foi, et à questionner encore, à se mêler de tout. Un exemple : la lettre par laquelle Georges annonçait son mariage, elle l'avait lue, après le père et Rosalie. Il ne lui avait pas échappé que l'auteur était de plus en plus brouillé avec l'orthographe, et que sa calligraphie montrait que le maniement de la plume était pour lui un exercice rare.

« Qu'est-ce qu'il écrit mal, Georges ! Et il fait de ces fautes !

— Et toi, avait dit Rosalie, tu n'en fais pas, peut-être, des fautes ?

— Si, mais pas autant que lui, et je suis plus jeune ! »

Eugène avait saisi l'occasion :

« J'ai rencontré l'instituteur, il dit que tu n'es guère studieuse, qu'il se demande même si tu pourras être présentée au certificat l'année prochaine… »

La gamine avait baissé le nez, puis, la lettre en main, avait poursuivi sa lecture :

« Pourquoi il a écrit qu'il a mis la charrue avant les bœufs, Georges ? Dis, Rosalie, qu'est-ce que ça veut dire ? »

Durant les années de scolarité d'Alice, qui avec son caractère renfermé ne sollicitait jamais d'aide, Rosalie avait eu trop à faire pour tenter de s'y intéresser.

Avec Marinette, elle aurait aimé s'investir davantage. En vain. La petite s'y refusait, ne l'appelant qu'en cas de besoin : « Dis, petite mère, 8 fois 7 ça fait combien, déjà ? », mais repoussait aussi vite les tentatives d'intervention : « Laisse-moi faire toute seule ! Je sais ! » Elle ajoutait parfois, en toute innocence, des phrases comme : « Et puis t'es pas maîtresse ! », mais était prompte à se racheter d'un mot gentil si elle voyait que ses paroles avaient blessé sa grande sœur : « Je t'ai fait de la peine, 'tite mère ? »

Toujours est-il qu'elle échoua à son certificat, et qu'à quatorze ans elle ne manifestait aucun goût pour les tâches domestiques, ni pour rien d'autre… Enfin si, mais…

Eugène se désolait parfois. « On l'a trop gâtée », disait-il.

Mais il n'admettait pas pour autant de se l'entendre dire par sa sœur et sa belle-sœur, pour lesquelles Marinette n'avait « pas de tête », et qui se demandaient de qui elle pouvait bien tenir « ça ».

Marinette était le souci d'Eugène, mais son soleil, aussi, comme celui de Rosalie.

De temps en temps, les habitants de Clercy voyaient arriver dans leur village une petite « Citron » conduite par une femme d'une cinquantaine d'années, une Parisienne ! Une petite cousine des Jantils, que les parents avaient en partie élevée parce qu'elle était trop fragile pour la ville, et qui avait gardé des liens avec eux. Les Jantils étaient des gens discrets, ils avaient peut-être leurs raisons, on ne savait donc pas grand-chose de cette cousine un peu mystérieuse, qui venait seule au volant de sa voiture, toujours mise avec élégance, fumant, non pas comme les hommes d'ici qui sortaient de leur poche leur paquet de « gros gris » et le roulaient dans le papier, collé ensuite d'un aller-retour sur la lèvre, mais avec un long fume-cigarette et des gestes délicats. C'était « la Parisienne », tout simplement.

Marinette, à qui Eugène recommandait chaque matin d'aider Rosalie, mais qui obtenait facilement de sa « 'tite mère » la permission de s'en dispenser, aimait flâner dans le village, toujours prête à parler avec n'importe qui, jeune ou vieux.

« La p'tite Piquart, disait-on d'elle, elle est bien mignonne et elle a pas sa langue dans sa poche ! »

Comme elle avait ses entrées chez les Jantils comme à peu près dans toutes les maisons, elle ne pouvait que faire la connaissance de la Parisienne, elle-même étonnée par cette petite campagnarde visiblement si différente des autres.

La cousine, à chacune de ses visites, apportait des journaux de Paris, pas toujours très récents, mais autrement intéressants que *Le Petit Meusien*, dont Eugène se contentait largement. Ce n'étaient d'ailleurs pas exactement des journaux, mais des revues, avec des couvertures en beau papier glacé et des illustrations à toutes les pages. Les Jantils les feuilletaient, poussaient des cris de surprise ou d'indignation, mais ne se sentaient pas le moins du monde concernés par leur contenu. Il y était question de la vie parisienne dans ce qu'elle avait de plus nouveau et de plus beau.

Des appareils et des engins nouveaux destinés à améliorer le confort, « l'armoire à froid » qui conservait les aliments et fabriquait de la glace, la baignoire autochauffante, le « dépoussiéreur » électrique grâce auquel la femme allait pouvoir redresser l'échine ! Mais encore, et surtout, de la mode, présentée par des mannequins, des spectacles, qui s'appelaient aussi parfois des revues, des danses en vogue, le charleston, le fox-trot, le boston...

Et parmi toutes ces merveilles, Marinette tomba sur la reproduction d'une affiche qui annonçait la revue de Joséphine Baker aux Folies-Bergère. Une autre photo rappelait le succès qu'elle avait connu quelques années plus tôt, en 1925, avec la *Revue nègre*, où elle dansait, quasiment nue, à l'exception d'une ceinture de bananes et de feuillages, avec des trémoussements endiablés. On disait dans l'article qu'elle avait eu une enfance courte et malheureuse, qu'elle avait gagné un concours de danse à dix ans, qu'elle s'était mariée à treize, remariée à quinze ! Joséphine Baker, peau noire, cheveux lustrés, dents étincelantes, yeux ronds comme des soucoupes, à laquelle Marinette ne ressemblait en rien, mais qui l'avait éblouie !

Devant la maison des vignes le spectacle venait de se terminer. La fausse Joséphine s'était laissée tomber sur l'herbe. Rosalie et Faustin se remettaient de leur rire. La Zabelle réapparut sur le seuil.

— Alors ça y est, t'as fini de gesticuler ! lança-t-elle à Marinette.

Mais le ton n'était que faussement brusque, les petits plis encore au coin des yeux.

Sur le chemin qui menait à la maison, Marinette prit la main de Rosalie.

— J'aime bien quand tu rigoles, petite mère, et le Faustin aussi, ça lui fait du bien.

Rosalie n'avait jamais oublié la première conversation, maintenant lointaine, qu'elle avait eue avec Faustin, en dehors des simples bonjours, et la facilité, presque la spontanéité, avec laquelle elle lui avait confié son rêve de devenir institutrice. Il y avait donc un secret entre eux. Ce jour-là, son regard sur lui avait changé. Elle avait été touchée par l'allusion faite à Sidonie, dont il se souvenait, et tout autant par ses questions sur sa scolarité. Aux sentiments qu'il suscitait en elle, le respect, la pitié, une sorte de gêne aussi, face à son attitude de retrait, s'était substituée la certitude que Faustin n'était pas dépourvu de sensibilité, ni d'intelligence, et qu'il gagnerait beaucoup à être connu s'il se décidait à sortir de son isolement, qui le faisait passer pour un sauvage.

Rien de plus, pendant toutes ces années où elle s'était consacrée à sa tâche, où elle avait essayé aussi, sans grand succès, de vivre un peu comme une fille de son âge, d'aller danser, pour suivre Bertille, puis pour accompagner Alice.

C'était Marinette, plus qu'elle, qui s'intéressait à la Zabelle et au Faustin, poussée par sa curiosité teintée d'une crainte qu'elle avait progressivement vaincue. Quand elle allait à la maison des vignes, elle s'y attardait un peu, et si elle en redescendait encore en courant, c'était pour faire des révélations à Rosalie.

Celle-ci avait donc appris que la Zabelle n'était pas si méchante, que quand elle rouspétait il fallait seulement attendre que ça passe. Qu'elle voulait bien laisser Marinette s'approcher de ses biquettes. Que chez elle c'était vieux mais pas sale. Que pour passer le temps le Faustin fabriquait des animaux en bois, qu'il les découpait avec une petite scie et les peignait, avec des pinceaux et des couleurs achetés à la droguerie de Dun.

« C'est surtout des chevaux qu'il fait, et des ânes, mais il m'a montré aussi un écureuil, un renard, et même un sanglier ! Mais la Zabelle, elle dit que c'est pas du travail, ça, que ça ne sert à rien. »

Pas comme les corbeilles qu'il fabriquait aussi, avec de l'osier tressé. Pour les corbeilles, ça se savait, parce que la Zabelle y présentait les œufs de ses poules, et ses fromages de chèvre, enveloppés dans des feuilles de noyer ficelées d'un jonc, et les vendait à la fois au marché du samedi et chez l'épicier.

Plusieurs fois aussi, la gamine était revenue en larmes.

« Le Faustin, il a eu une crise, c'est son éclat d'obus qui voyage dans sa tête. Il ne lui faut pas de bruit, pas de lumière, pas de manger, rien… ça peut durer longtemps, plusieurs jours… Ça fait peur à la Zabelle, elle croit qu'il va mourir, et ça la met de mauvaise humeur. »

Qu'est-ce qui avait poussé Rosalie à monter à son tour vers la maison des vignes ? L'oisiveté, puisque la réduction de la famille avait du même coup entraîné celle de sa charge de travail ? Le charme du paysage au bout du chemin qui y menait ? Le désir de solitude, ou, au contraire, celui de se rapprocher enfin de ces voisins si singuliers ? Ou l'envie bien tardive de rendre, tout simplement, la politesse à Faustin ?

— Tiens, Rosalie, c'est toi ! s'était étonnée la Zabelle. Qu'est-ce que t'as donc à faire par ici ? Rien, on dirait ! Viens voir, Faustin, on a une visite !

C'était elle qui avait fait la conversation, si on peut employer ce mot pour ses quelques remarques sur le temps, la sécheresse de la terre et la singularité de Marinette.

Rosalie ne s'était pas attardée.

— Je reviendrai, avait-elle dit en s'éloignant.

Quand elle était revenue, quelques jours plus tard, la Zabelle était dans la nature avec ses chèvres.

— Tiens, te revoilà, avait dit Faustin. Assois-toi, on peut causer un peu.

Et ils avaient repris la conversation là où ils l'avaient laissée, pas mal d'années plus tôt.

Faustin, comme Rosalie, avait aimé l'école, mais sans illusions, lui, sans espoir d'y trouver une voie. Ce qu'il y avait appris, il l'avait conservé en lui comme un bien précieux, et il regrettait de n'avoir pas eu les moyens de l'enrichir un tant soit peu, ni dans sa famille, où le savoir était considéré comme un privilège des « gens de la haute », inaccessible donc méprisé, ni dans son travail, ni au front bien entendu. Quand il descendait au café de la Paulette, pour se fournir en tabac à priser, puisqu'il ne pouvait plus fumer, il achetait le journal, dont elle était dépositaire, et au début de chaque année l'almanach, qu'il lisait de la première à la dernière page, pour répondre à son besoin d'apprendre.

Monsieur Richet, madame Soulier, l'école, le rêve de Rosalie avaient donc été leurs premiers sujets de conversation.

Puis Faustin avait proposé une sorte de jeu :

— Tiens, toi qui voulais être institutrice, interroge-moi donc un peu, sur les choses qu'on nous apprenait à l'école ! La géographie, par exemple !

Il suffisait alors à Rosalie de citer un département français pour l'entendre aussitôt en débiter le chef-lieu et les sous-préfectures, par ordre d'importance.

— Allier ?

— Moulins, Montluçon, Gannat, Lapalisse.

— Seine-Inférieure ?

— Rouen, Le Havre, Dieppe, Yvetot, Neufchâtel.

Elle passait à l'histoire, aux grandes batailles et leurs héros.

— Alésia ?

— 52 avant Jésus-Christ, Vercingétorix.

— Marignan ?

— 1515, François Ier.

Elle se hasardait à la conjugaison, demandait la terminaison des participes passés des verbes.

— Conquérir ?

— Conquis, i, s.

— Moudre ?

— Moulu, u.

La mémoire de Faustin l'épatait, au contraire de celle de Bertille, à laquelle elle posait parfois des colles au cours de leurs après-midi de couture, et qui s'étonnait de la science de son amie et riait sans complexe de sa propre ignorance.

« A quoi ça sert de savoir tout ça ? disait-elle. Le calcul, je dis pas, l'orthographe aussi, un peu, peut-être, mais le reste… »

D'autres fois encore, ensemble, l'un venant au secours de l'autre, et Rosalie feignant parfois le trou de mémoire pour donner le beau rôle à Faustin, ils récitaient des fables de La Fontaine.

La Zabelle, qui en était encore à s'étonner de leur intérêt réciproque, les écoutait un peu du seuil de sa cuisine, puis s'éloignait en maugréant :

— Il ferait mieux de venir m'aider à piocher les pommes de terre plutôt que de retourner à l'école !

Mais elle savait que les travaux du jardin, qui obligent à se pencher sans cesse, d'où l'expression si souvent entendue à la campagne : « La terre est basse ! », le fatiguaient vite et déclenchaient souvent ses terribles quintes. Et puis, au fond, elle reconnaissait à Rosalie des mérites que bien d'autres filles n'avaient pas à ses yeux, et la voir ainsi « amuser » son garçon, sans danger, sans arrière-pensée d'aucune sorte, ne lui déplaisait pas.

Les sujets plus personnels vinrent ensuite. Peu à peu Rosalie confia à Faustin ses sentiments intimes, dont elle ne pouvait s'ouvrir à personne, cette impression étrange et dérangeante qui la poursuivait depuis ses quatorze ans, celle de ne pouvoir se définir, de n'avoir pas d'âge, de n'être pas comme les autres jeunes filles, de ne pas se trouver jolie sans avoir envie de l'être davantage. Sa gaucherie devant les plaisirs de la jeunesse, la danse, les regards des garçons. La distance qui s'était creusée entre elle et ses frères et sœurs, à l'exception de Marinette. Cette sorte de timidité qui s'emparait d'elle devant leurs enfants, ceux d'Henri et de Julia, qui en étaient à deux, celui d'Alice, ceux de Georges, qu'elle connaissait à peine. La tendresse qu'elle éprouvait pour son père. L'absence de ressentiment au sujet de son rêve brisé, mais sa persistance dans son esprit.

Faustin dévoila à son tour les blessures de son enfance. La peur que lui inspirait son père, toujours prêt à crier, à frapper, surtout les jours où il avait trop bu. Les coups qui lui faisaient mal, surtout quand c'était sa mère ou les animaux qui les recevaient. Les quelques rares bouffées de tendresse qu'il éprouvait quand ce père l'appelait « petit », lui tendait la main, dans laquelle il glissait la sienne, tout tremblant d'émotion. La honte quand à l'école ses parents étaient moqués devant lui. Ce soulagement angoissé à la mort du père. La vie dure de la Zabelle.

— C'est ma mère, disait-il simplement, elle est comme elle est.

Et Rosalie comprenait que ces simples mots avaient valeur de respect, et aussi d'attachement.

Il avait eu une jeunesse, pourtant, comme les autres, les jeunes gens entre eux parvenaient à oublier leur condition et leurs états d'âme, et se préparaient à être des hommes en travaillant, en s'amusant comme ils pouvaient, avec pour objectifs le service militaire, et au retour la fondation d'une famille.

— Si tu mettais du cœur à l'ouvrage, tu pouvais y arriver, d'où que tu partes. Moi j'ai trouvé ma place au chemin de fer.

C'était compter sans la guerre…

— Est-ce qu'il te parle de la guerre ? demandait Eugène quand Rosalie lui disait qu'elle avait rendu visite à Faustin.

Marinette faisait preuve d'une même curiosité, mais pour une autre raison, toujours cet éclat d'obus qui bougeait dans sa tête.

— Non, enfin, un peu, pas grand-chose…

Si, Faustin lui parlait de la guerre.

« Je n'ai jamais pu dire à personne ce que j'ai vécu, ce que j'ai vu, ce que j'ai fait, pas même à ma mère. Elle ne m'aurait pas cru. Mais à toi, Rosalie, je ne sais pas pourquoi, j'ai envie de me confier, de me libérer. Ce n'est pourtant pas une conversation pour une jeune fille… »

Elle le rassurait d'un sourire.

Les tranchées, la boue, le froid, la compagnie des rats… La pitance incertaine, les alertes et les ordres, le jaillissement, baïonnette au canon… Le bruit, le feu, la pluie de terre et de cailloux, la face collée au sol, l'impression que le cœur, déjà, a cessé de battre… Les cris des blessés, le repli, la tranchée à nouveau, l'étonnement d'être encore vivant, l'absence de ceux qui ont été fauchés…

« On n'était pas loin d'ici, mais on se croyait dans un autre monde, un monde de folie… »

Faustin ne parlait jamais bien longtemps, il s'interrompait souvent, les yeux à demi fermés.

« Rosalie, j'ai porté sur mes épaules des gars, des compagnons, qui hurlaient de douleur, et je sentais leur sang couler dans mon dos… »

« J'ai passé des nuits sans dormir, des semaines sans me déchausser… »

« J'ai entendu des gars appeler leur mère, j'en ai vu devenir fous, se précipiter hors des tranchées dans l'espoir d'en finir plus vite… »

« J'ai cherché avec les autres la force de tenir dans l'alcool, j'ai bu au goulot du bouteillon de gnôle qui passait de main en main, jusqu'à ne plus en sentir la brûlure… »

Il dit aussi les moments de répit, les confidences entre compagnons d'incertitude. Comme il savait bien écrire, c'était lui qui rédigeait les lettres des analphabètes à leur famille, à leur fiancée.

Et puis, un jour :

« J'ai tué, Rosalie, j'ai tiré devant moi, sans viser… mais plusieurs fois aussi en visant celui qui me faisait face, de son côté, pas loin… J'ai tué des hommes. Il y en a qui s'en remettent, de tout ça, comme Lucien Gallois, et puis il y a ceux, comme moi, je ne dois pas être le seul, qui n'ont pas digéré une telle barbarie, imposée à des milliers, et même à des millions d'hommes. Ce que je me dis, c'est que si ça a pu avoir lieu, ça pourra recommencer. »

« Tu ne dis rien, Rosalie, constatait-il souvent, tu m'écoutes, c'est pour ça que je peux te parler. »

Que pouvait-elle faire d'autre ? A plusieurs reprises elle avait eu envie de poser sa main sur la sienne, accrochée près d'elle au bord du banc. Mais elle ne l'avait pas fait. Parce qu'il était un homme, et qu'il n'avait l'âge ni de son père ni de ses frères.

Maintenant que le plus difficile avait été dit, que Faustin se sentait, non pas totalement libéré du poids qui l'accablait, mais en partie soulagé, leurs conversations se faisaient plus libres, et Rosalie osait des questions.

Cet éclat d'obus par exemple ? Il n'était pas tout à fait dans la tête, mais dans la nuque.

A l'hôpital de campagne où Faustin, blessé, avait été transporté, les médecins n'avaient pas cru bon de tenter l'opération, à cause du risque de toucher à des centres nerveux et de provoquer des séquelles graves. Le petit morceau de ferraille bougeait-il vraiment ? Faustin ne le sentait pas bouger, mais à quoi d'autre seraient dues ces migraines qui s'en allaient comme elles arrivaient ?

Les jouets de bois ?

— La Zabelle dit que je retombe en enfance, quand elle me voit faire, c'est étrange, puisque des jouets j'en ai jamais eu.

Il les lui montra.

— Pourquoi fais-tu surtout des chevaux ? Tu aurais aimé être un paysan, comme Georges ?

— Peut-être, mais c'est pas pour ça. C'est pour leur rendre hommage. Parce que j'en ai vu souffrir. Des chevaux attelés à des canons embourbés, dans la boue jusqu'au poitrail, frappés, massacrés... Des ânes surchargés, les naseaux coupés pour les empêcher de braire... C'était que des bêtes, diraient beaucoup de gens, la Zabelle la première. Mais pour moi leur souffrance était la même que celle des hommes.

Maintenant, tout le monde savait que Rosalie et Faustin étaient devenus des amis, l'étonnement et les commentaires suscités par cette amitié naissante avaient fini par céder la place à la raison. A savoir que si c'était dans leurs idées de se mettre ensemble, ils étaient libres de leur personne et ça les regardait, mais qu'à bien considérer la chose il ne pouvait pas s'agir d'une « relation », autrement dit d'une liaison, ni encore bien moins d'une véritable histoire d'amour.

Tout ce qui s'était dit avant d'en arriver là, de bouche à oreille, que plus de dix années de différence dans un ménage c'était beaucoup, qu'un homme diminué comme le Faustin n'était peut-être plus vraiment un homme, que pour supporter une belle-mère comme la Zabelle il fallait avoir tué père et mère, que Rosalie avait encore le temps de se trouver quelqu'un, et que ceci, et que cela… n'avait même pas effleuré l'esprit ni les oreilles des intéressés. Et c'est pourquoi, sans doute, ils avaient trouvé si facilement le ton de leur amitié singulière.

9

« Ville détruite en dix mois, reconstruite en dix ans. » Par cette formule-choc, le maire de Verdun, Victor Schleiter, exprima la satisfaction et la fierté des Verdunois devant l'immense travail accompli. Des soldats américains et russes, mais aussi des prisonniers allemands avaient aidé à déblayer les décombres. Des plans avaient été proposés, étudiés, choisis. Des tractations difficiles avaient abouti à la cession de terrains militaires pour l'agrandissement de la ville. Elle avait perdu la presque totalité de ses remparts, des accès plus faciles avaient été aménagés, des rues élargies, de nouvelles voies tracées, des bâtiments, des maisons reconstruits dans le style nouveau de l'époque. Autant de facteurs adaptés à la reprise des activités et au développement des transports automobiles, même si les rues de Verdun étaient encore loin de ressembler à celles de Paris, qui connaissaient déjà les premiers embouteillages. Encore sous le choc de la guerre, tout occupée à sa renaissance, la ville n'était pas vraiment entrée dans les « années folles ».

Mais si la guerre l'avait détruite, elle avait également construit sa légende, en faisant d'elle le lieu emblématique des horreurs et des héroïsmes. Et pour cela elle avait été enrichie de monuments destinés à entretenir la mémoire patriotique.

Le monument aux morts, « aux enfants de Verdun », d'abord, comme dans chaque commune, jusqu'à la plus modeste. Tout de pierre blanche. Cinq soldats de toutes les armes, debout, formant de leurs corps une barrière et symbolisant ainsi la résistance de Verdun, selon la devise de la ville en 1916 : « On ne passe pas. » Une œuvre autrement grandiose que le poilu au buste tronqué de Clercy, mais à chacun selon ses moyens, l'important étant dans le message.

Au sommet d'une brèche ouverte sur le plus ancien rempart par un bombardement, précédé d'un large escalier, on éleva le monument de la Victoire, une tour de trente mètres surmontée d'une imposante statue représentant un chevalier, tourné vers l'est, qui veille sur la ville. Sous ce monument, une crypte abritait les livres d'or des combattants de Verdun.

A la porte Saint-Paul, la seule partie des remparts conservée, avait été placée *La Défense*, une copie de la statue de Rodin, *L'Appel aux armes*, offerte à Verdun par la Hollande amie.

Et là-haut, sur les lieux mêmes de la bataille, au cœur de la zone rouge, se dressait l'impressionnante silhouette de la tour qui dominait le cloître et l'ossuaire de Douaumont. Les milliers de corps avaient d'abord été regroupés dans un ossuaire provisoire, avant que soit proposée, par l'évêque de Verdun, monseigneur Ginisty, puis décidée, et enfin mise en chantier la construction d'un monument à leur gloire, réalisé grâce à des souscriptions et des fonds privés.

Dix années avaient passé depuis que le maréchal Pétain en avait posé la première pierre, et les travaux n'étaient pas totalement achevés, mais bientôt le phare, à la nuit tombée, balaierait de son faisceau Verdun et ses environs, et trois fois par jour sonnerait « le bourdon de la Victoire », une énorme cloche pesant plus de deux tonnes.

Devant le monument s'étalait en pente douce la nécropole où s'alignaient plus de quinze mille tombes, tandis que l'ossuaire contenait les restes non identifiés d'environ cent trente mille hommes.

Ces hauts lieux de mémoire, bien sûr, attiraient de très nombreux visiteurs, à Verdun et aux alentours, dans des endroits de combats dont les noms parlaient d'eux-mêmes : le Mort-Homme, la Haute-Chevauchée, la Cote 304, la Voie sacrée, sur laquelle se croisaient les convois montants et descendants, à partir de Bar-le-Duc, et sur l'emplacement des neuf villages qui n'avaient pas été reconstruits.

Ces visiteurs venaient de toutes les régions de France, parfois en curieux, au sens noble du terme, curieux d'histoire, de vérité, d'authenticité, le plus souvent en pèlerinage, vers cette terre à la fois glorieuse et maudite, où un fils, un frère, un père, un mari, un fiancé, un ami était tombé. Il en venait d'Amérique, d'Angleterre. Les Allemands viendraient plus tard.

Il fallut créer, puis développer, des structures pour les accueillir, les héberger, les transporter, les guider.

Près de la gare sortit de terre l'hôtel Terminus, entre autres établissements mis au service de ce que le

pain

pâté

beurre

commerce n'hésitait pas à nommer le tourisme historique. Deux recommandations étaient faites aux visiteurs : respecter les lieux et suivre les itinéraires balisés pour éviter les accidents. Le respect des lieux s'imposait de lui-même. Quant aux accidents, des explosions, en effet il s'en produisait encore, comme pour rappeler, s'il en était besoin, que sous les cendres couvait toujours le feu.

Il fallait se souvenir. Toujours. Des boutiques s'ouvraient pour en donner les moyens, au-delà des parcours et des visites. La librairie Frémont proposait quantité d'ouvrages relatant les épisodes de la bataille. Dans les bazars foisonnait toute une bimbeloterie de plus ou moins bon goût, pièces de vaisselle, fanions, statuettes, médailles, miniatures, rubans tricolores, quarts et bidons comme en utilisaient les poilus, dont on avait décoré l'intérieur, comme on le faisait avec les douilles d'obus soigneusement polies que l'on transformait en vases. Les proches des victimes identifiées avaient récupéré des papiers, des lettres, des insignes, des plaques leur ayant appartenu. Mais ceux qui n'avaient rien, aucune trace matérielle, aucune preuve de la présence de leurs disparus dans ce monde de folie mais surtout de courage, se raccrochaient à ces babioles pour avoir au moins quelque chose qui l'évoquât, à défaut de l'attester.

Devant les monuments et les stèles érigés en divers lieux, les plaques commémoratives dans les cimetières, se multipliaient les cérémonies, parfois très simples, parfois solennelles, selon leur importance et celle des personnalités qui y présidaient, avec défilés de sections d'anciens combattants, discours et dépôts de gerbes.

La plus marquante de ces cérémonies fut sans aucun doute l'inauguration du monument de la Victoire, le 25 juin 1929, en présence du président de la République, Gaston Doumergue, du président du Conseil, Raymond Poincaré, et du maréchal Pétain. L'événement avait été précédé la veille par une sonnerie de cloches et une messe à la cathédrale, des salves d'artillerie, un défilé militaire et un lâcher de pigeons, hommage ainsi rendu aux volatiles qui avaient contribué à leur manière à la victoire en transmettant des messages. En plus de tous les officiels, une foule impressionnante se pressa à Verdun.

La relation de l'événement occupa une large place dans la presse nationale, et aussi dans les colonnes du *Petit Meusien*, avec des photos, des listes de personnalités, des extraits des discours prononcés.

Il y avait là de quoi alimenter longtemps les conversations, jusque dans les cafés de villages, car si tout le monde s'entendait à trouver plus que normale, nécessaire, l'obligation de respect et de souvenir envers les héros de la guerre, des divergences se faisaient jour quant à l'esprit dans lequel elle devait s'exercer. Tout le monde n'avait pas l'art et la manière de s'exprimer comme les personnalités dans leurs discours, toujours enflammés et vibrants, mais chacun y puisait des arguments qu'il utilisait à sa façon. Puisque tout en haut, dans les sphères gouvernementales, tous n'étaient pas d'accord quant à la fermeté à maintenir ou pas envers l'Allemagne, comment n'en aurait-il pas été de même chez les braves gens du peuple, qui se reconnaissaient au moins le droit d'avoir des opinions ? L'entêtement volontiers prêté aux Meusiens aidant, auquel il ne fallait pas oublier d'ajouter la mauvaise foi et l'irascibilité de quelques individus, plus des rancunes d'ordre personnel, et enfin l'obligation pour chacun de payer sa tournée, bien des discussions tournaient au vinaigre.

Mars 1930. Un dimanche avec un temps à faire croire que le printemps tournait le dos à ceux qui l'attendaient, en particulier pour les travaux des champs et les chantiers. De la grisaille, des rafales de pluie, un vent mauvais.

Faustin buvait le café et la goutte avec Eugène. Depuis le début de l'hiver, qui avait condamné l'usage du banc sous le vieux cep, Rosalie ne montait plus vers la maison des vignes, c'était lui qui descendait jusque chez les Piquart. Comme la Zabelle, Eugène s'était habitué à leur amitié, et s'en serait franchement réjoui si l'idée ne lui venait pas quelquefois qu'un vieux garçon, à la trentaine bien passée, de plus diminué par ses blessures, faisait une étrange compagnie pour une jeune fille. Mais elle semblait s'en satisfaire, puisqu'elle ne sortait plus, sa Rosalie.

« Tu ne vas donc plus danser ? lui demandait-il parfois.

— Je n'ai plus Bertille, ni Alice. J'y retournerai avec Marinette, quand elle en aura l'âge. »

Ce serait peut-être plus tôt que prévu, étant donné la précocité de la gamine.

Eugène appréciait les visites de Faustin, et pour qu'il ne fût pas dit qu'il ne venait que pour Rosalie, il l'accaparait volontiers pour des conversations qui lui révélaient son bon sens et ses connaissances.

« Dommage qu'il soit comme ça, le Faustin », soupirait-il parfois.

Deux ou trois fois déjà, il avait réussi à l'entraîner jusqu'au café du village.

Ce qu'il lui proposa aussi, ce dimanche.

— Qu'est-ce que tu fais, Rosalie ? Tu lis ? Alors nous deux, le Faustin et moi, on va aller passer une petite heure chez la Paulette.

La Paulette était à son comptoir, en tablier, les manches de son caraco relevées jusqu'aux coudes, le visage rubicond. Il faisait chaud dans la salle, avec ce poêle derrière lequel elle avait entassé une imposante réserve de bûches.

Quand arrivèrent Eugène et Faustin, il y avait là, déjà, une dizaine d'hommes, le père Gallois et son fils Lucien, maintenant marié et père à son tour, l'Aristide et son gendre, et le Yougo des Burger, qui venait chaque dimanche dépenser sa semaine, plus quelques autres. Entra celui que par moquerie on saluait, selon les jours, du nom de « Parisien » ou de « Germain », à cause de sa parenté avec la fameuse Parisienne, dont on savait seulement qu'elle se prénommait Germaine.

— Elle est chez nous, justement, précisa-t-il, et ta Marinette aussi, Eugène, à lui raconter je ne sais quoi.

Certains étaient encore debout, d'autres assis, les équipes de joueurs de cartes n'étaient pas encore formées, par contre les discussions allaient bon train, sur un sujet d'importance, la construction d'une ligne fortifiée, de la frontière belge à la frontière suisse. André Maginot, nouvellement nommé au ministère de la Guerre, avait fait voter la loi à partir de laquelle les crédits allaient être débloqués. Maginot, un Meusien, comme Poincaré, dont toutes les occasions étaient bonnes pour rappeler les hautes fonctions, auxquelles il avait dû mettre fin pour raisons de santé.

— C'est pas la première fois qu'il est ministre de la Guerre, ce Maginot, il l'a déjà été au début des années vingt, dans un gouvernement Poincaré, justement. En matière de guerre il s'y connaît, il a été gravement blessé en 14.

— Fortifier la frontière, en voilà une bonne idée, au moins, les Allemands, si l'envie leur reprend de vouloir remettre ça, ils ne passeront plus !

— Vous savez ce qu'il a dit, Maginot ? Que pour barrer la route à l'ennemi, le béton vaut mieux que les poitrines ! Ça, c'est parlé !

— A moins qu'ils ne passent ailleurs !

— Par où donc pourraient-ils passer, autrement que par ici !

— En 25 déjà il en avait été question, de cette ligne, rappelez-vous, le ministre de la Guerre, c'était Painlevé.

— Un drôle de type, ce Painlevé, sans parler de son nom, il voulait déjà la ligne, preuve qu'il se méfiait des Allemands, et c'est pourtant lui qui a ramené le service militaire à un an.

— Faut savoir ce qu'on veut, ou bien on croit au retour de la guerre, ou bien on fait confiance à la Société des Nations et on mise sur la paix.

— Bien dit, Aristide !

La porte s'ouvrit une nouvelle fois, les têtes se tournèrent. Paul Burger. Il n'allait pas bien, le pauvre garçon. Sa prothèse, comme disaient les médecins à l'hôpital militaire, un terme bien savant qu'il n'employait, lui, que pour s'en plaindre et se moquer, amèrement, de ces charlatans qui cachaient leur incapacité derrière des grands mots, sa prothèse, donc, ne lui allait pas. Il aurait dû retourner à l'hôpital pour des contrôles, des réglages, ne pouvait s'y résoudre. Quand il la portait, il se déhanchait anormalement, ce qui avait fini par lui provoquer des douleurs, dans le bassin et la colonne. Il refusait d'avoir à nouveau recours à la médecine : pour qu'elle fasse pire ? Alors certains jours il la délaissait et en revenait aux béquilles d'avant.

D'aigri, il était devenu jaloux, provocateur.

Comme ce dimanche où il entra, avec sur la tête son calot de soldat et sur sa poitrine sa médaille du combattant. Autour de sa jambe valide il avait enroulé une bande molletière bleu horizon. Il semblait qu'il n'eût pas attendu de venir chez la Paulette pour commencer à boire. Chez lui, il suffisait de descendre à la cave.

Les conversations se turent.

Après un coup d'œil mauvais au Yougo, ce fut vers Faustin qu'il choisit de se diriger.

— T'as vu ma médaille ? La tienne, si tu l'as, pourquoi que tu ne la portes pas ? Un ancien combattant, ça a plus que le droit, ça a le devoir d'être fier !

Faustin soutint son regard, mais ne répondit pas.

— Hein, pourquoi ? Parce que tu ne la méritais pas ? T'es gazé, il paraît que t'as un bout de ferraille dans la tête, mais ça veut pas dire que t'as été un héros ! Y a des gars qui ont été blessés en se sauvant comme des lapins !

— Laisse-le, Paul, hasarda le père Gallois.

Peine perdue.

— C'est à lui que je parle, pas à vous ! Réponds-moi, Faustin. Tu l'as méritée, ta médaille, oui ou non ? Des Boches, t'en as tué combien ?

— Là t'exagères, Paul, intervint l'ancien maire, laisse le Faustin tranquille.

— Je le laisserai quand il m'aura répondu ! Ou bien quand il se sera mis au garde-à-vous devant moi, parce que moi, ma médaille, je l'ai pas volée !

La Paulette avait quitté son comptoir, un torchon à la main. Il était déjà arrivé que des bagarres éclatent dans la salle, pour des histoires généralement à la fois anodines et sordides, des accusations, des moqueries, des jalousies, des divergences d'idées. Chaque fois que des gars avinés en venaient aux mains, elle n'attendait pas que d'autres se lancent dans la mêlée. C'était elle-même, à coups de torchon, qui chassait les coqs en bataille. Toujours avec succès, sous les risées des spectateurs. Il était peu glorieux, certes, de jeter l'éponge sous les coups de torchon d'une femme, mais désobéir à la Paulette et se brouiller avec elle serait revenu à se priver du seul lieu de rencontre et de distraction du village. Elle connaissait son pouvoir.

Quelques hommes s'approchèrent de Paul et l'entourèrent, ce qui ne le calma pas, puisqu'il poursuivit :

— Y a pas que la Rhénanie qu'il aurait fallu occuper, mais toute l'Allemagne !

Faustin, écœuré, s'était éclipsé. La Paulette s'avança, l'arme à la main.

— Ecartez-vous, vous autres ! Et toi, fiche le camp d'ici ! Va cuver ton vin ailleurs ! Comment voulez-vous qu'il n'y ait plus de guerre avec des gars de ton espèce !

Paul battit en retraite. Personne ne rit cette fois. Le pauvre garçon était plus pitoyable que risible.

Près de la porte, qu'il avait laissée ouverte derrière lui, Faustin attendait Eugène.

— T'embrasseras la Rosalie de ma part ! lança Paul en passant devant lui.

Assez fort pour être entendu, sinon de tous mais d'Eugène, sorti juste derrière lui.

Après cet incident, pendant plusieurs semaines Faustin s'était abstenu de descendre chez les Piquart. Il avait honte. Honte d'avoir été soupçonné d'une chose qui ne lui était jamais venue à l'esprit. Mais, sceptique comme il l'était devant la bonté et la raison des hommes, il n'en avait pas été étonné.

« On ne voit plus le Faustin, s'étonnait parfois Marinette. Il est peut-être très malade. Tu veux que j'aille voir, Rosalie ? Tant pis si la Zabelle me chasse, mais au moins je saurai. »

Eugène, qui ruminait le mot perfide de Paul, s'empressait de répondre :

« Laisse-le tranquille, les changements de saison, c'est pas bon pour lui. »

C'était, aussi, en partie vrai.

Puis Faustin réfléchit. Se dit que Paul, sauf à l'avoir inventé, ne pouvait rien savoir de louche concernant ses relations avec Rosalie, qu'y mettre un terme pouvait passer pour une forme d'aveu de quelque chose qui n'existait pas, un comble.

C'est la Zabelle, avec sa brusquerie, qui dénoua une situation dont elle ignorait la cause. Un jour qu'elle passait devant chez les Piquart, avec sur la tête le fichu noir et au bras le cabas qui indiquaient qu'elle allait au bourg, apercevant sa jeune voisine, elle l'interpella :

— Ça ne t'intéresse donc plus de venir discuter avec mon garçon ? Il a eu une série de crises, à cause du temps. Maintenant ça va mieux. Tu devrais monter, un de ces jours, il serait content. Et la Marinette aussi, pour nous faire rigoler un peu, on en a bien besoin !

Le beau temps s'était installé, comme si le printemps voulait se racheter de son entrée manquée en se donnant des airs de plein été, et Rosalie avait repris ses visites à la maison des vignes.

Et Marinette, qui en plus de la Parisienne s'était attiré l'attention d'une autre femme tout aussi intéressante, avait ajouté à son imitation de Joséphine Baker quelques autres drôleries à l'intention de Faustin et de la Zabelle…

En 1923, quand le président Poincaré était venu à Dun inaugurer le monument aux morts, la réception en son honneur avait été donnée dans ce qui était alors le plus récent et le plus beau bâtiment de la commune en reconstruction : le Foyer des campagnes. Elle le devait à la générosité d'une association qui portait le même nom, à travers laquelle les départements de l'Est redevenus français entendaient apporter une aide, dans les domaines associatif et culturel, aux petites cités qui avaient beaucoup souffert de la guerre. Le Foyer des campagnes de Dun était le premier du genre dans le département, ce qui lui avait valu d'être inauguré (on inaugurait décidément beaucoup, ces temps-ci) par le ministre des Régions libérées.

Dans l'entrée figurait une inscription : *Aux provinces reconquises, l'Alsace et la Lorraine reconnaissantes.* Le bâtiment comportait une salle de spectacle, une salle de jeux, de travaux manuels, une bibliothèque. A l'extérieur, des installations pour la pratique des sports, basket, tennis, ping-pong, croquet. Dans la salle de spectacle se tenaient des bals, la fête de Noël, pour laquelle une ville du Bas-Rhin envoyait un grand sapin, les répétitions de la fanfare municipale reconstituée, le conseil de révision, une consultation pour les nourrissons, des cours de danse rythmique, ainsi que de solfège et de musique, et bien sûr des spectacles, essentiellement du théâtre, qui dans les années trente deviendrait l'activité vedette et atteindrait un niveau réputé.

En plus des animateurs qualifiés, des bénévoles participaient à l'organisation et à l'encadrement de toutes ces activités. Parmi eux, une institutrice, madame Chemineau, s'efforçait de donner le goût du théâtre et l'envie de monter sur scène à quelques enfants et adolescents.

Les activités du Foyer des campagnes n'étaient pas uniquement réservées aux habitants de la commune, elles s'adressaient aussi à la population des villages environnants. Mais l'ambition affichée de faire de la culture et du sport des éléments de fraternité et de promotion, ambition noble et juste, donnait à beaucoup le sentiment de ne pas être à la hauteur. Du tennis, de la danse en tutu et chaussons, du solfège, et plus que tout du théâtre, c'était pour les bourgeois, les intellectuels, les « têtes »... pas pour « les gens comme nous », ce qu'Eugène déjà avait répondu à monsieur Richet lorsqu'il parlait de faire de Rosalie une maîtresse d'école. Les mentalités, à la campagne, évoluaient lentement, et souvent du fait même de ceux qui auraient pourtant eu le plus d'intérêt aux changements.

Cependant, stimulés par les instituteurs, et par la curiosité, les villageois se mettaient à prendre le chemin du Foyer, les jeunes d'abord, puis les moins jeunes. Ça n'allait pas encore jusqu'aux anciens, fidèles aux cafés de leurs villages.

Renseignées, encouragées, accompagnées par Alice et son mari le garçon coiffeur, Rosalie et Marinette avaient découvert l'endroit.

Rosalie était restée bouche bée en découvrant la bibliothèque, cette quantité de livres bien rangés par genres, étiquetés, sur des rayonnages de bois verni, bien autre chose que les petites armoires des écoles de Clercy et de Gachon... Elle pouvait verser une modeste cotisation et emprunter des livres. Elle n'avait pas osé la première fois, mais elle était revenue, et maintenant, quand elle avait à faire au bourg, il lui arrivait de pousser jusqu'au Foyer et de rapporter, en plus de ses commissions, un peu de lecture. Des romans. Des vrais. Colette, Maupassant, Flaubert, Zola, sur les conseils de la bibliothécaire de service, à laquelle elle avait osé confier qu'elle aimerait lire des histoires qui ressemblaient à la vraie vie.

Marinette n'avait pas besoin d'une occasion pour filer au Foyer des campagnes. Ce qui l'intéressait, elle, c'était ce qui était vivant, ce qui bougeait. Les joueurs et les joueuses de tennis, en pantalons et en jupes blanches. Les petites danseuses, qui apprenaient à rythmer leurs pas au son d'un piano pendant que leur maîtresse comptait : « Une, deux, une deux trois... » Et plus encore, les répétitions de théâtre. Dans l'entrebâillement d'une porte, la gamine curieuse avançait son petit minois et ses boucles blondes, elle regardait, elle écoutait...

Germaine riait quand elle lui racontait tout ce qu'on pouvait voir et faire au Foyer des campagnes.

« C'est pas Paris ! »

Non, c'était pas Paris, mais c'était drôlement intéressant quand même.

— Entre donc, au lieu de te cacher à moitié pour regarder ! lui lança un jour madame Chemineau. Tu vois, on travaille. Je leur fais apprendre une phrase par cœur et elles doivent la répéter sur des tons différents. Ecoute et après tu essaieras.

Elles. Il n'y avait en effet que des filles. Les garçons à cet âge n'aiment pas se donner en public, soit par un excès de timidité, soit parce que « c'est bon pour les filles... ».

Essai concluant. Marinette intégra un groupe qui interpréterait, à la prochaine fête de Noël, quelques saynètes que madame Chemineau préparait pour elles.

La vindicte de Paul n'avait pas seulement choqué et humilié Faustin à titre personnel. Sa tenue, l'exhibition de sa médaille, sa hargne, ses menaces l'avaient effrayé et poussé à réfléchir, à lire, à voir, à chercher un espoir quant à la raison des hommes.

La lecture du *Petit Meusien* et de l'almanach, qu'on trouvait chez la Paulette, ne lui suffisait plus. Chez le marchand de journaux de Dun, il avait trouvé des parutions plus éloquentes. *L'Almanach du combattant*, *Le Béquillard*, dans lesquels témoignaient et s'exprimaient des survivants, des mutilés, des hommes comme lui. Il y avait trouvé l'éloge d'Henri Barbusse, qui avait publié en 1916 *Le Feu*. Rosalie l'avait emprunté pour lui à la bibliothèque du Foyer. Sa lecture l'avait bouleversé. Décrire ainsi l'univers de la guerre, c'était forcément prêcher pour la paix. Ailleurs, il avait relevé une phrase restée gravée dans son esprit d'homme simple mais sensible, et sensé : « La guerre ne tue pas seulement les hommes, mais aussi les consciences... » Mais quand il lisait qu'un dignitaire de l'Eglise avait qualifié la victoire française de « miracle d'amour vivant pour la France » et la défaite allemande de « châtiment pour l'Allemagne », il ne comprenait pas. Elevé par la Zabelle, il n'avait guère reçu d'instruction religieuse, mais combien de fois l'avait-il entendue dire, les yeux levés vers le ciel, à propos des malheurs, des maladies, des fléaux qui touchaient la campagne au temps de son enfance : « On dit qu'il décide de tout, celui qui est là-haut, et qu'il est la bonté même, alors pourquoi qu'il nous envoie tant de mal ? »

Il fallait le prier pour obtenir ses faveurs ? Mais les Allemands priaient aussi... alors ?

Il l'avait, Faustin, la médaille du combattant. Il l'avait montrée à Rosalie.

— J'ai pas été valeureux, comme c'est écrit sur le papier que j'ai reçu avec, j'ai seulement eu peur. J'ai pas supprimé des ennemis, j'ai sauvé ma peau. Il m'est arrivé bien des fois de me dire que j'aurais mieux fait d'y rester.

— Non, Faustin, ne dis pas ça…

— Je voudrais t'emmener visiter quelque chose, dit-il à Rosalie, un dimanche. Il faut marcher pas mal, ça te dit ?

Il marchait souvent, lui, ça l'aidait à réfléchir, à apaiser ses idées tourmentées. Quand on voulait parcourir la campagne, par ici, sans aller vers la vallée de la Meuse qui s'élargissait souvent en belles étendues de prairies et de champs, on gravissait forcément des collines couvertes de forêts et même de bois profonds. Dans un de ces bois, Faustin avait découvert un petit monument sans doute ignoré de beaucoup, ou déjà tombé dans l'oubli.

Ils y parvinrent. Un assemblage sans finesse de pierres grises, de deux mètres de haut à peu près. Sur l'une des faces, une plaque gravée, un peu verdie de mousse.

— C'est pas du français, constata Rosalie.

— Non, c'est de l'allemand. Mais on peut comprendre. Essaie !

Rosalie s'approcha de la stèle, lut des yeux seulement les quelques mots, dont elle ne connaissait pas la prononciation. *Hier sind in gott… 23 deutsche und 22 französische Helden.*

Französische, ça ressemblait à français, et *deutsche*, tous les Lorrains connaissaient le sens de ce mot, ça voulait dire allemand.

— Des Français et des Allemands ? Des soldats ? Morts ici en se battant les uns contre les autres ?

— Oui. Leurs corps ont sûrement été transférés dans des cimetières différents. Mais ici, pour le souvenir, ils sont ensemble. Si j'ai voulu te le montrer, Rosalie, c'est parce que quand j'ai découvert cette stèle j'ai été bouleversé, parce qu'elle prouve bien l'absurdité de la guerre. Ils devaient penser la même chose, les Allemands qui ont élevé ce monument.

— Tu aurais dû me prévenir, Faustin, j'aurais apporté des fleurs.

Le 7 août 1932, Albert Lebrun inaugura officiellement l'ossuaire de Douaumont. Encore un homme de l'Est, un Lorrain, un Meurthe-et-Mosellan. Comme Poincaré il avait occupé de nombreuses fonctions, député, plusieurs fois ministre, président du Sénat, avant de succéder à la présidence de la République à Paul Doumer, dont l'assassinat par un illuminé russe, en mai de cette même année, était encore dans toutes les mémoires.

De près, de loin, des villes, des campagnes, par leurs propres moyens ou par des transports organisés, ils étaient venus nombreux, ceux qui souhaitaient s'associer à cet hommage exceptionnel aux victimes d'une bataille exceptionnelle. Trois cents jours et trois cents nuits de combats acharnés. Vingt-six millions d'obus tirés par les artilleries, soit huit par mètre carré. Environ trois cent mille soldats français et allemands portés disparus.

A Clercy comme partout ailleurs on s'était organisé, entre parents, voisins, amis, pour utiliser au mieux les voitures, à cheval ou à moteur.

Eugène avait hésité. Avait-il sa place là-haut, alors que sa famille ne comptait aucune victime ? Luigi aussi s'était interrogé, en tant qu'étranger. Finalement le patron décida son ouvrier et l'emmena avec lui en voiture. Paul Burger, lui, était déjà monté plusieurs fois dans le secteur de Douaumont, mais n'en était pas redescendu apaisé, au contraire. Lucien Gallois, jusque-là, avait préféré s'abstenir, pour ne pas risquer de compromettre sa volonté, non pas d'oubli, mais de détermination positive. Mais pour l'inauguration, si, il en serait, parce qu'il se sentait désormais assez fort pour supporter le choc.

Dans sa recherche personnelle, Faustin éprouva le besoin de voir, lui aussi, ces lieux et cet ossuaire dont il s'était fait une idée à travers ce qu'il avait lu, et vu, dans les journaux, mais revoir sur le papier ou de ses propres yeux un sol sur lequel on avait vécu l'enfer, comme on dit familièrement, ça faisait deux. Mais il ne voulait pas suivre la cérémonie, ni entendre les discours, dont la tonalité, il en était certain, le mettrait mal à l'aise.

Ce fut seulement quelques semaines plus tard qu'il choisit de s'y rendre. Avec Rosalie, qui avait accepté de l'accompagner, touchée par cette preuve de confiance. Et cette fois elle avait emporté des fleurs, cueillies dans le jardin familial, un bouquet de roses qu'elle avait soigneusement enveloppé d'un torchon mouillé pour le garder frais avant de le placer dans un cabas, avec quelques provisions de bouche.

Marinette passait la journée chez Alice, Eugène était au chantier.

Faustin descendit de la maison des vignes. Il n'avait pas mauvaise mine, enfin pas trop. Elle savait que le pharmacien de Dun lui avait conseillé un nouveau médicament souverain contre les maux de tête, et depuis qu'il le prenait, en effet, ses migraines avaient diminué, en intensité et en durée.

Elle ferma la porte, glissa la clé derrière le volet.

A Dun, ils prirent l'omnibus, qui les conduisit jusqu'à la gare de Verdun, après des arrêts dans toutes les petites haltes de campagne. Voyage silencieux. Ils achetèrent des billets pour le Varinot, un chemin de fer à voie métrique qui effectuait à longueur de journée des allers et retours, montées et descentes, jusqu'au cœur de la zone rouge.

Faustin tournait la tête, à droite, à gauche. Le paysage n'était ni hostile ni lugubre. La forêt presque entièrement dévastée se reconstituait, et comme on n'était qu'au tout début de l'automne les jeunes arbres étaient encore complètement enfeuillés. Faustin, qui l'avait lu, expliqua à Rosalie que les Allemands avaient dû participer à ce renouveau en fournissant, à titre de réparations, des plants de résineux, des graines et des glands, dont les quantités avaient été déterminées avec la plus grande précision.

Le Varinot les déposa, avec quelques autres visiteurs, en bordure du plateau laissé à nu, et soudain surgit devant eux l'imposant monument, dont ils avaient guetté et aperçu la tour dans la montée. Faustin connaissait les chiffres, la tour, quarante-six mètres de haut, le cloître, cent trente-sept mètres de long, mais n'en fut pas moins, comme Rosalie, frappé par la majesté austère de l'édifice, comme ils le furent, plus tard, en découvrant la nécropole, à la géométrie parfaite, et si vaste, si vaste...

Ils s'approchèrent. A l'extérieur de l'édifice figuraient les écussons des villes qui avaient participé à sa construction. Ils entrèrent. Le cloître, au sol dallé de mosaïque, contenait des alvéoles, Rosalie les compta, dix-huit. Dans chacune, deux tombeaux de granit correspondaient aux différents secteurs de la bataille. Douaumont, bois des Caures, Samogneux, Froideterre, Fleury... Les voûtes de ces alvéoles portaient les noms de ceux qui y étaient disparus, et dont les restes reposaient juste en dessous, dans l'ossuaire proprement dit.

Soudain Faustin se figea, et sa main, du côté de Rosalie, s'ouvrit puis se ferma, en un geste d'appel. Elle y glissa la sienne, qu'il serra à la broyer, puis il desserra l'étreinte, sans toutefois lâcher cette main secourable. Cumières. C'était là qu'il avait connu le pire, et qu'il avait été blessé.

Il resta un long moment les yeux fermés, les mâchoires contractées pour ne pas éclater en sanglots, dans cette allée solennelle où s'imposait le silence. Puis il entreprit de parcourir les noms gravés dans la pierre. Et là, de nouveau, il se figea, son regard fixé sur l'un d'eux : *Jean Rougeux*.

Rosalie avait compris. Il avait trouvé le nom d'un compagnon de tranchée, peut-être d'un ami. Elle repéra l'emplacement, la cinquième alvéole à partir de l'entrée. Elle tira doucement Faustin par la main, l'entraîna au-dehors.

Ils contournèrent le bâtiment, car c'était à l'arrière, au ras du sol, qu'à travers des vitres on pouvait voir les restes des disparus non identifiés, des ossements entassés. Faustin ne retenait plus ses larmes.

— Plus jamais, murmura-t-il. Par pitié, plus jamais ça…

Rosalie ouvrit son cabas, déroula le torchon. Les roses n'avaient rien perdu de leur fraîcheur. Elle se baissa et déposa le bouquet contre une des vitres, la cinquième.

10

Quand, au mois de mars 1932, décéda madame Augustine Bourget, presque nonagénaire en dépit des périodes troublées qu'elle avait traversées, une question se posa, à Dun, entre curieux : « Que va devenir sa maison ? »

Elle était, depuis longtemps, la veuve d'un marchand de biens qui, sans avoir fait fortune, au sens où on l'entend, avait tout de même réalisé d'assez bonnes affaires pour faire construire une belle maison qui avait été en partie démolie en 1916, mais qui, grâce aux dommages de guerre, avait retrouvé son aspect. Madame Bourget y avait vécu seule depuis son retour d'exode, autonome ou presque jusqu'au bout, et d'une discrétion telle que même les voisines qui lui rendaient quelques services ne se risquaient pas à la questionner.

Le couple n'avait pas eu d'enfants, mais on lui connaissait des neveux. En réalité, on ne les connaissait pas vraiment, car si, étant enfants, ils venaient en vacances à Dun, on ne les avait guère revus ensuite. Ils avaient maintenant, disons, autour de la cinquantaine, peut-être même bien sonnée. Ils étaient, croyait-on savoir, tous les deux établis à Paris, et l'un aurait été, et serait peut-être encore, « dans le spectacle »...

Ils assistèrent, avec leurs épouses, aux obsèques de la vieille dame, et si l'un des couples ne se distinguait guère des gens d'ici, enfin de ceux qui savaient se donner une certaine allure pour les cérémonies, l'autre, par contre, attirait les regards. L'homme avait une canne, pas pour soutenir sa marche, car il semblait très alerte, une canne de parade, bois précieux et pommeau d'argent, et une belle chevelure grise, qu'un coiffeur devait entretenir soigneusement et agrémenter d'un savant reflet argenté. La femme ne cachait pas plus ses jambes, encore droites et fines, que ses épaules couvertes d'une petite cape de fourrure et son visage tout coloré de maquillage.

Et c'était ce couple-là qui, quelques semaines plus tard, prendrait possession de la maison d'Augustine Bourget, suscitant un intérêt et une curiosité qui ne seraient pas déçus.

Maurice Bourget était en effet quinquagénaire, il avait cinquante-cinq ans précisément quand il devint dunois. Il avait été « dans le spectacle », c'était vrai, régisseur dans différentes salles à Paris, des cabarets, en particulier le célèbre Moulin-Rouge et les Folies-Bergère. C'était là qu'il avait rencontré une petite cousette, Liliane, qui travaillait à la confection des costumes et était devenue habilleuse. Ils s'étaient plu, aimés, mariés. Pendant la guerre, Maurice avait continué son activité, avec le « théâtre aux armées », qui, jusque sur le front, allait soutenir le moral des troupes en leur offrant des spectacles comiques. La guerre finie, ça avait été à nouveau Paris, et le début des années folles, avec cette frénésie de fêtes, de danses, de rires.

Dans leur milieu, on ne l'appelait pas Maurice, mais Maumau ! Parce qu'il possédait un don d'imitation, et que celui qu'il imitait le mieux, c'était Maurice Chevalier, le vrai Maumau, le grand, qu'il connaissait, qui le savait et ne s'en irritait pas, au contraire, puisqu'il lui demandait parfois de faire son numéro pour le personnel du cabaret, y compris les artistes ! Mais il en imitait d'autres, aussi, Dranem, Ouvrard, qu'il avait connu au théâtre aux armées et même remplacé un soir. Si lui c'était Maumau, sa femme c'était Lily, ça sonnait mieux pour des gens qui côtoyaient des artistes.

Tout cela, plus quelques détails croustillants, on ne tarda pas à le savoir. Parce que Maurice Bourget, apprenant l'existence du Foyer des campagnes, s'y intéressa vivement et observa d'un œil connaisseur ce qu'on y proposait, en particulier ce qui avait trait au domaine du spectacle. Liliane l'y rejoignit dès qu'elle eut fini d'aménager à sa façon, toute parisienne, la maison de la vieille tante. Et tous les deux de s'inviter aux répétitions des saynètes et des pièces de théâtre en chantier, des spectacles maintenant donnés régulièrement et dont les Dunois s'étaient découverts friands.

Pendant les pauses, et après le travail, entourés des acteurs amateurs et de ceux qui les encadraient, les deux Parisiens, qu'on ne tarda pas à appeler « monsieur Maurice » et « madame Liliane », sans oser plus de familiarité, égrenaient volontiers leurs souvenirs.

— Si j'ai bien connu Maurice Chevalier ? Et comment ! Et la Miss, Mistinguett ! Quel beau couple, sur scène et dans la vie, parce qu'il y a eu entre eux une sacrée histoire d'amour, qui a duré dix ans, malgré la différence d'âge ! Mais elle ne le faisait pas, son âge, la Miss, et pas seulement quand elle était sur scène. En 1912, aux Folies-Bergère, ils rendaient le public fou avec la valse renversante, enroulés tous les deux dans une carpette en croco ! Après la guerre, la Miss est devenue la vedette du Casino de Paris, et Maurice Chevalier a trouvé son style dans la chanson. Tu te rappelles, Lily ?

Si elle s'en souvenait, Lily ! A tout ce que disait son homme elle acquiesçait, ces deux-là, c'était visible, étaient encore amoureux malgré les années.

Pour écouter monsieur Maurice et madame Liliane, aux premières loges, bien sûr, il y avait toujours Marinette.

— Et Joséphine, monsieur Maurice ?

— Joséphine Baker ? Venant de Paris, il serait étonnant que je ne la connaisse pas ! Pour être franc, je la connais moins bien que Mistinguett. Mais je l'ai vue sur scène, elle a du tempérament, Joséphine ! C'est l'exotisme qui plaît en elle, et elle sait en jouer.

Elle avait fait du chemin, elle aussi, Marinette, oh pas autant que la célèbre Miss qui enflammait toujours Paris, ou que Joséphine, mais on pouvait dire qu'ici, au Foyer des campagnes, elle était un peu la mascotte, et la vedette, et cela dès la première représentation, à la fête de Noël de 1930. Pour les enfants et adolescents dont elle faisait partie, ce n'était pourtant que de petits bouts de théâtre, des extraits de comédies de Molière, que madame Chemineau situait en préambule pour la compréhension du public. Marinette, il fallait la voir, et l'entendre, par exemple en Toinette, affirmant hardiment à un Argan à l'embonpoint factice et à la voix fluette :

« Votre fille vous dira qu'elle n'a que faire de monsieur Diafoirus, ni de son fils Thomas Diafoirus, ni de tous les Diafoirus du monde ! »

C'était d'autant plus drôle qu'elle accompagnait chaque « Diafoirus » des fameux roulements d'yeux à la Joséphine Baker !

Il y avait dans la salle Eugène, si étonné qu'il ne riait même pas, Henri et Julia, Alice et Raymond, une bonne partie des habitants de Clercy, et même Faustin, et même la Zabelle, assis tout au fond, convaincus par Rosalie. Celle-ci aussi émue qu'amusée, parce que, avant de partir pour la représentation, Marinette l'avait embrassée, et elle avait ajouté :

« Dommage qu'il en manquera deux, tout à l'heure, pour me voir, hein, 'tite mère ? »

Deux : Georges et m'man...

Marinette avait vite rejoint le groupe des adultes, même si elle n'en avait pas l'âge. On y travaillait des pièces entières, de préférence du boulevard, du Courteline, du Labiche, du Feydeau, des pièces dont les titres déjà réjouissaient les spectateurs, de plus en plus nombreux : *Les Gaietés de l'escadron, On purge bébé, Mais n'te promène donc pas toute nue*... Il y avait toujours un petit rôle pour Marinette, souvent celui de la soubrette, volontiers convoitée par les messieurs.

Aux sujets de conversation chez la Paulette (qui les soirs de représentation fermait son café pour courir au

Foyer), la politique, le lancement du paquebot *Normandie*, « le Roi des Mers », le drame de Lindbergh, l'arrivée sur le marché du « pastis de Marseille », à la marque jaune..., s'ajoutaient désormais le théâtre et les commentaires sur « ceux qui jouent » et qu'on avait parfois du mal à reconnaître sur scène.

« Dis donc, Eugène, elle se débrouille, ta petite dernière ! Elle va monter jusqu'à Paris, si elle continue comme ça ! »

Sous le compliment Eugène sentait une pointe d'ironie qu'il n'appréciait guère.

Au Foyer des campagnes, on ne se demandait pas pourquoi monsieur Maurice et madame Liliane avaient quitté la capitale, et s'ils avaient gagné suffisamment dans le spectacle pour vivre maintenant en rentiers. Mais dans le bourg, entre commères, on supputait ferme : « L'âge... dans ces milieux-là, n'est-ce pas, il faut rester jeunes... et savoir faire ce qu'il faut pour ne pas avoir d'enfants... L'héritage d'Augustine Bourget était peut-être plus conséquent qu'on ne croit, en dehors de sa maison... »

Monsieur Maurice cultivait une idée, qui ne tarda pas à prendre forme. Faire découvrir au moins une fois à ce public plutôt rural, tellement différent du public parisien mais si sympathique par sa spontanéité et ses grands rires, une autre forme de spectacle, le cabaret. Une fois seulement, parce que, même si c'était plus léger de ton, les numéros de cabaret supposaient davantage d'audace de la part des exécutants. Etre seul en scène, bouger, chanter, accepter de jouer de son corps, de sa tenue, bref de provoquer, voire d'exciter le public... Il avait compris que les comédiens amateurs trouvaient les uns auprès des autres le moyen de lutter contre leur timidité, et que même dans les scènes un peu osées des vaudevilles il y avait de leur part une retenue, sauf chez cette petite blondinette qui hélas n'avait que seize ans. C'était la faute au qu'en-dira-t-on, tenace dans les petits bourgs de province, à la campagne, où trop de vraisemblance dans un rôle pouvait être interprété comme une aisance naturelle suspecte.

Mais lui qui avait si bien connu les coulisses, avec ses talents d'imitateur, pour une fois il pouvait faire l'affaire. Et Lily, avec son corps et ses jambes de jeune fille, saurait elle aussi se couler dans la peau d'une artiste. Ils commencèrent à préparer leur affaire, déterminés à transformer, le temps d'un soir, la scène du Foyer des campagnes en scène parisienne !

Audacieuse et candide comme elle savait l'être, Marinette se jeta à l'eau :

— Monsieur Maurice, je veux faire partie du spectacle, je sais imiter Joséphine Baker !

— Mais tu sais qu'elle est noire ! Enfin pas noire noire, mais pas mal quand même !... Tu me diras, pour ça, on pourrait peut-être s'arranger...

— Je sais bouger les genoux comme elle, et rouler les yeux, tenez, regardez !

Et comme devant Rosalie, Faustin et la Zabelle, Marinette donna un aperçu de son talent. Monsieur Maurice rit. Elle était étonnante, cette petite.

— Et danser ?

— Je peux apprendre, si madame Liliane veut bien m'aider !

Monsieur Maurice, tenté, se méfiait néanmoins. Il avait appris que Marinette n'avait plus de mère, qu'elle avait été élevée par sa sœur aînée, que le père était un brave homme. Mais un brave homme, ici, ça ne voulait pas forcément dire qu'il avait les idées larges. La petite apparaissait dans des pièces, mais la revue c'était autre chose, surtout dans le rôle de Joséphine… Cependant l'idée d'un tel numéro, qu'il échafaudait déjà en esprit, et qui pourrait être le clou du spectacle, lui faisait bien envie.

— Ton père, petite, tu crois qu'il serait d'accord ?

— Je lui demanderai, monsieur Maurice.

Ce n'est pas à Eugène qu'elle s'adressa, mais à Rosalie, qui s'émerveilla, et trembla, et souffrit un peu, aussi, à la voir évoluer ainsi.

— C'est pour faire quoi ?

— Tu verras, si je te le dis ce ne sera plus une surprise !

— Pas ta Joséphine, quand même ! Tout le monde se moquerait de toi !

— T'en fais pas, monsieur Maurice et madame Liliane, ils s'y connaissent, en spectacles. Allez, 'tite mère, dis-moi oui, si tu dis oui papa dira oui aussi !

— Il sera bien temps !

Novembre 1933. Une grande affiche placardée sur la porte du Foyer des campagnes plus des articles répétés dans *Le Petit Meusien* annonçaient pour le prochain dimanche du jamais-vu ici, un spectacle de music-hall.

— Du musicole, qu'est-ce que c'est que ça ? demanda la Zabelle à Marinette, qui montait encore de temps en temps, seule ou avec Rosalie, à la maison des vignes. C'est pas comme du théâtre ?

— Non, c'est mieux ! Vous verrez ! Parce que vous viendrez, hein, et toi aussi, Faustin ?

Dans toutes les conversations l'événement supplanta les autres sujets, qu'ils fussent sérieux, comme ces mesures visant à réduire nombre de libertés en Allemagne prises par le chancelier Hitler, nommé au début de l'année, inquiétants, comme l'ouverture à Paris, à Rouen ou encore à Lyon de magasins à prix uniques, des « Monoprix », ce qui déclencha les foudres des petits commerçants, ou sensationnels, comme le bonheur de ce monsieur Bonhoure, coiffeur à Tarascon, qui venait de remporter le gros lot de la Loterie nationale, cinq millions de francs !

Il y avait une affluence record, ce soir-là, dans la grande salle du Foyer. Eugène n'avait pas reproché à Rosalie d'avoir donné le feu vert à Marinette avant même de le consulter, mais ici, assis entre elle, qui semblait inquiète, et Alice, qui n'avait pas l'air bien tranquille non plus, il se demandait, comme la Zabelle, ce que pouvait bien être le « musicole »...

Eh bien, le music-hall, c'était d'abord la musique d'un gramophone, puis c'était Maurice Chevalier, smoking et canotier, qui chantait avec son accent parisien, en accompagnant les paroles de mimiques et de quelques pas de danse. « Prosper, youp là boum, c'est le roi du macada... me ! » « Valentine et ses petits petons, ses petits tétons ! » « Ma pomme, c'est moi-a ! »...

On criait, dans la salle :

— C'est monsieur Maurice ! Bravo, monsieur Maurice !

Puis apparut Mistinguett, le corps moulé dans un fourreau, une fourrure autour du cou, la voix gouailleuse. « Je l'ai tell'ment dans la peau, qu'j'en d'viens marteau ! » « Ça, c'est Paris ! » « On dit, que j'ai des belles gambettes, c'est vrai ! »...

La salle put le constater, en effet, et applaudit à tout rompre madame Liliane qui n'en finissait pas de saluer.

Après l'entracte revint monsieur Maurice, qui n'était plus Maumau, mais Ouvrard. « J'ai la rate qui s'dilate, j'ai le foie qu'est pas droit... J'ai les ch'villes qui s'tortillent, les guibolles qui flageolent... »

Dans la salle c'était du délire, il fallut attendre un long moment avant que cessent les rires.

Et Marinette, quand allait-elle paraître sur la scène ? Elle qui avait quitté la maison dès le matin, pourquoi si tôt, d'ailleurs ?

« Faut que je me prépare, avait-elle dit. Alice va m'aider. »

Elle aurait pu ajouter : « Raymond aussi... »

Enfin monsieur Maurice, redevenu lui-même, revint pour annoncer « la présence exceptionnelle, ici à Dun, modeste bourgade meusienne, de... mademoiselle Joséphine Baker, dans le numéro qui l'a rendue célèbre dans le monde entier ! Musique ! ».

Rosalie a porté ses mains à sa bouche.

Surprise dans la salle : « Oh ! Oh ! »

Joséphine... La peau fortement teintée, des cheveux d'ébène, plaqués, un accroche-cœur sur le front, un sourire éclatant. Pieds nus, jambes nues. Un petit caraco blanc, sans manches, très décolleté. Un grand sautoir de perles. Une jupe, courte, plus que courte, faite avec des feuilles découpées dans du papier vert, et… et… une ceinture de bananes ! Dansant, gesticulant au son d'une musique étrange, ses yeux roulant comme des billes !

Les spectateurs se consultaient les uns les autres : « Qui c'est ? »

La Zabelle ne put se retenir :

— C'est la Marinette !

Le numéro de Joséphine terminé, Eugène n'avait pas voulu entendre les applaudissements, il avait quitté le Foyer et pris au plus vite le chemin de Clercy. Ulcéré.

Pendant que la salle se vidait, dans les coulisses Rosalie attendait Marinette, qui la rejoignit, rhabillée en Marinette, mais noire encore, de peau et de cheveux. Le sourire triomphant de l'artiste se figea devant le visage fermé de la grande sœur.

— Qu'est-ce que tu as osé faire, Marinette…

— Ben quoi, tu le savais, petite mère !

— Il n'y a pas de petite mère qui tienne, aujourd'hui !

Un peu plus tard, chez les Piquart, à l'heure des explications.

— Les cheveux ?

— C'est Raymond… Il me les a coupés… et teints… et huilés, pour qu'ils brillent.

— Tes boucles blondes, Marinette !

— Et ta peau ?

— C'est Alice... Elle a fabriqué une décoction avec de la chicorée.

Tout y passa. Le caraco et le collier de perles, madame Liliane. La jupe, monsieur Maurice, et les bananes aussi, transpercées à leur extrémité et reliées entre elles par un cordon.

— Des bananes... Ça vient de loin, c'est pas donné... Jouer avec des choses qui se mangent... Mais ils sont fous, ces gens !

Eugène regardait sa petite, hochait tristement la tête.

— Si ta mère te voyait, Marinette...

L'accusée, qui n'en menait pas large, baissa le nez, glissa un regard par en dessous en direction de Rosalie.

— N'essaie pas d'embobiner encore Rosalie. Elle t'a élevée, elle est aux petits soins pour toi, elle te protège, elle te gâte, et c'est comme ça que tu la remercies ? Tu lui avais annoncé une surprise, elle t'a fait confiance, et moi avec. En guise de surprise, on a été servis ! Le théâtre, passe encore, ça reste honnête, même si des fois c'est juste, mais ça ! File, Marinette, va te coucher. Et ne m'embrasse pas, et n'embrasse pas non plus Rosalie !

— Oui, je sais, Rosalie, moi aussi je lui passe tout. Je ne l'oblige pas à t'aider. Je la laisse courir où elle veut. C'était notre petite dernière, notre petite poupée... alors j'ai été moins dur avec elle qu'avec vous autres, les plus grands... qu'avec toi, Rosalie... surtout avec toi… Quand je repense que tu n'avais que quatorze ans, que si j'avais écouté monsieur…

— Ne reparle pas de ça, papa. J'ai oublié.

Rosalie se leva, se dirigea vers la cuisinière, mit un peu de soupe à chauffer, dressa sommairement la table. Ils mangèrent en silence, peu.

— Ses cheveux, et sa peau, tu crois que ça va rester longtemps, cette couleur ?

— Sur la peau, non, elle se savonnera bien, mais pour les cheveux, il faudra plus de temps.

— Quand même, ces Parisiens, ils ont de ces idées ! La cousine des Jantils, déjà, elle se distingue, mais ce monsieur Maurice et cette madame Liliane, ils dépassent les bornes ! Tu vas voir, Rosalie, ça va faire du bruit, cette affaire-là, et notre Marinette, maintenant, elle va passer pour quoi ?

Il y avait dans la salle, ce dimanche-là, un reporter du *Petit Meusien*, qui écrivit un article vantant « la qualité d'un spectacle d'habitude réservé aux citadins et pour une fois offert aux habitants de nos campagnes, avec des amateurs au talent si affirmé qu'on pouvait les confondre avec les artistes qu'ils incarnaient ». Suivait la liste des numéros de la revue, avec une mention spéciale pour le dernier, celui de « la désopilante Joséphine ».

Désopilante… Eugène, comme beaucoup de lecteurs du *Petit Meusien* sans doute, ignorait le sens de ce mot qu'il ne prit cependant pas pour un compliment.

L'affaire, c'était prévisible, fit du bruit, par cercles concentriques.

Dans la famille d'abord, en dehors des sermons répétés à Marinette. Eugène se rendit chez Alice et Raymond, complices de la mascarade. Le gendre prit la chose à la rigolade, le beau-père non, qui l'accusa de manquer de sérieux, mit en cause son métier, un garçon coiffeur, n'est-ce pas, ça ferait faire n'importe quoi aux dames ! Henri, qui était dans la salle avec Julia et ses beaux-parents, vint dire à son père combien, avec leur esprit de famille, leur morale et leur piété religieuse, ceux-ci avaient été choqués par l'impudeur de Marinette sur la scène. Or Eugène avait toujours été comme ça, il ne supportait pas d'entendre dans la bouche des autres, à plus forte raison de ses proches, ce qu'il était le premier à reconnaître. Entre le père et le fils le ton monta, et à propos de morale, ils revinrent en arrière, aux frasques d'Henri le séducteur, au goût éphémère d'Eugène pour la bicyclette !

A Clercy et dans les environs, ensuite, où si pardevant on riait des exploits de la petite Piquart, par-derrière on se scandalisait, en prenant d'abord des airs faussement apitoyés à l'égard d'Eugène, mais bientôt son indulgence passa pour une faiblesse coupable.

Eugène ne travaillait plus sur les mêmes chantiers qu'Henri, qui serait à n'en pas douter le successeur de son beau-père à la tête de son affaire. Il sentait bien que Luigi n'avait plus les mêmes égards envers lui. Parce que ses forces déclinaient ? A cause de cette affaire de vélo, qui lui avait peut-être été rapportée ? Ou de Marinette ?

Un jour où il visitait un de ses chantiers, sur lequel Eugène travaillait, Luigi lui posa crûment la question :

— Qu'est-ce que tu vas en faire, de ta fille ? C'est pas bon de la laisser libre comme ça...

Jusqu'au curé-doyen qui s'en était mêlé, stigmatisant dans un prêche ces spectacles légers qui, sous couvert de distraction, donnaient du couple et de la famille une bien mauvaise image... Sans citer de noms, bien sûr, ni ceux des deux Parisiens, ni celui de Marinette, mais le music-hall, c'était certain, avait servi de déclencheur à une opposition latente aux activités du Foyer, à l'esprit trop résolument laïc.

— Mais qu'est-ce qu'elle a donc fait, ma petiote ? ruminait Eugène. Elle a montré ses jambes, ses cuisses, ses bras... son ventre aussi, malheureusement... et son décolleté... Si quelqu'un l'avait vue avec un galopin derrière un buisson, je dis pas... mais là...

Son cœur de vieux papa gâteau l'aurait incité au pardon, s'il n'y avait pas eu autour de sa fille tout ce tintouin qui blessait son maudit orgueil. C'était décidé. Marinette ne remonterait plus sur la scène. D'ailleurs, elle ne mettrait plus les pieds au Foyer des campagnes ! Mais que faire d'elle, il allait falloir la tenir !

La tante Léa et son gratte-papier, enfin devenu clerc, il était grand temps, faisaient ce dimanche une petite visite à Clercy. Sans l'autre tante, Lucienne, qui se dévouait au chevet du vieux curé Virelet, totalement impotent, tout en assumant le service de son successeur, déjà installé en maître au presbytère.

La colère rentrée d'Eugène, la tristesse de Rosalie, le mutisme de Marinette, qui semblait en être la cause, ne leur échappèrent pas.

— Mais qu'est-ce donc qu'il se passe, ici ? risqua Léa. Il est arrivé un malheur ?

Silence.

— Marinette, toi qui causes toujours, d'habitude, même pour dire n'importe quoi, tu ne dis rien ?

— Joséphine, c'était moi.

Les Beaugrain comprirent aussitôt. Chez eux, on lisait aussi *Le Petit Meusien.* Et on connaissait le manque de retenue de Marinette, ainsi que le sens du mot « désopilante »... Léa devina que les rires n'avaient pas été du goût de son frère.

— Voilà ce qui arrive quand on laisse faire n'importe quoi à sa fille ! Si la pauvre Sidonie...

Eugène lui coupa la parole :

— Tais-toi, Léa ! Tu n'as pas été capable de faire des enfants, alors tu es bien mal placée pour donner des leçons à ceux qui en ont !

— Et tu la soutiens, en plus ! lança Léa, offusquée, qui s'était levée et invitait son mari à la suivre au plus vite.

Non, il ne la soutenait pas, Eugène, et même il lui battait froid, à sa petite poupée. Avant de partir au chantier il lui donnait des ordres, d'un ton sans réplique. Défense de sortir. Obligation d'aider Rosalie.

« Au moins, comme ça, tu apprendras ce qu'une fille doit savoir, au lieu de ne penser qu'à des mascarades ! »

Marinette se soumit. Quand le père rentrait, le soir, elle était dans la cuisine, à mettre le couvert. Son visage, ce que l'on pouvait voir de ses bras, de ses mollets sous le grand tablier qui couvrait sa jupe étaient chaque soir un peu moins foncés que la veille. Les pigments de la chicorée cédaient sous les savonnages quotidiens. Par contre, la teinture de Raymond résistait… Faudrait-il attendre la repousse des boucles blondes pour la voir enfin disparaître totalement ?

Eugène soupirait. Après une danseuse exotique, sa fille ressemblait à un clown… Pauvre Marinette, la voilà bien punie. Il se retenait de s'attendrir.

Rosalie déposa un plat sur la table. Ils allaient manger sans échanger d'autres propos que ceux, banals, liés au repas.

Et pendant la journée, se demandait Eugène, est-ce qu'elles se parlaient, toutes les deux ? Est-ce que la petite se plaignait auprès de sa sœur d'être ainsi séquestrée ? Qu'est-ce que Rosalie pouvait bien lui expliquer de la vie et de ses dangers, alors qu'elle-même n'en connaissait pas grand-chose ?

Oui, elles se parlaient. Marinette n'explosait pas comme l'avait fait Alice, ne se jugeait pas mal aimée, ne voulait pas travailler, pour exister, pas tout de suite. Elle voyait plus loin, la petite.

— J'ai dix-sept ans, Rosalie. Dans quatre ans j'en aurai vingt et un, je serai majeure, je pourrai faire ce que je veux.

— Et c'est quoi, ce que tu veux ?

— Aller à Paris, pour chanter, ou pour danser, ou pour voir seulement, et personne ne pourra m'empêcher de réaliser mon rêve !

La réaction de Rosalie ne fut pas celle que redoutait Marinette.

— Un rêve ? Je vais te dire, Marinette… J'en avais un aussi, moi, juste après la guerre, quand on est revenus de la Drôme. J'avais quatorze ans.

— C'était quoi, ton rêve à toi ?

— Devenir maîtresse d'école. L'institutrice dans la Drôme, madame Soulier, et l'instituteur d'ici, monsieur Richet, disaient que j'en étais capable. Mais maman est morte, et mon rêve s'est envolé avec elle.

— C'est comme ça que tu es devenue ma petite mère, alors ?

— Oui, et un peu aussi celle des autres, même des garçons, qui étaient plus grands que moi. Mais surtout la tienne, c'est vrai, tu étais si petite, tu avais tellement besoin de caresses. Est-ce que tu te souviens de maman ?

— Je ne sais pas… un peu, peut-être… ou alors je la confonds avec toi, et c'est toi que je vois quand j'essaie de me rappeler comment elle était.

Rosalie entreprit alors de faire connaître à Marinette cette mère au profil si flou. Elle égrena des souvenirs, des anecdotes, le goût de Sidonie pour les fleurs, les animaux, la manière dont elle reprenait ses enfants quand ils se tenaient mal à table, ou écorchaient des mots, Georges surtout, mais quand il disait « m'man » elle ne protestait pas.

Après cela Marinette resta un moment silencieuse. Elle réfléchit, prenant conscience de ce qu'elle avait manqué, jusqu'au chagrin, dont son jeune âge lui avait épargné la profondeur.

L'émotion passée, elle revint au sujet qui la tenait, son projet.

— Pourquoi tu me racontes tout ça, Rosalie ? Parce que tu ne crois plus aux rêves ? Parce que tu ne crois pas au mien ?

— Parce que je ne voudrais pas que tu sois déçue, malheureuse.

— Tu l'as été, toi ?

— Déçue, oui, malheureuse, non, grâce à vous tous. Mais j'y pense encore, souvent.

— Petite mère, s'il te plaît, n'essaie pas de me décourager. Laisse-moi croire à mon rêve. Mais n'en parle à personne. Ce sera notre secret. Tu me le jures ? Dis, 'tite mère, tu me le jures ? Tu ne veux pas jurer ? Alors promets, au moins !

— Promis.

— Je t'en parlerai, des fois, continua Marinette, ça m'aidera à attendre. Mais toi, 'tite mère, ton rêve envolé, tu l'as gardé pour toi toute seule ? Tu n'en parles jamais, à personne ?

— Si.

— A qui ?

— A Faustin.

— A Faustin !

Sous le coup de la surprise, l'incorrigible, l'irrésistible Marinette ne trouva rien de mieux à faire que de rouler ses yeux de Joséphine.

11

— Hein ? C'est vrai, papa ? Une TSF ? C'est bien vrai ? Oh, mon petit papa, comme je t'aime !

Marinette sauta au cou d'Eugène, l'embrassa, encore et encore.

— Doucement, ma petiote, tu vas finir par me faire tomber !

Eugène avait en effet commandé une TSF, comme disaient tous ceux qui confondaient le principe et l'appareil. L'électricien de Dun avait agrandi sa boutique et développé ses compétences pour permettre aux foyers qui le désiraient d'avoir à la fois l'information et la distraction à la maison. Et tant pis pour ceux qui étaient par principe hostiles au progrès, ou trop pauvres pour se payer l'appareil, qui n'était tout de même pas donné...

— On va nous le livrer après-demain, ça sera pour tes vingt ans. Mais c'est pour Rosalie, aussi, ajouta aussitôt Eugène.

— Rosalie ! Rosalie ! Tu as entendu ? Papa a acheté une TSF !

A vingt ans Marinette était restée la gamine impulsive qu'elle était, ou plus exactement elle l'était redevenue, après l'épisode malencontreux du « musicole ».

L'achat de la TSF, c'était le point d'orgue du pardon d'Eugène, qui, après quelques mois de sévérité, n'eut de cesse de rendre, l'une après l'autre, ses libertés à la fautive. Sa gaieté, ses élans, ses manières de sauvageonne même lui manquaient, il paraissait plus malheureux qu'elle. Sa liberté retrouvée, si elle n'en abusa pas, elle en usa, elle sortait, allait au bal avec ses copines du village, assistait en spectatrice aux représentations du Foyer des campagnes. Monsieur Maurice et madame Liliane avaient tenu promesse, ils n'avaient pas tenté de rééditer leur exploit. Le théâtre avait retrouvé toute sa place, d'autant plus que le Foyer des campagnes présentait maintenant des troupes itinérantes composées de véritables comédiens.

« Tu vois, disait Eugène à Rosalie, faut croire qu'il lui fallait une bonne leçon pour la rendre raisonnable. Raisonnable… enfin, à sa façon, faut pas trop en demander, elle sera jamais comme toi… »

Henri et sa belle-famille avaient oublié l'esclandre, Raymond avait repris le salon à son compte, passant ainsi du statut de garçon coiffeur à celui de patron, qui lui conférait une notoriété certaine et imposait à sa femme de ne plus « travailler chez les autres ».

« Sa petite dernière, le père Piquart, il n'aura pas de mal de la marier », disaient maintenant les commères, ce qui avait valeur d'hommage rendu à sa gracieuse personne et à son honorabilité retrouvée.

Il n'y avait donc plus que la Zabelle, semblait-il, pour se souvenir du « musicole », en tout cas pour rappeler encore à Marinette, si longtemps après, son fameux numéro. Gentiment :

« Sacrée Joséphine, va, je crois que j'ai jamais tant rigolé que ce jour-là ! »

La TSF trônait dans la cuisine des Piquart, sur le buffet. Un gros appareil cubique, au coffrage de bois verni, avec sur le devant une lucarne tapissée d'un fin grillage doré et en dessous les boutons qui permettaient de le mettre en marche, de l'éteindre, de régler le son. Pour chercher les stations, il fallait également tourner un bouton spécial, une sorte d'œil vert qui se rétrécissait au fur et à mesure qu'on s'approchait de la bonne fréquence. Tous les trois, ils avaient suivi attentivement le montage et les explications du technicien, mais la plus intéressée, la plus impatiente, bien sûr, c'était Marinette.

La TSF, elle connaissait, il y en avait une chez Henri et Julia, chez Alice et Raymond aussi. Et à Clercy, à sa connaissance, chez les Jantils, un cadeau de la Parisienne, chez l'instituteur, et chez les Guillemin, les jeunes. On disait que sur tout le territoire français on comptait maintenant plus d'un million d'appareils en service, mais comme pour tout ce qui était moderne, les campagnes, évidemment, étaient à la traîne.

Eugène, qui avait acheté le poste pour ses filles, avait été vite séduit par la possibilité d'entendre les nouvelles, c'était bien mieux que la lecture du *Petit Meusien*, qui maintenant le fatiguait. A part les titres, les caractères étaient trop petits, il lui aurait fallu des lunettes. Avec la TSF il lui suffisait d'écouter, tranquillement, ces voix qui venaient de loin, de « Radio-Paris », par la magie des ondes et de l'électricité. Il serait même question, dans les années à venir, d'appareils de « télévision » qui permettraient de voir ceux qui parlaient, des ingénieurs y travaillaient...

« Je ne serai plus là pour voir ça », répétait Eugène, à qui la radio suffisait amplement.

Mais le plaisir de l'écoute était en partie gâché par la teneur de ce qu'il entendait. La Grande Guerre, prétendument la der des ders, s'était achevée il y avait peu, quinze ans, vingt ans, en matière de politique c'était court, et déjà une inquiétude planait sur l'Europe, quant à la durée de cette paix qui paraissait si fragile. Car de quoi parlait-on, à la radio ?

De ce Hitler qui depuis la mort du président Hindenburg, qui l'avait désigné comme chancelier, avait concentré tous les pouvoirs entre ses mains de « Führer », de son désir de reformer une « grande Allemagne », de ses violations du traité de Versailles, de son rapprochement avec l'Italie de Mussolini. De la guerre civile qui commençait en Espagne et menaçait d'être le prélude à d'autres affrontements.

Dommage que monsieur Richet ne fût plus là, Eugène aurait aimé l'entendre commenter tout cela, avec son bon sens et sa modération.

Depuis l'achat de la radio, il délaissait le café de la Paulette, qui menaçait d'ailleurs de le fermer, d'une part parce qu'elle se faisait vieille, d'autre part parce qu'elle en avait assez des discussions qui, suivant la courbe de la politique, s'enflammaient toujours autant.

La ligne Maginot revenait plus que jamais sur le tapis, avec les velléités de Hitler. Sa construction était achevée, sur laquelle certains s'extasiaient, à grands coups de chiffres : tant d'ouvrages, tant de casemates, tant de tourelles, tant de galeries souterraines ! Oui, mais elle n'allait pas jusqu'à la mer, cette fameuse ligne dite infranchissable, elle s'arrêtait à la frontière belge ! Et alors, la Belgique, c'était pas la France !

Autre sujet de frictions, la victoire du Front populaire en France, Léon Blum à la tête du gouvernement, les grèves pour l'obtention des avancées sociales, les congés payés, la semaine de quarante heures, tout cela dans un climat de liesse largement commenté : « Vive les vacances ! » Hors de la ville, vers les forêts, les vastes prairies, les lacs paisibles, les bords de mer ! Le vin aidant, chez la Paulette, quelques excités ressortaient les phrases-chocs que *Le Petit Meusien* avait publiées : « Les routes des vacances offertes aux travailleurs ! » « Incitation à la paresse ! » « Léo Lagrange, ministre de la fainéantise ! » « Les salopards à casquette envahissent les plages ! »...

Il apparut que Paul Burger, plus vindicatif que jamais, dépassait encore souvent les limites, qu'il aurait clamé que « pour mettre les paresseux au boulot, rien ne vaudrait encore une fois une bonne guerre ! ».

Si Rosalie écoutait aussi les informations, tout en vaquant à ses travaux de cuisine, doucement, parce qu'elle voyait Eugène tendre l'oreille et se concentrer, elle n'en parlait pas avec lui. Elle le savait vieillissant, le sentait préoccupé, peut-être par sa propre décadence, sans doute aussi par l'avenir des deux filles qui lui restaient. Elle ne voulait pas ajouter à ses inquiétudes. Par contre elle sollicitait souvent l'avis de Faustin sur des événements qu'elle n'aurait su analyser elle-même. Pour constater, hélas, que lui non plus ne donnait pas cher de cette paix pourtant tellement célébrée en son temps.

Ne serait-ce pas pour faire barrage à cette angoisse latente qu'après les manifestations débridées des années folles la tendance était maintenant à l'humour, au sentiment et à la bonne humeur affichée ?

En même temps que les murs des villes la publicité avait envahi les ondes, et Marinette raffolait de ces slogans auxquels des artistes reconnus ne dédaignaient pas de prêter leur talent, ou qui empruntaient des airs célèbres. Elle ne savait pas que c'était un certain Armand Salacrou, jeune auteur dramatique, qui promettait aux poux « une mort parfumée dans des nuages odorants », mais elle connaissait la Marie-Rose, tout comme le bonhomme Ambois des Galeries Barbès, André, le chausseur sachant chausser, le Dubo-Dubon-Dubonnet, la moutarde Bornibus, Monsavon qui rimait avec la Madelon, et le bébé Cadum !

A propos du bébé Cadum, ne voilà-t-il pas que Germaine lui avait raconté que dans son quartier, à Paris, pour se moquer des immenses placards publicitaires vantant le fameux savon, des « titis » avaient inventé une chansonnette : « Le bébé Cadum, avec sa sale trogne, moi j'en ai marre ! »

Marinette rit aux éclats, se mit à chantonner :

— « Moi j'en ai marre ! » Rosalie... Ça ne te dit rien ? Mais si ! Rappelle-toi, Mistinguett !

Mistinguett n'était pas Joséphine, mais le clin d'œil qui accompagnait l'allusion rappela à Rosalie sa promesse de croire au rêve de Marinette et d'en garder le secret. Elle s'était dit : Quatre ans c'est long, elle se lassera, elle oubliera.

La rêveuse n'avait pas oublié, bien qu'elle jouât à merveille le jeu de la sagesse et de l'insouciance conjuguées. Elle était là, avec sa silhouette de gamine, ses boucles blondes de poupée, ses sourires enjôleurs, mais son cœur et son esprit étaient ailleurs !

Elle fredonnait « Parlez-moi d'amour... » avec Lucienne Boyer, « Reviens, veux-tu... » avec Tino Rossi, dont on disait que toutes les Parisiennes étaient sous le charme de sa voix d'or, de miel, de lait, de sucre, de velours, « Couchés dans le foin » avec Mireille, au petit filet de voix flûtée, « Tout va très bien, madame la marquise » avec les joyeux Collégiens de Ray Ventura. Elle ne faisait pas que les écouter. Elle les imitait, aussi, pour le plus grand plaisir de la Zabelle, qu'elle avait totalement apprivoisée et qui lui répétait souvent qu'elle avait « un grain ». Et dans sa tête elle était avec eux. Et avec Joséphine, dont la radio n'oubliait pas de rappeler que ses spectacles, toujours aussi brûlants, continuaient de ravir les noctambules parisiens.

Paris, la grande vie, les artistes... Non, elle n'avait pas renoncé, Marinette, bien que l'échéance de sa majorité, qui approchait, commençât à l'inquiéter. Car comment annoncer à son père qu'elle entendait quitter la maison où elle avait été l'objet de toutes les tendresses, de toutes les indulgences ? Rosalie avait promis de croire à son rêve, rien de plus, voudrait-elle, saurait-elle défendre sa cause ?

La chance sourit à Marinette, avant même la date fatidique. Par l'intermédiaire de Germaine, qu'on n'avait pas vue à Clercy ces temps-ci. Par les Jantils, Marinette savait la raison de cette absence prolongée : la Parisienne avait eu un accident. Une mauvaise chute, dans l'escalier de son immeuble, et elle avait été hospitalisée.

Et voilà qu'un matin le facteur déposa une lettre venant de Paris, au nom d'Eugène Piquart. Pas question de l'ouvrir, il faudrait attendre le retour du père.

— Marinette, est-ce que tu sais qui a écrit à papa ? Qu'est-ce que tu as encore comploté, et avec qui ?

— Rien, Rosalie, je t'assure.

Marinette prit l'enveloppe, la regarda.

— Il me semble que c'est l'écriture de Germaine…

— Si tu sais quelque chose, par pitié dis-le-moi, ne me trompe pas une fois de plus !

Si Germaine avait écrit à Eugène, c'était parce qu'elle se trouvait handicapée pour des mois par les séquelles de son accident, et elle avait pensé, pour lui rendre quelques services et surtout lui tenir compagnie, à Marinette, dont elle vantait la gentillesse, la drôlerie, et la curiosité, « qui lui ferait sans aucun doute apprécier un séjour dans la capitale ». Si la petite y consentait, et si son père l'y autorisait, elle enverrait un mandat pour les frais du voyage, et bien sûr elle la rétribuerait.

Quand le père eut fini de lire la lettre, il la passa à Rosalie, et Marinette vint la lire avec elle, par-dessus son épaule.

— Je savais rien, 'tite mère, je te jure, c'est pas comploté, c'est de la chance, seulement… lui glissa-t-elle à l'oreille.

Eugène se tourna vers Rosalie, qui sentait contre elle les trépignements de surprise et de joie de Marinette.

La chance… se dit-elle en fermant un court instant les yeux. La mienne n'aura été qu'une illusion.

— Alors ?

Alors ce serait oui. Mais Eugène y mettait des conditions. Que Marinette ne voyage pas seule, que Rosalie l'accompagne.

— Tu as déjà pris le train, toi, avec des changements, rappelle-toi quand on a été voir Georges.

Qu'elle tâche d'en savoir un peu plus sur cette Germaine, de quoi elle vivait. Qu'elle lui fasse toutes les recommandations pour que Marinette ne coure aucun danger, d'aucune sorte, qu'elle ne lui laisse pas trop de liberté, et surtout qu'elle lui apprenne à tenir un intérieur.

Et pour commencer, qu'elle rédige en son nom la réponse, qu'il signerait.

Rosalie s'appliqua à écrire la lettre, sans trembler, malgré son émotion. Car la lettre de Germaine lui rappelait celle, pourtant si lointaine, de madame Soulier, qui lui avait laissé entrevoir, entrevoir seulement, à elle aussi, une chance.

Le mandat arriva bientôt, généreux.

Et un matin, Eugène serra dans ses bras sa « petiote » partagée entre son excitation et sa peine de quitter ce vieux papa et cette maison où elle devait reconnaître qu'elle avait été heureuse, mais d'un bonheur qui maintenant ne lui suffisait plus.

La veille, elle était montée à la maison des vignes, pour saluer Faustin et la Zabelle.

— T'en reviendras, de Paris, va, quand t'auras vu ce que c'est !

— Vous le savez, vous, ce que c'est ?

— Non, mais je me doute. Les Parisiens, c'est pas des gens comme nous !

Les deux voyageuses s'étaient mises sur leur trente et un. Manteau à col de fourrure, bottines, petit chapeau de feutre orné d'une plume. A cause des bagages, Henri les emmena jusqu'à la gare. A Paris, selon les instructions de Germaine, elles prirent un taxi, découvrirent les rues de la capitale, avec son flot de voitures, ses agents aux carrefours qui réglaient la circulation, ses immeubles, ses magasins aux vitrines immenses, ses affiches publicitaires. Marinette écarquillait les yeux, émerveillée.

— Oh, là ! Regarde, Rosalie ! Vite !

— Quoi ?

— Les Folies-Bergère ! C'est là que Joséphine...

Trop tard. Rosalie n'avait rien vu.

— Troisième étage, première porte à gauche. C'est ici ! J'appuie sur la sonnette !

La porte s'ouvrit, Germaine apparut, appuyée sur une canne, vêtue d'une robe de chambre de tissu satiné à ramages.

— Voici ma petite Marinette ! Et vous, Rosalie, que je connais si peu, mais dont elle m'a tant parlé déjà.

Rosalie déclina l'invitation de Germaine à séjourner quelques jours chez elle. Une nuit seulement, dans une belle chambre, qui serait celle de Marinette, dans un grand lit partagé avec elle. Les deux sœurs tardèrent à trouver le sommeil, préférant le silence à des paroles qui leur feraient mal. Et le lendemain matin vint le moment d'embrasser Marinette, vite, pour ne pas fondre sous ses caresses, ses roucoulements. « 'Tite mère, ma 'tite mère… »

Eugène ne savait pas quand Rosalie rentrerait. Le temps d'installer sa sœur, de parler avec Germaine, peut-être aussi, sait-on jamais, de prendre un peu l'air de Paris, par curiosité…

Mais la voici, déjà, qui arrivait, à pied depuis la gare. Si tôt ? Il réprima son impatience, lui laissa le temps de se changer, de préparer la table pour le souper, de battre des œufs pour une omelette, de redevenir la Rosalie de tous les jours. Il comprenait qu'elle n'eût pas envie de parler. Parce qu'elle avait de la peine, que Marinette lui manquait déjà, comme à lui, et qu'elle avait peur, peut-être, comme lui, que Germaine et Paris ne la leur rendent pas.

12

« T'embrasseras la Rosalie de ma part ! »

L'apostrophe avait blessé Faustin. Jamais il ne s'était, depuis, retrouvé en présence de Paul, jamais il ne l'avait ne serait-ce que croisé, ni même aperçu au détour d'une rue du village. Il aurait tout fait alors pour l'éviter.

Il ne lui avait pas pardonné, mais pourtant, en ce jour d'avril 1937, il était bien là, dans l'église de Clercy, au fond avec la Zabelle et des paroissiens, de ceux qui pour diverses raisons fuyaient les bancs d'en haut, c'est-à-dire les plus proches du chœur.

Paul était mort, et Faustin, comme tous ceux qui réprouvaient les écarts de langage et de conduite du défunt, entendait se souvenir qu'il avait été aussi un jeune homme plein d'allant et de vie, et un soldat courageux. Un cercueil drapé de bleu-blanc-rouge, la médaille du combattant exposée sur un coussin. C'était pour cela que le curé ne s'était pas opposé à des obsèques religieuses, auxquelles Paul, théoriquement, n'avait pas droit, parce qu'il s'était donné la mort.

Pauvre ferme que celle des Burger, qui depuis le retour de la guerre du fils infirme n'avait cessé de se dégrader. Les terres mal cultivées, les bâtiments à l'abandon, le cheptel négligé, tout partait à vau-l'eau. Après le Yougo, étonnant de patience et de résistance, mais qui avait fini par jeter l'éponge pour aller gagner sa vie un peu plus loin, aucun autre commis de ferme n'avait tenu plus de huit jours.

Le père Burger, un jour, excédé par ce fils irascible et buveur, avait eu un mot de trop :

« C'est de ta faute si tout fout le camp, ici ! »

Paul était devenu fou furieux. Jusqu'à endosser tous les jours ce qui lui restait de ses effets de soldat, à brandir, à défaut de celui qu'il avait dans les tranchées, le fusil de chasse de son père, à mettre en joue les vaches, les chevaux, et un soir, dans l'écurie, ses parents. La mère elle-même n'avait pu calmer son garçon.

« Arrête, Paul, sinon on va être obligés de te faire enfermer ! »

Dans un geste de folie, ou de lucidité, Paul avait retourné l'arme contre lui.

Devant les parents Burger, sur le seuil de l'église, défilaient tous ceux qui étaient venus les soutenir. Hagard, le père serrait les mains qui se tendaient vers lui, la mère se laissait étreindre et s'épanchait dans les bras de quelques femmes qu'elle disait envier, la mère Guillemin (« Le vôtre, de fils, au moins il a son nom sur le monument aux morts... »), la Zabelle (« Votre Faustin, il est devenu à moitié sauvage, il ne peut plus travailler, mais vous l'avez encore... »).

Rosalie avait assisté à l'enterrement de Paul, aux côtés d'Eugène qui, comme Faustin, voulait rendre hommage au soldat.

S'ils savaient, tous les deux... S'ils savaient ce qui s'était passé, quelques mois plus tôt, avant qu'il ne devienne fou, un après-midi de janvier, dans le tambour, entre les deux portes...

Ce n'était pas un temps à mettre les ouvriers sur les chantiers dehors. Trop de vent, des bourrasques de pluie et de neige mêlées. Luigi leur donnait alors des jours, à prendre sur les fameux congés payés que ses maçons ne songeaient guère à utiliser pour des vacances. Henri, qui venait d'acheter une Traction, dans un bon mouvement était venu chercher son père pour lui montrer dans les alentours quelques maisons dont il n'était pas peu fier d'avoir dirigé les travaux...

Rosalie était donc seule. Elle avait entendu frapper, était allée voir qui ce pouvait être. Paul ! Sans ses béquilles, avec sa prothèse. Sans attendre d'y être invité, il était entré, refermant derrière lui la porte du tambour.

— Qu'est-ce que tu veux, Paul ?

— Ben, te voir, Rosalie ! J'ai vu passer ton père, fier comme Artaban, dans la voiture de ton rupin de frère. Je me suis dit que tu allais t'ennuyer toute seule, que tu serais sûrement contente d'avoir de la compagnie. A moins que tu en aies déjà... Si tu restes en travers de la porte, ça veut dire que tu ne veux pas que je rentre. Y a quelqu'un avec toi ? Non ? Y a personne ? Alors je peux entrer !

— Non, Paul ! Il n'y a personne avec moi. Mais laisse-moi, va-t'en !

— N'aie pas peur, je ne veux pas te faire de mal, au contraire. Je veux juste t'embrasser, et…

Là-dessus il l'avait saisie par les deux bras et plaquée contre la paroi du tambour. Il s'était collé à elle, son haleine sentait le vin. Elle avait détourné ses yeux de ce visage inquiétant, mal rasé, pour échapper à ce regard mauvais.

— Fais pas la difficile, Rosalie ! T'as passé l'âge de pouvoir choisir. Je parie que t'as jamais été avec un homme. Faut que tu connaisses ça, laisse-toi faire…

Il ne la tenait plus que d'une main pendant que de l'autre il lui soulevait les jupes, tout en grognant contre sa prothèse qui le gênait, contre ces boutons, ces élastiques qui l'empêchaient d'arriver à ses fins. Il n'était pas certain, en boitillant le plus vite possible vers la maison des Piquart, tout en s'assurant que personne ne le voyait, de pouvoir « faire son affaire », comme il lui en venait des envies, qu'il satisfaisait tout seul.

Et sa vigueur momentanée, en effet, d'un coup l'avait trahi. Il s'était détaché de Rosalie, rajusté sommairement.

— Je te laisse, puisque tu ne veux pas. Ça serait donc vrai, ce qui me semblait, que tu te contentes avec le Faustin ? Qu'est-ce qu'il a de plus que moi, le Faustin ?

Il était sorti du tambour à reculons, elle lui avait claqué la porte au nez.

Le soir, Henri avait raccompagné Eugène, qui ne s'était pas aperçu que sa fille avait pleuré. Il n'avait été question que de sa fierté pour ce fils devenu l'égal des meilleurs maçons italiens, qui construisait des maisons pour des docteurs, des notaires et des gros rentiers.

Faustin et Rosalie… En dehors des allusions du malheureux Paul, voilà que l'idée de leur union, petit à petit, faisait son chemin…

Ceux, et surtout celles (car c'était plutôt les femmes qui dissertaient sur les affaires d'amour, alors que les hommes en ricanaient), qui s'en seraient choqués quelques années plus tôt s'y ralliaient désormais, retournant en faveur de cette éventualité les arguments qui l'écartaient alors, à commencer par l'âge. Quel âge avait-elle, au fait, Rosalie ? Il fallut essayer de se souvenir, par un retour vers le passé, avant la guerre, par des comparaisons avec d'autres jeunes du village, puis calculer, pour en déduire qu'elle avait passé la trentaine, mais que pour elle ça ne voulait pas dire la même chose que pour les autres. Parce qu'elle avait vécu, déjà, et travaillé comme une femme, presque comme une mère, sans l'être, ce qui la vieillissait, et gommait sa différence avec Faustin. Et lui, le Faustin, justement, est-ce qu'il ne paraissait pas, en fin de compte, plus mal en point qu'il ne l'était ? Est-ce que dans cette histoire d'éclat d'obus dans la tête les mots ne dépassaient pas la réalité ? Car il était toujours là, et d'après le peu qu'on savait et qu'on voyait de lui il n'allait pas plus mal. Dans la tête, c'était surtout des drôles d'idées qu'il avait, et ce n'était pas la vie avec la Zabelle qui pouvait les lui changer. La Zabelle qui n'était pas éternelle, pas plus que le père Piquart, qui commençait à payer le prix de sa vie de travail. Alors, plutôt que de continuer leur chemin chacun de son côté, pourquoi ces deux-là ne se réuniraient-ils pas ? A partir d'un certain âge, l'amour, n'est-ce pas, ne se nourrissait plus des mêmes élans, ça devenait une affaire de confiance, de tendresse, d'habitude, quand ce n'était pas de résignation. En disant cela, certaines femmes savaient de quoi elles parlaient...

Et si le Faustin était encore un homme ? Et s'ils pouvaient encore trouver un peu de satisfaction au lit ensemble...

De son côté, poussée en plus par un amour maternel qui ne s'était guère manifesté mais qui existait cependant, la Zabelle était parvenue à la même déduction que les commères du village : Faustin et Rosalie, pourquoi pas... D'autant plus qu'elle était persuadée qu'elle ne verrait plus beaucoup de printemps, peut-être avec quelque raison. Quand elle s'était installée, après son mariage avec le redoutable Brutus, dans la maison des vignes, et qu'elle avait découvert, tout contre le mur, le cep qui déjà commençait à s'y incruster, dans cette osmose entre la plante et la pierre elle avait vu le symbole de sa vie. Une idée dans laquelle le cours de cette vie l'avait confortée. Quand le cep se détacherait du mur, elle aussi se détacherait de la maison. Ce ne pouvait être que par la mort. Or ces dernières années le cep n'avait plus fourni une seule grappe, et ce printemps il n'avait produit que quelques rejets malingres qui avaient séché sans avoir réussi à produire la moindre feuille. La fin était donc proche, et si elle n'en ressentait pas la peur, son seul regret était de laisser son Faustin seul. Une femme, pensait-elle, s'accommodait mieux qu'un homme du veuvage, de la solitude. Elle avait sa maison pour occuper ses mains, et sa tête. Un homme tout seul tournait en rond comme un ours dans une cage.

Les idées ont besoin de temps pour se faire jour, puis s'imposer dans les esprits. Des semaines, des mois, toute une saison…

Puis un dimanche de septembre La Zabelle se paya de culot. Elle descendit chez Eugène. Faustin et Rosalie étaient partis, ensemble, vers le cimetière de Romagne, à quelques kilomètres, où reposaient, sous des stèles de marbre blanc impeccablement alignées, les soldats venus d'Amérique en 1917, tombés sur les champs de bataille français et dont les corps n'avaient pas été rapatriés sur leur terre. Depuis qu'il avait été agrémenté d'un vaste parc ombragé, dont la réalisation avait commencé en 1929, et qui devait rassembler plus de soixante essences différentes, il y régnait une atmosphère de paix et de sérénité propice à la promenade et à la réflexion.

La Zabelle passait souvent devant la maison des Piquart, elle s'arrêtait parfois pour une petite causette, n'entrait jamais. Alors ?

— Je ne vais pas tourner autour du pot, annonça-t-elle sans préambule à Eugène, surpris de cette intrusion.

Et de lâcher le morceau. Faustin et Rosalie.

Eugène la laissa parler, avec ses mots directs, avec son bon sens tout cru qui ne s'embarrassait ni de pudeur ni de finesse. Et tout ce qu'elle disait sonnait juste. A vrai dire, il y avait déjà pensé lui-même. Mais le cœur gros à l'idée que sa Rosalie ne connaîtrait pas les émois et les folies d'un amour de jeunesse, auxquels Sidonie et lui avaient goûté.

— Alors, qu'est-ce que vous en dites, père Piquart ?

— Faut voir… C'est d'abord eux que ça regarde…

Il se leva, alla jusqu'au buffet, en sortit deux petits verres et une bouteille.

— Un peu de mirabelle ?

La Zabelle comprit qu'elle avait été entendue.

— C'est pas de refus, mais une goutte, alors, juste une goutte…

A Romagne, Faustin et Rosalie s'étaient approchés de quelques stèles pour y lire des noms et des dates. Il y avait là des John, des William, des Douglas, qui ne connaissaient sans doute rien de la France et qui lui avaient donné leurs vingt ans.

Ils remarquèrent quelques arbres et arbustes d'espèces inconnues d'eux. Puis ils s'assirent sur les dernières marches du grand escalier qui descendait de la chapelle construite en surplomb du cimetière. De temps en temps, ils se tournaient l'un vers l'autre et se regardaient gravement.

Si la scène avec Paul avait profondément choqué Rosalie, sous le coup de la répulsion et de la crainte, elle lui avait inspiré ensuite des réflexions qui l'avaient troublée. L'amour… sujet de tous les romans, moteur de toutes les vies… Le sentiment, mais aussi l'acte, dont les héroïnes de ses lectures lui avaient, selon les circonstances, fait comprendre l'importance, le pouvoir, même s'il était parfois aussi source de dangers, de trahisons et de drames. L'amour, qu'elle ne découvrirait sans doute jamais. Au plus profond d'elle-même elle avait senti une douleur, une contraction qui était à la fois comme un regret et un désir, et elle avait pensé, en larmes : Je ne serai jamais une femme.

Si elle avait rencontré et épousé un garçon qui lui avait plu… Si ç'avait été un autre que Paul…

La main de Faustin se posa sur son épaule.

— Tu sais ce que je me demande, Rosalie ? Si tu te marieras un jour. Ça serait bien ton tour, quand même…

Aurait-il deviné ses pensées ?

— Mon tour… dit-elle, émue. Je crois qu'il est passé… que c'est trop tard…

— Peut-être pas, Rosalie…

La main se fit plus douce, descendit de l'épaule à la taille. Rosalie ne se déroba pas.

— Faustin Isidore Louis Héraut, né le 23 octobre 1893, à Clercy, Meuse, de Brutus Héraut…

Le chapeau de la Zabelle, celui des dimanches, seulement rajeuni d'un ruban de satin noir luisant neuf, vacilla un peu au rappel du terrible époux.

— … et d'Isabelle Jeanne Sophie Martelet, voulez-vous prendre pour épouse Rosalie Lucienne Olga Piquart, ici présente, née le 11 juin 1905 à Clercy, Meuse, d'Eugène Jules Antoine Piquart et de Sidonie Emilienne Madeleine Goulault ?

— Oui.

— Et vous, Rosalie Lucienne Olga Piquart…

— Oui.

— Faustin ! Tu épouses Faustin ?

Marinette n'avait su cacher sa surprise quand elle avait appris la nouvelle de ce mariage vite décidé une fois que toutes les parties s'étaient déclarées d'accord.

Germaine et Paris ne l'avaient pas rendue à sa campagne et Eugène, l'esprit rempli du devenir de Rosalie, s'était fait une raison. Elle était revenue passer deux jours à Clercy, avec sa bienfaitrice, rétablie, qui pouvait à nouveau conduire sa voiture. Elle se disait dame de compagnie et paraissait enchantée de sa vie. La voix un peu trop haut perchée, les joues un peu trop fardées, au goût de Rosalie, qui avait essayé d'en savoir davantage. Marinette s'était dérobée et avait choisi de ne lui parler que de la mode de Paris, des pantalons évasés aussi bien pour les femmes que pour les hommes, des gaines et des soutiens-gorge qui remplaçaient les corsets, des spectacles qui ravissaient alors Paris, les films avec Jean Gabin, l'acteur au visage de dur et au cœur tendre, les cabarets où Tino Rossi chantait « O Corse, ô île d'amour », « Marinella », et où Charles Trenet devenait la nouvelle coqueluche de la capitale.

— Ecoute ça, Rosalie ! « Y a d'la joie, bonjour, bonjour, les hirondelles, y a d'la joie ! »

Elle était arrivée la veille, par le train, et c'était avec elle, dans le même lit, que Rosalie avait passé sa dernière nuit de fille, qu'on ne pouvait plus dire jeune. Emue par cette promiscuité qui lui rappelait la tendresse de l'enfance, Marinette avait eu envie, cette fois, de s'épancher davantage. De lui confier que, si elle vivait encore chez Germaine, elle travaillait, le soir, ouvreuse dans un cinéma, et qu'elle aimait un homme, et qu'il était son amant…

— Ton amant !… Mais enfin, Marinette, s'il te venait un enfant…

— Tu ne sais donc pas, Rosalie, qu'il existe une méthode, qui porte le nom de son inventeur, un médecin japonais, Ogino, qui permet, rien qu'avec un calendrier, de connaître les périodes fécondes ? Comment crois-tu donc qu'Alice a fait pour n'avoir que sa petite Claudine ? Quand je suis dans mes mauvais jours, je ne vois pas mon amant, un point c'est tout ! Tu sais, petite mère, c'est ça aussi, la vie de Paris, la liberté…

Elle s'était pelotonnée, elle avait fait sa câline, jusqu'à s'endormir.

Quelle drôle de mariée je fais, pensait Rosalie, cette petite, j'ai été un peu sa mère, et c'est elle qui en sait bien plus que moi, qui me parle de ce que je ne connais pas, d'amant, de mauvais jours, de méthode…

Les autres étaient là aussi, dans l'église où s'achevait la courte cérémonie. Georges était venu, avec Marie. Leur couple tranchait avec ceux que formaient Henri et Julia, Alice et Raymond, qui à chaque occasion affichaient leur réussite, dans des tenues où l'influence italienne du porter beau rivalisait avec la fantaisie de l'ancien garçon coiffeur. La bonté des Maunier pour l'ami de leur fils n'était pas totalement désintéressée, elle leur avait permis d'avoir à leur service deux travailleurs zélés, qui s'étaient d'eux-mêmes englués dans cette dépendance. Ils se ressemblaient, maintenant, Georges et Marie. Même silhouette un peu massive, déjà tassée, même gaucherie dans le port de leurs vêtements de fête et de leurs chaussures neuves, même visage où le manque d'expression pouvait passer pour de la gravité, même langage limité aux formules toutes faites sur la santé, le temps, les enfants... Les leurs avaient été confiés à la mère de Marie, un voyage en train, c'était trop long pour des petits, trop coûteux aussi, peut-être. Ceux d'Henri et d'Alice, trois au total, se tenaient sagement entre leurs parents, se retenant de tourner la tête du côté de la Zabelle. Comme Marinette à leur âge, elle les amusait et les effrayait à la fois.

Rosalie aurait voulu Bertille près d'elle en ce jour. Sans trop d'illusions, elle avait repris contact avec elle pour lui annoncer son mariage, lui expliquant en toute franchise ses raisons de s'unir à Faustin, la confiance, l'amitié, la tendresse qui les rassemblaient, à défaut d'amour, terminant sa lettre par le rappel de leurs moments de complicité et le plaisir qu'elle aurait à la revoir. Et contre toute attente Bertille était venue. Mais pas pour le jour du mariage, un peu avant.

Quand elles s'étaient retrouvées, après les étreintes, lourdes d'émotion, elles avaient compté :

« Ça fait combien d'années ?

— Voyons, je suis partie en 25, ça fait donc... treize ans.

— Treize ans ! »

Elles étaient gravées, les treize années, légèrement sur le visage de Rosalie, plus profondément sur celui de Bertille. Avec son deuxième mari ça n'avait pas été une réussite. Il était très amoureux, mais jaloux de son passé, de son premier mari (« Jaloux d'un mort, Rosalie, tu imagines ! »), voulait lui faire avouer qu'avant de le rencontrer elle avait eu des liaisons, ce qu'elle niait.

« Notre vie a fini par devenir insupportable, nous avons divorcé. Le veuvage, déjà, ça enferme une femme dans une catégorie, celle des condamnées à la moralité, j'en savais quelque chose. Le divorce aussi, dans un autre genre, à l'obligation de se débrouiller seule s'ajoute une suspicion de légèreté, presque d'indignité. En fait de liaisons, je n'en ai eu qu'une, Rosalie, et tu le sais, c'est avec Henri. Je l'ai gardée secrète parce qu'elle avait beaucoup compté, tellement que je ne pouvais pas l'oublier. Au point de refaire l'histoire, dans ma tête, de me dire, jusqu'à m'en persuader, que si je n'avais pas eu un enfant Henri m'aurait épousée. Je suis devenue dure, injuste envers Pierre, qui ne savait pas pourquoi, qui s'est cru moins aimé que sa demi-sœur, Annie, qui a maintenant dix ans. Il a fini par nous quitter. Je n'ai pas vu mon fils depuis six années, Rosalie, je ne sais pas quel homme il est devenu. On entend dire un peu partout que la paix bat de l'aile, que l'Allemagne ne rêve que de revanche et de domination. Mon premier mari m'a été arraché par une guerre, et si ça recommence c'est mon fils qui sera appelé… Tu vois que j'ai quelques raisons de ne pas être très gaie. Mais pour te revoir je suis venue, Rosalie, j'ai bravé la rencontre avec la mère Mangeot, qui m'a accablée de questions. Mais revoir Henri, non, j'aurais peur de perdre le peu de courage qui me reste. »

— Après la noce, a décrété la Zabelle, vous habiterez avec le père Eugène, c'est Faustin qui changera de maison. Si, si, ça sera mieux. D'abord parce qu'ici c'est trop petit, et vieux, tu ne t'y plairais pas, Rosalie. Et aussi parce qu'une femme peut se débrouiller toute seule, un homme non. Surtout ton père, Rosalie, ta mère a toujours été aux petits soins pour lui, et avec toi il a eu aussi l'habitude d'être servi. Tu vois, ma fille, a-t-elle ajouté, profitant de ce tête-à-tête avec sa future bru, tu vois ce cep de vigne, prisonnier de la maison ? Il en a assez de sa pauvre vie, il est en train de crever. Je suis comme lui. J'en ai plus pour longtemps.

— Ne dites pas ça, Zabelle…

— Si. Tu verras que je m'en irai bientôt. J'ai jamais su montrer mes sentiments à mon Faustin, mais il aura peut-être un peu de peine quand même quand je partirai. Heureusement tu seras à ses côtés, Rosalie, et je m'en vais te le dire tout de suite pour que ce soit dit, du sentiment, j'en ai aussi pour toi, en plus de la confiance, et pas qu'un peu, comme si t'étais ma fille, et si jamais le bon Dieu existe et que j'ai affaire à lui, là-haut, je lui dirai qu'il peut m'envoyer en enfer, ça m'est bien égal, mais que vous deux il vous protège.

— Mes enfants ! Mes enfants, écoutez-moi !

Eugène se leva. La cuisinière, une femme du village, qui avait préparé le repas de mariage, avait fini son service. On était en famille.

— Mes enfants…

Il toussa, affermit sa voix.

— Quand on est revenus ici, après la guerre, en 19, et que votre pauvre mère a été prise par la maladie, Rosalie, vous ne l'avez pas su, rapportait une lettre de la Drôme, de l'institutrice de là-bas, madame Soulier elle s'appelait, pour le maître d'ici, monsieur Richet. Une lettre qui disait que Rosalie avait les capacités pour devenir institutrice, et qu'il fallait décider ses parents à la mettre aux écoles. Mais votre mère est morte, et Rosalie, à quatorze ans, l'a remplacée dans la maison. Elle n'a pas dit que c'était trop dur pour elle, ni que les études, c'était pas seulement une idée pour madame Soulier et monsieur Richet, mais pour elle aussi. Plus qu'une idée, sûrement, une envie, un rêve. Elle n'a rien dit, elle s'est dévouée, pour moi, pour vous. Je l'ai fait aider, mais quand même, tout reposait sur elle. Grâce à elle vous n'avez manqué de rien, même pas d'une douceur le dimanche. Elle vous a vus entrer dans la vie, chacun dans son domaine, à son idée. Toi, Henri, dans le bâtiment, toi, Georges, c'était la terre que tu aimais, toi Alice, le commerce. Et toi, Marinette, tu étais attirée par la ville, et je t'ai laissée partir...

Cette si longue tirade un peu solennelle de la part d'Eugène, l'émotion qui l'obligeait à des pauses, pour se reprendre, leur serraient un peu le cœur à tous, surtout à Rosalie, les yeux baissés, proche des larmes. Faustin, qui connaissait son secret, lui prit la main. La Zabelle ne quittait pas Eugène du regard, où voulait-il en venir, avec son grand discours ?

— Mes enfants, reprit-il, nous avons tous une dette envers Rosalie. J'ai l'intention de faire bientôt mes affaires devant notaire, et je voudrais qu'en tant qu'héritiers vous vous engagiez à ne pas demander votre part dès que je mourrai, mais que vous laissiez à Rosalie la jouissance de la maison, de notre maison, tout le temps qu'elle voudra, tout le temps qu'il faudra.

13

Automne 1945.

Après plus de cinq années de guerre, et cela vingt ans seulement après la mal nommée « der des ders », après ce temps de longue peur, enfin le jour se levait.

Clercy retrouvait lentement son petit train de vie, ses habitudes.

Celle de se rassembler entre hommes, par exemple, le dimanche, au café de la Paulette. On aurait pu se croire revenus en arrière, la salle était restée la même, le comptoir, les tables, les chaises, le poêle, juste un peu plus usés, un peu plus noircis par la fumée.

Mais la maîtresse des lieux avait perdu beaucoup de son énergie et ne maniait plus qu'exceptionnellement le torchon en cas de dispute. Maintenant, les jours d'affluence, elle restait derrière son comptoir, secondée pour le service en salle par une petite serveuse, une gamine du village, vive et prompte aux répliques.

Mais on ne parlait plus des mêmes faits, des mêmes hommes. Sauf quand on en revenait à la ligne Maginot, qui avait offert un sentiment de sécurité hélas illusoire, ou à Pétain, dont l'aura de vainqueur de Verdun avait singulièrement pâli. Des mots, des noms nouveaux fusaient au gré des conversations. Guerre de mouvement, Blitz, collaboration, résistance... De Gaulle, Hitler, Churchill, Roosevelt, Jean Moulin, Doriot, Leclerc... Des sigles, les FFI, le STO, les J1, les J2, les J3... Des mots venus d'ailleurs aussi, parce que cette guerre était vraiment mondiale, jusqu'en Afrique, en Asie, dans l'océan Pacifique, inconnus pour certains, qu'il avait fallu apprendre à prononcer, à situer. Koufra, Pearl Harbor, Sébastopol, Hiroshima, Yalta... et les derniers, et non les moindres, révélés depuis peu, Buchenwald, Ravensbrück, Mauthausen, le Struthof...

Oui, une drôle de guerre, qui n'en finissait pas de s'achever. Qui avait marqué le temps du retour à la discipline, après le prétendu laisser-aller coupable. La répression du plaisir et en rangs par deux ! Travail, famille, patrie.

Cela avait été un temps de contrastes. Le temps du rationnement et des tickets, mais aussi de la débrouille, du troc, des semelles de bois, des recettes fantaisistes, des ersatz pour remplacer le sucre, l'huile, le savon. Celui de la générosité, de l'entraide, du partage, des colis, et en même temps du profit, du marché noir. Celui de la pitié, du dévouement, des enfants juifs cachés, des résistants protégés, et tout autant celui de la haine, de la délation, des dénonciations, des bérets noirs de la Milice. Le temps des horreurs sans nom, Oradour-sur-Glane, et ici, en Meuse, les villages martyrs de la vallée de la Saulx, et à l'opposé celui de l'émerveillement devant les GI à bord de leurs camions et de leurs Jeep, les filles pendues à leur cou, la découverte des produits *made in USA*, le Coca-Cola, le chewing-gum, les bas nylon, le café soluble, le corned-beef, les Camel et les Lucky Strike... Le temps, enfin, du retour à la paix, des hommages aux victimes, des retrouvailles, mais celui aussi des règlements de comptes, des traquenards, des exécutions sommaires, des femmes tondues...

Eugène ne descendait plus jusqu'au café. Il n'en avait plus l'envie, en aurait à peine eu la force.

« La Zabelle a bien fait de s'en aller, disait-il parfois, au moins elle n'aura pas vu tout ça... »

Elle n'avait connu en effet ni le coup de tonnerre de la mobilisation, ni la drôle de guerre, ni la fuite sur les routes et le retour, ni l'occupation, elle s'était couchée un soir d'août 1939 pour ne plus se relever. Tranquille, puisque son Faustin n'était pas seul.

La famille Piquart, cette fois encore, si elle n'était pas sortie complètement indemne de cette guerre, était toutefois restée entière. Bien qu'Eugène s'en réjouisse, il éprouvait le même sentiment étrange qu'en 1919, d'autant plus que sur le monument aux morts de Clercy il allait falloir rajouter quelques noms.

Henri et Georges avaient d'abord été mobilisés, puis rendus à la vie civile après le fameux Blitz. Mais cette guerre-là comportait d'autres dangers. Henri, par son alliance avec une famille italienne, alors que Mussolini était allié à Hitler, fut soupçonné de sympathie, peut-être pas tout à fait à tort, avec l'occupant. Pour lui, les affaires étaient les affaires. A plusieurs reprises, il découvrit au petit matin des croix gammées, peintes à la hâte, de nuit, sur les murs de sa belle maison.

Raymond avait été fait prisonnier, mais eut la chance, toute relative, d'être libéré dans le cadre de la relève.

Georges ? Des lettres, toujours aussi laconiques, signées de Marie, avaient annoncé son arrestation et son départ, sans autre précision, puis son retour à la ferme des Maunier. Mais, une fin d'après-midi du mois d'août 1945, il était arrivé un soir, seul, à Clercy. Eugène, qui était sur le seuil, avait hésité en le voyant s'approcher.

« Georges… mon gars… est-il possible que ce soit toi… »

Il y avait de quoi. Amaigri, vieilli, le regard délavé, Georges portait sur lui les signes d'une profonde souffrance. Pour avoir participé, début 1944 (qui lui en aurait prêté l'audace ?), à une opération de sabotage qui s'était mal terminée, il avait été arrêté, torturé, et finalement déporté dans un de ces camps sur lesquels on apprenait peu à peu d'insupportables vérités.

« J'ai eu envie de vous revoir, surtout toi, Rosalie, ça me fait du bien.

— Reste un peu avec nous, lui avait-elle proposé, quelques jours au moins. »

Auprès d'elle peut-être parviendrait-il à se libérer du poids qu'on sentait sous ses silences. Mais il était reparti, bien vite, vers son travail, car il ne voulait pas manquer au père Maunier, qui avait soutenu Marie et les enfants pendant son absence.

Marinette avait été le grand souci de Rosalie. N'était-elle pas au début plus en sécurité à Paris ? Puis quand Paris à son tour avait été occupé, quand dans les villes le ravitaillement s'était révélé de plus en plus difficile, Rosalie avait essayé de la convaincre de revenir dans son village, dans sa famille. En vain. Quelques courtes visites, seulement, où elle était apparue maigrelette et pâlichonne malgré ses fards, mais apparemment toujours aussi emballée par Paris, malgré la situation.

« Et cet homme, Marinette ? Cet... amant ? »

Un haussement d'épaules.

« C'est fini avec lui. »

Y en avait-il eu d'autres depuis ?

Depuis le milieu de l'année 1942, plus de visites. Aux lettres de Rosalie, qui enveloppait ses questions de tendresse, aux colis, dits familiaux (leur contenu était soumis à des contrôles), qu'elle lui envoyait en rusant parfois pour les rendre plus riches, Marinette ne répondait que par des phrases qui semblaient convenues. « C'est un peu dur mais je vais bien. J'ai du travail, les gens ici continuent de s'amuser, les cinémas sont pleins. »

S'amuser ? Ici, on n'y pensait guère. Plus de théâtre, ni de sport, ni de fêtes au Foyer des campagnes, transformé d'abord en mess pour les officiers français, puis dissous au début de l'Occupation et accaparé par la troupe allemande.

Mais Paris était encore Paris, et en dépit des bruits de bottes sur les avenues, des restrictions, contraintes et contrôles de toutes sortes, on s'y amusait, en effet. A la rigueur de la révolution nationale basée sur la morale s'opposait la fantaisie de drôles d'énergumènes fous de swing, joyeux et savamment débraillés, les zazous. De leur côté, les artistes du cinéma et du music-hall maintenaient leur art au sommet de leurs préoccupations, parfois au prix de quelques compromissions, ou de quelques audaces. La beauté de Jean Marais et de Madeleine Sologne, réunis dans *L'Eternel Retour*, faisait oublier pour un temps les tristes rigueurs du quotidien. Charles Trenet, devenu « le Fou chantant », se produisait devant des publics composés en partie d'Allemands, mais osait *Douce France* et *Espoir*, qui assurait que « tous les jours noirs ont leurs lendemains ». Et un petit oiseau qui n'était pas des îles, comme Joséphine, ni chatoyant comme elle, mais un moineau de Paris, une enfant des rues au talent et à la voix exceptionnels, devenait « la môme Piaf », qui annonçait déjà la grande Edith.

Quand viendras-tu, Marinette ? écrivait Rosalie. *Tu n'as plus besoin d'un Ausweis, on peut circuler librement, maintenant. Ne tarde pas trop, je voudrais tellement connaître les détails de ta vie à Paris, et papa est bien fatigué...*

Faustin était-il encore un homme ? se demandaient les bonnes âmes, avec cette forme d'intérêt où la curiosité le disputait à l'apitoiement.

Oui, il était encore un homme. Ce dont une longue abstinence, après quelques expériences expéditives de jeunesse, ajoutée aux séquelles de ses blessures, l'avait amené à douter lui-même. La personnalité de Rosalie, toute en douceur, en générosité, de même qu'elle l'avait aidé à sortir de son mutisme, lui avait permis de redécouvrir la faculté d'aimer.

Elle l'avait accepté comme il était, n'ayant à lui offrir elle-même qu'une féminité timide, pour n'avoir jamais eu ni l'occasion ni même le désir de la cultiver, car devenue femme d'une tout autre manière, par devoir et non par plaisir.

Ils ne dormaient pas ensemble. Allongé, Faustin respirait bruyamment, et parfois le souffle lui manquait, il devait alors se redresser, tousser, cracher, pour calmer la tempête. Rosalie avait découvert aussi ses migraines, qui malgré les nouveaux médicaments se révélaient encore parfois d'une grande violence. Elle avait appris à lui donner des soins, à se relever la nuit, à poser sur sa nuque, sur son front, les compresses d'eau froide, sur ses yeux le bandeau, à le laisser dans le noir, à faire régner le silence dans la maison. Ce que la Zabelle avait fait pendant plus de vingt ans, mais la douceur pour elle ça n'existait pas, sa colère contre le sort rendait ses gestes brusques et lui faisait lâcher des mots vibrants. La main de Rosalie était douce, quand elle soignait, et quand elle venait se poser, légère, sur celle de Faustin qui ne dormait pas, qui attendait les yeux fermés que le mal recule et capitule.

Ils ne dormaient pas ensemble, mais ils se retrouvaient, pour des étreintes qui ne rimaient pas souvent avec prouesses, mais toujours avec tendresse.

Eugène avait le sommeil léger. Certaines nuits il entendait des pas, la porte de la chambre de Rosalie qui s'ouvrait doucement, qui se refermait. Tant mieux, ce gendre qu'il appréciait était bien le mari de sa fille.

Tous les événements de la guerre, c'était avec Faustin qu'il les avait suivis. Dans les journaux, à la radio, en direct aussi pour certains, le court exode, l'Occupation. Eugène avait découvert l'intelligence de Faustin, sa connaissance du monde, bien supérieure à la sienne, et aussi son aversion pour la guerre, son refus de la haine pour les soldats ennemis, des idées encore difficiles à admettre pour des hommes de sa génération, mais auxquelles il était tenté d'adhérer.

Ces temps-ci, alors que son esprit parfois s'embrouillait un peu, il se limitait à écouter son gendre lui parler du procès du maréchal Pétain, de sa condamnation à mort, de sa peine commuée en détention à vie en raison de son grand âge. De l'exécution de Laval. Du suicide de Hitler. Du gouvernement provisoire dirigé par de Gaulle, qui avait accordé le droit de vote aux femmes, salué par les uns, décrié par les autres, et parfois par des femmes elles-mêmes. De la charte signée à San Francisco, créant l'ONU. L'Organisation des Nations unies ! Une belle formule, comme l'était aussi la Société des Nations, à laquelle on voudrait aussi faire confiance.

Mais Faustin ne croyait plus à la paix entre les hommes, tant de fois désirée, négociée, obtenue, et toujours finalement trahie. Son mariage avec Rosalie n'avait pas vaincu chez lui ce pessimisme-là, mais il lui avait apporté, et c'était déjà beaucoup, une forme de paix intérieure qui lui permettait, au-delà de la marche du monde, d'apprécier la vie qui était la sienne dorénavant.

La maison de la Zabelle, dont il avait tout naturellement hérité, était restée telle qu'à sa disparition. A part quelques meubles, quelques pièces de vaisselle inutilisées pendant des décennies, que Rosalie avait acceptées en souvenir de cette belle-mère qui cachait si bien ses qualités, et ce petit sac, dont Faustin connaissait l'existence, qui contenait les papiers et les économies réalisées Dieu sait comment. Il n'y avait plus de chèvres, la Zabelle, en prévision de sa fin, avait petit à petit réduit leur nombre et vendu les dernières. Faustin montait parfois jusqu'à la maison des vignes, qui ne l'était plus du tout, depuis que le cep était mort, se libérant enfin de l'étreinte du mur, qui en conservait cependant l'empreinte gravée comme une cicatrice.

Un soir de mars 1943, poussant la porte, il y avait trouvé trois jeunes hommes, dont un du village, surpris par son arrivée, tapis dans la pénombre. Des réfractaires au STO nouvellement instauré, réunis dans cette cachette en attendant de rejoindre un maquis. Il ne les avait ni chapitrés, pour les ramener à leur devoir, ni à plus forte raison dénoncés, mais au contraire rassurés quant à son silence. Un peu plus tard, il y avait hébergé, un mois durant, un ouvrier d'Henri, dénoncé à la Gestapo par un rival amoureux. Mais il avait protégé de la même façon, à la fin du mois de septembre 1944, deux soldats de l'armée allemande en déroute qui avaient préféré tenter le coup d'une échappée sauvage plutôt que de se mêler aux combats désespérés de la dernière heure.

Il n'en avait rien dit à Eugène, pour ne pas risquer de le choquer ou de l'effrayer. Rosalie seule était au courant, qui avait préparé, fourni ce qu'il lui demandait, de la nourriture, des couvertures, des vêtements, dans une discrétion facilitée par son calme et son efficacité habituels.

C'est une fleur de Paris
Du vieux Paris qui sourit
Car c'est la fleur du retour
Du retour des beaux jours...

Qui ne connaît *Fleur de Paris*, la chanson emblématique de la Libération ? Elle a eu le mérite, paraît-il, de faire oublier certaines sympathies dérangeantes de son interprète, Maurice Chevalier. Elle eut surtout celui de mettre en joie ceux et celles qui l'entendaient à la radio. Quand Rosalie pouvait disposer de son temps, que Faustin s'occupait l'esprit et les mains à travailler le bois, qu'Eugène se reposait, elle allumait discrètement la TSF, et quand les chansons lui plaisaient, elle fredonnait avec les interprètes. « Fleur de Paris » ou autre chose, « Boum, quand notre cœur fait boum », ou même, avec Andrex, « Y a des zazous dans mon quartier, moi j'y suis déjà à moitié »... Elle souriait. Des zazous, à Clercy, on n'était sûrement pas près d'en voir...

Rosalie n'avait plus envie d'écouter la radio, ni de chanter. Eugène n'était plus seulement fatigué, mais malade. Sérieusement, d'après le médecin. Une bronchite, dégénérée en pneumonie. L'homme de l'art avait suggéré l'hospitalisation, vivement écartée :

« Je veux mourir chez moi ! »

Bien que d'une génération autre que celle de son prédécesseur, ce médecin-là avait vite découvert, et respecté, l'entêtement de ces vieux campagnards aguerris auxquels il était inutile d'imposer certaines mesures, au risque de leur faire plus de mal que de bien, voire d'abréger leurs jours.

Décembre était bien entamé. Eugène ne se nourrissait plus, ne murmurait plus que quelques mots, et seulement à l'oreille de Rosalie, penchée vers lui.

« Faustin est un bon garçon… Tu es heureuse avec lui ? Tu as eu une drôle de jeunesse… Pardon… Marinette… je voudrais revoir notre petiote… »

Rosalie le rassurait :

« Elle va venir, je lui ai écrit. »

Mais la réponse tardait.

Eugène mourut, rassemblant ainsi sa famille autour de lui. Sa famille au complet. Jusqu'aux plus lointains, Marinette, Georges, prévenus par télégramme.

Georges à son arrivée pleura comme un enfant dans les bras de Rosalie, la perte du père, le souvenir de m'man, son idée de la Picardie qui n'avait pas fait de lui un malheureux, mais l'avait plus qu'éloigné, déraciné, le camp où il avait connu l'humiliation sous toutes ses formes. Il n'en avait pas révélé grand-chose encore, doutant d'être cru, certain d'être incompris. A Faustin il se livrerait, avec ses mots à lui, parfois maladroits, mais sincères et criants de vérité, et ils découvriraient que leurs idées se rejoignaient.

— T'es un frère, Faustin.

Responsable et maîtresse d'œuvre, une fois de plus, de cette réunion familiale, Rosalie observait Marinette. Son chagrin sincère, profond, et sans doute aggravé par le regret, voire le remords, de ne pas avoir offert au père sa dernière joie.

Mais quelque chose n'allait pas, qu'elle avait détecté au premier regard. Quelque chose que les larmes, les sanglots, les voiles noirs parvinrent à dissimuler, le temps de la cérémonie, mais qui réapparut et s'imposa ensuite. La tenue de Marinette ? Ses escarpins à talons, sa jupe courte, ses jambes gainées de fins bas noirs ? Sa coiffure ? Ses cheveux, plus roux que blonds, donc teints, entourés d'un turban ? Une tenue de Parisienne, sans doute. Ce n'était pas cela. Ses joues creuses, alors, sa taille si fine, ses omoplates, saillant sous son corsage ? Le résultat des années de privations, que les colis n'avaient pu compenser totalement.

Il y avait autre chose. Cette façon de profiter des circonstances, de l'obligation de Rosalie de veiller à tout et à tous, pour éviter le tête-à-tête.

Les yeux baissés quand ceux de sa petite mère l'interrogeaient.

Marinette, qu'est-ce qui ne va pas ? La santé ? Le cœur ? Les amours ? Un secret ? Quel secret ?

Marinette, pressée de reprendre le train pour Paris.

— Tu t'en vas déjà ? Mais on n'a même pas causé... Marinette, je t'en prie, dis-moi...

— Te dire quoi, petite mère ? Papa, je lui ai fait de la peine, je lui ai manqué. C'est ça qui me bouleverse.

— Si tu as besoin, Marinette, je suis là, tu le sais, hein ?

L'hiver 1945-1946 était passé. Sans ce retour de Marinette, tant espéré par Rosalie.

La voici donc maintenant en tête à tête avec Faustin. La disparition d'Eugène, qui jamais ne les avait gênés, qu'ils avaient toujours soigné, aimé, respecté sans contrainte, avait renforcé leurs liens. Rosalie savait que sans lui se serait ouverte pour elle une longue succession d'années de solitude, qu'après avoir été adulte sans avoir connu de jeunesse elle serait devenue vieille avant l'heure. Quand elle se regardait dans le miroir, elle voyait toujours le même visage, juste un peu affaissé, un peu flétri, la même coiffure, la teinte des cheveux seulement un peu plus pâle, comme une lumière d'automne, la même silhouette, à peine plus arrondie. Pour le calendrier elle était entrée dans la quarantaine, mais elle n'avait toujours pas d'âge. Faustin non plus, vieilli prématurément d'un coup et demeuré ensuite semblable à lui-même. Que le temps les préserve ainsi ensemble pour longtemps !

Et que Marinette donne enfin des nouvelles, des vraies…

On parlait d'elle, au village, on s'interrogeait. « Mais qu'est-ce qu'elle fait donc à Paris, au juste, la petite Piquart ? » Elle n'était pas passée inaperçue, à l'enterrement de son père, on lui avait trouvé mauvais genre, et mauvaise mine. Quelle vie pouvait-elle bien mener ? La grande ville, c'était connu, regorgeait de tentations, de dangers… Et il se disait que Germaine, qui ne venait plus à Clercy, aurait écrit à ses cousins et ne leur aurait pas dit que du bien de son ancienne petite protégée.

Rosalie ne s'étonnait pas de cette curiosité. On la questionnait même directement, à l'occasion, et sous des airs compatissants se cachait souvent l'ombre de quelque vague soupçon. La mère de la serveuse lui avait même rapporté qu'un dimanche, au café, les hommes avaient parlé de Marinette, qu'un ancien avait rappelé qu'à seize ans elle avait dansé presque nue au Foyer des campagnes, avec des bananes accrochées autour de la taille ! Au lieu de se chamailler, ce jour-là, ils avaient grassement rigolé, tous d'accord. Pour une fois...

Ça avait dû les changer, en effet, des événements qui, comme vingt-cinq ans plus tôt, ranimaient leurs colères, leurs instincts de vengeance, et selon les cas les soudaient ou les divisaient.

Le procès de Nuremberg, où douze criminels allemands avaient été condamnés à mort. Le procès de Petiot, pour une série de crimes épouvantables commis pour la plupart sur de riches commerçants juifs qu'il prétendait faire passer en Amérique du Sud. Les Juifs, les passeurs, sujets sensibles s'il en était... De Gaulle, qui démissionnait du gouvernement pour ne pas se plier à des compromis avec les partis. De Gaulle, l'homme du 18 juin, le libérateur envers lequel on avait des scrupules à émettre des critiques, sauf en ce qui concernait ce pouvoir nouveau qu'il avait donné aux femmes. Comme si elles n'en avaient déjà pas assez à la maison...

On pouvait bien penser et dire ce qu'on voulait de Marinette, au village ou même dans la famille, en particulier chez Henri, où la bonne moralité était de règle, du moins en apparence. Ce qui tracassait Rosalie, c'était ce regard fuyant, à leur dernière rencontre, derrière lequel elle avait deviné un secret, et forcément une souffrance.

Une fin d'après-midi de mai 1946.

Rosalie était dans la cuisine, Faustin vaquait autour de la maison. Et voilà qu'elle entendait sa voix dans le tambour :

— Rosalie ! Viens vite ! C'est Marinette !

Elle accourut. C'était bien Marinette, en effet. Elle n'était pas seule. Elle donnait une main à une petite fille, et de l'autre elle portait une valise.

— Marinette...

Ses jambes tremblaient sous elle, de surprise, de soulagement, d'émotion. Elle courut au-devant de sa sœur, la serra dans ses bras. La petite fille les regarda, puis elle tira la main de Marinette, qui après une longue étreinte se dégagea et la prit dans ses bras. La petite... Dans sa joie, Rosalie l'avait presque oubliée. Elle la découvrait, mignonne, brunette, fluette, avec de grands yeux sombres qui n'étaient pas des yeux d'enfant. Une idée lui traversa l'esprit. Une petite Juive, peut-être, que Marinette aurait... protégée ?... recueillie ?... Au prix de quelles difficultés, de quels risques... A moins que...

— Elle est fatiguée, dit Marinette, elle a marché, je n'ai pas pu la porter tout le temps, depuis la gare, à cause de la valise.

— Alors entrons vite.

Faustin s'était assis le premier, puis Marinette, avec sur les genoux la petite, qui se frottait les yeux.

— Je vais lui faire chauffer un peu de lait, décida Rosalie, et tu la coucheras aussitôt.

Le lait, le lit à préparer tombèrent à point nommé, car ce qui allait forcément se dire aurait tellement de poids que pour s'y préparer il fallait d'abord un silence.

— Alors ?

— Elle s'est endormie aussitôt allongée.

— Cette enfant, qui est-ce ? Je vois que tu regardes Faustin, ne sois pas gênée devant lui, il est mon mari, il peut tout entendre, comme moi.

— C'est ma fille.

— Ta fille ?

— Oui. Elle est née en décembre 42, le 17. Elle s'appelle Joséphine.

Rosalie ferma les yeux derrière ses mains croisées sur son visage. C'était bien de Marinette, ça, de mêler sa folie, son grain, comme disait la Zabelle, à ce qu'il y avait de plus sérieux, de plus dramatique peut-être, parce que avoir un enfant, à Paris, en pleine guerre, ça n'avait pas dû être facile, et si elle avait gardé le secret si longtemps, il devait y avoir une raison.

— Elle a un autre prénom, aussi. Bertille.

Rosalie sursauta.

— Oui. Comme ton amie. C'est la fille de Pierre, mais lui ne le sait pas, et il ne le saura jamais.

Comme la veille du mariage de Rosalie, les deux sœurs partagèrent le même lit, et ne s'endormirent que fort tard. Dans une longue conversation, à mi-voix, Marinette retraça pour sa petite mère le chemin de sa vie à Paris, lui confiant ses plaisirs, ses espoirs, ses déceptions, ses souffrances.

Elle avait habité chez Germaine pendant plus de trois ans, jusqu'à l'Occupation. A Clercy, on en savait peu sur la Parisienne, qui s'était plu à raconter sa vie à la petite provinciale curieuse.

— Dans les années vingt, son mari a gagné beaucoup d'argent, il était dans les affaires. Mais il a dû s'arrêter parce qu'il risquait des ennuis, la prison peut-être, à cause de ses liens avec un escroc, Sta... Sta... Stavisky, oui, c'est ça... qui a fait scandale, avant de se suicider.

Stavisky. Le nom du plus célèbre des hommes d'affaires véreux de l'entre-deux-guerres ne disait rien à Rosalie, parce qu'elle avait alors bien d'autres sujets de préoccupation. Il n'était cependant pas totalement inconnu dans la région, lui qui avait commis de nombreuses escroqueries, en particulier du trafic de dommages de guerre, ce qui l'avait amené vers la Meuse, et même à Dun, où ses tentatives avaient avorté, parce qu'il était déjà signalé à la préfecture et surveillé.

— Alors, après, le mari de Germaine a acheté une maison, qu'ils ont tenue ensemble. Puis quand il est mort elle l'a tenue encore quelques années, toute seule, ça rapportait bien, la preuve, c'est qu'elle en vit encore.

— Une maison ?

— Oui... une maison close. Tu sais ce que c'est, tout de même ?

Oui, Rosalie savait, Bertille, un jour, lui avait expliqué ce qu'étaient ces maisons dites « closes », qu'on désignait aussi par d'autres mots, d'une crudité infamante.

— Madame Germaine a tenu une maison close ? Si papa avait su ça, il ne t'aurait pas laissée partir avec elle ! S'il avait su qu'elle te faisait profiter d'un argent gagné de la sorte !

— Mais j'en gagnais aussi toute seule, en travaillant le soir, au cinéma.

Marinette avait quelques amies de son âge, ensemble elles s'amusaient, rencontraient des garçons, se laissaient emmener dans des guinguettes. Rien de sérieux. Des expériences. La griserie de la liberté. L'insouciance de la jeunesse. La belle vie.

— Ça s'est gâté avec Germaine, elle voulait que je lui raconte mes aventures, mais elle était jalouse, parce qu'elle était trop vieille pour pouvoir encore en faire autant, si bien qu'elle m'a prise en grippe.

Alors Marinette avait pris ses affaires et était allée s'installer dans un petit garni, au quatrième étage d'un immeuble. Ce n'était ni joli ni confortable, mais elle s'en fichait, parce qu'elle avait rencontré un homme, un vrai, élégant, distingué. Du moins le croyait-elle…

— Maurice, il s'appelait. Comme monsieur Maumau. Il travaillait pour les Allemands, dans un bureau, mais il n'était pas de leur côté. Il disait qu'il voulait m'épouser, qu'il allait divorcer pour moi, mais qu'il lui fallait un peu de temps pour obtenir le consentement de sa femme. Je le croyais. Je me contentais de ses visites, de nos quelques nuits partagées, en attendant mieux…

Du temps, il en fallait un peu aussi à Rosalie, pour suivre ce cheminement. Marinette le lui laissa, avant de reprendre le cours de son récit :

— Et puis un soir, tout près de chez moi, sur le boulevard… Il pleuvait, je marchais sans regarder devant moi, je bute contre un homme, il me retient pour m'empêcher de tomber. Il y avait un réverbère juste à côté, on se regarde. Et tout de suite je le reconnais. Pierre ! Lui est surpris, d'abord, puis il me reconnaît aussi. Alors on s'est mis à rire, tous les deux, étonnés et heureux de ce hasard. Je l'ai emmené chez moi. Son imperméable gouttait, je me rappelle, ça mouillait le plancher, mais on continuait à rire. Ensuite, on a parlé. Des années à Clercy, du temps où Bertille venait coudre avec toi, d'Alice qui nous emmenait voir les biquettes de la Zabelle... Puis du présent. Il était à Paris pour trois jours, pour rencontrer les membres d'un réseau de résistance...

Dans la chambre voisine, Faustin toussa. Rosalie se redressa un peu dans le lit, écouta, attendit. Le silence revint, elle s'allongea à nouveau.

— Je ne sais pas comment ça s'est passé, reprit Marinette, on s'est retrouvés dans les bras l'un de l'autre, pris d'une sorte de folie. Je sais ce que tu penses, Rosalie. Tu me croyais plus maligne. Ogino. Je n'ai même pas réfléchi pour savoir si j'étais dans un bon ou un mauvais jour !

Pierre était reparti au matin. Avant de se quitter, dégrisés, ils avaient fait le point sur leur vie. Il lui avait dit qu'il était marié, avec une femme dont l'amour était assez fort pour lui faire accepter les risques qu'il courait. Elle lui avait parlé de l'homme qui allait divorcer pour elle.

Deux mois plus tard Marinette avait compris qu'elle était enceinte, et tenté dans un premier temps d'entretenir le doute contre toute logique, pour finalement accepter l'évidence.

— Maurice ? Je n'ai même pas eu à m'expliquer avec lui. Il m'avait plaquée. Prétendant que sa femme n'aurait pas supporté la séparation. Plus sûrement pour me remplacer par une autre…

Un roman, pensa Rosalie, la vie de Marinette en était un, comme dans les livres, sauf que le sien était vrai.

— Tu aurais dû revenir chez nous. Ou au moins m'écrire, m'appeler, je me serais débrouillée pour aller te chercher ! Pourquoi ne l'as-tu pas fait ?

La réponse ne vint pas mais elle la devina. La honte, la peur du père, de la colère du père, la fin d'un rêve aussi, la preuve d'une erreur, d'un échec. Elle était si fière, si sûre d'elle, en s'envolant vers la ville !

— Tu me vois, Rosalie, à Clercy, enceinte et sans mari ? A Paris ce n'est pas comme ici, à part ceux dont c'est le métier de questionner, les gens ne savent rien les uns des autres, sauf les proches. Les fautes ne sont pas inscrites sur les visages. Dans la rue, on ne se retournait pas sur moi.

Cependant attendre l'enfant, le mettre au monde, le nourrir, organiser la vie avec lui, ça n'avait pas été facile. C'était l'hiver, le temps des files d'attente aux guichets pour les déclarations, les papiers, les cartes, les tickets. Et là elle avait connu les regards réprobateurs, les questions gênantes, la suspicion. Joséphine Bertille Piquart, née de père inconnu…

Ses voisines, ses amies, la concierge de l'immeuble l'avaient soutenue et aidée, offrant de la layette, du lait, la garde de la petite, pendant le travail. La vie s'était réorganisée ainsi.

— Joséphine n'est pas difficile, elle a été habituée à passer de bras en bras, à rester là où je la déposais.

— Tu ne pourras pas vivre toujours de la sorte, Marinette. Ta petite non plus.

— Non. C'est pour ça que je suis ici.

Rosalie n'était pas au bout de ses surprises.

— Tu reviens, Marinette ? Tu vas rester ici, avec nous ?

— Non, mais... un peu quand même.

— Un peu ? Qu'est-ce que ça veut dire, revenir un peu ?

— Que je ne vais pas rester, moi, mais que je vais vous laisser Joséphine.

14

1er octobre 1963. Un matin de rentrée, dans l'une de ces petites écoles de campagne comme il en existait encore dans tous les villages. Ecoles à classe unique, quand l'effectif était vraiment réduit, ou à deux classes, souvent tenues par un couple, l'homme ayant automatiquement le titre de directeur et la charge des grands, jusqu'au certificat, la femme, son adjointe, celle des petits. Les bals annuels de l'Ecole normale, les voyages de fin d'année, les stages et les conférences contribuaient en effet pour l'essentiel aux rencontres qui débouchaient sur ces « mariages pédagogiques » appréciés, voire prônés, par la hiérarchie. Il y avait cependant des exceptions, et pour des filles qui n'exerçaient pas elles-mêmes un métier, ce qui était encore fréquent, épouser un instituteur représentait une aubaine. Le traitement n'était certes pas mirobolant, mais il s'y ajoutait souvent celui du secrétariat de la mairie, laquelle se devait également de loger les maîtres, et il avait l'avantage de la considération que conférait la fonction, qui supposait forcément savoir et moralité...

En ce matin d'octobre, où quelques nuages grisaillaient dans le ciel pour confirmer que le temps des vacances avait bel et bien pris fin, Joséphine Piquart effectuait sa première rentrée en tant que « maîtresse ». Elle serait l'adjointe d'un instituteur « chevronné », selon le terme en usage, la valeur pédagogique ne pouvant qu'être proportionnelle au nombre des années d'enseignement... A ce titre il disposait du plus grand des logements de fonction, du jardin, qui lui permettait au passage d'initier les enfants aux sciences de la nature, et d'un garage. Mais ces prérogatives ne l'empêchaient nullement de se montrer bienveillant et même chaleureux envers ses adjointes successives. Son épouse avait aidé Joséphine à aménager le petit appartement qui lui était dévolu, dont la pièce principale, à la fois chambre et bureau, communiquait directement avec sa classe par une simple porte, et son scooter avait trouvé place dans le garage à côté de la 403 du directeur.

L'heure était venue maintenant de procéder à l'appel des élèves, et à leur répartition entre les deux classes. C'était le rôle de monsieur Augier, le directeur. Il commença par les siens, les grands, qui sauraient rester calmes pendant qu'il appellerait les petits pour les confier à la nouvelle maîtresse. Elle leur apparaissait rassurante, avec son visage souriant encadré de ces petites bouclettes qui avaient échappé à la natte sage qu'elle avait choisie pour tenter de paraître moins jeune. Rassurante et jolie. Les enfants, les petits surtout, y étaient sensibles, et dans le rang qui attendait monsieur Augier, sourcils froncés, moustache et blouse grise, quelques regards laissaient supposer que certains renonceraient volontiers à leur promotion parmi les grands, pour rejoindre le groupe qui se formait autour d'elle, rien que pour son sourire et sa blouse rose…

Le tri était fait, quinze enfants d'un côté, dix-huit de l'autre.

La porte entre la classe de Joséphine et son appartement était entrouverte. Pas tout à fait. Disons plutôt entrebâillée, et encore, à peine.

Derrière cette porte, assise sur une chaise, attentive, émue, Rosalie s'apprêtait à suivre, sans se montrer, en écoutant seulement, cette première demi-journée de classe de Joséphine, dont elle était, comme elle l'avait été pour Marinette, la petite mère.

Partager un enfant avec Faustin, voilà bien une chose à laquelle, quelque dix-sept années plus tôt, elle ne s'attendait pas.

En avoir un eux-mêmes ? Même si Faustin était encore un homme, au sens où l'entendaient les commères, son âge et son infirmité pouvaient laisser supposer qu'il n'en était plus un à part entière. Rosalie s'était souvenue d'une conversation qu'elle avait entendue un jour, où il était question d'une naissance à Clercy, et du doute émis sur la réelle paternité de l'homme, elle avait recherché dans la collection de son père l'almanach de l'année 1931, et trouvé une rubrique au sujet du docteur Ogino et de sa méthode, que Marinette s'était vantée de suivre, sans penser alors qu'elle faillirait un jour à ces fameuses précautions, d'ailleurs incertaines.

« Tu verras, elle est facile », lui avait dit Marinette en lui confiant Joséphine, avec un hochement de tête dont le sens était clair : plus que moi, sans doute...

D'autres auraient pu s'étonner, s'interroger, se scandaliser de cette démarche, y voyant une forme de capitulation, voire d'abandon, de la part de la mère. Rosalie n'en avait rien fait. Elle avait tendu les bras à l'enfant qui lui rendait là un fameux service, celui de n'avoir plus à chercher sans cesse à se situer par rapport aux membres de sa famille. Mère à la place de la mère ? Grande sœur même pour les aînés ? Belle-sœur, tante ? Elle était tout à la fois, sans être rien vraiment. Avec Faustin, c'était plus facile. De par son âge, son expérience si particulière de la vie, son humanisme, sa force d'esprit et sa fragilité de corps. Il était tout pour elle, son père, son frère, son ami, son mari, son enfant. Avec Joséphine non plus il n'y avait plus rien à analyser. C'était à vivre seulement.

Petite fille, elle était moins bavarde que Marinette, mais pas moins curieuse. Ce n'étaient pas des « Hein, petite mère » répétés jusqu'à satisfaction, mais des interrogations muettes. Une attention constante aux conversations de Rosalie et de Faustin, à leurs occupations, à leurs gestes, une observation des choses, avec ses grands yeux qui découvraient un monde ignoré d'elle, celui de la campagne, et une façon de vivre, dans le calme et la sérénité.

Elle parlait peu, mais elle « enregistrait » tout. Rosalie tenait ce mot de monsieur Richet, qui se disait satisfait quand ses élèves avaient « enregistré ».

Par contre, elle chantait volontiers. Celles qui avaient contribué à l'élever jusqu'ici savaient sans doute mieux fredonner les refrains à la mode que parler à une toute petite fille. Elle connaissait les artistes en vogue, leur répertoire, leur histoire.

Quand la radio, qu'elle aimait écouter, diffusait un succès d'Edith Piaf, elle accompagnait la chanteuse :

Quand il me prend dans ses bras
Qu'il me parle tout bas
Je vois la vie en ro-se !

Puis elle expliquait à sa petite mère que le père d'Edith était un artiste de cirque, qu'elle avait eu une enfance malheureuse, auprès d'une grand-mère qui lui donnait à boire du vin ! Qu'elle avait été ensuite confiée aux dames d'une « maison », qui la gâtaient et l'avaient emmenée en pèlerinage à Lisieux parce qu'elle avait perdu la vue, et qu'elle avait été guérie, miraculée ! Enfin qu'un monsieur important l'avait entendue chanter dans la rue et avait décidé de faire d'elle une grande artiste.

« Tu sais, petite mère, maman aussi, elle aurait bien aimé devenir une artiste, c'est pour ça qu'elle habitait Paris. Et elle m'a dit que si je m'appelle Joséphine, c'est parce que... »

Ce qui suivait, Rosalie le savait, mieux que la petite elle-même.

Elle s'était attachée à Faustin, qu'elle appelait par son prénom, aussi naturellement qu'à Rosalie. Elle ressentait sa singularité, s'était habituée à sa toux, à ses crises de migraine, qui l'isolaient encore parfois dans le silence et l'obscurité de sa chambre, et, tout comme sa petite mère, s'efforçait de ne faire aucun bruit, s'approchant de son lit sur la pointe des pieds pour poser sa petite main fraîche sur son front.

Souvent sur la table de la cuisine Faustin étalait quelques spécimens de sa ménagerie de bois, lui expliquait les mœurs des animaux, ceux qu'elle découvrait, ceux qu'elle n'avait pas encore vus en vrai, ceux dont la réputation n'était pas très bonne auprès des hommes, ceux qu'on chassait, qu'on méprisait. Le renard, sournois, voleur de poules, le sanglier, sauvage, destructeur de récoltes, l'âne, bête et têtu. Mais le renard ne sait pas, expliquait Faustin à Joséphine qui buvait ses paroles, qu'il est interdit de pénétrer dans les poulaillers, tout comme le sanglier ignore que les pommes de terre dont il se régale appartiennent à celui qui les a plantées. Et si l'âne semble bête et résiste aux ordres, c'est parce qu'il n'a pas envie, simplement, de faire ce qu'on lui impose, et que même les coups de bâton ne le font pas changer d'avis.

« Qui est le plus bête des deux, s'interrogeait-il pour guider la réflexion de l'enfant, l'animal qui refuse la contrainte, ou l'homme qui s'obstine et veut imposer sa volonté par la violence ? »

La guerre, les Allemands, la Résistance, les camps, Joséphine avait entendu ces mots, mais elle était trop jeune pour les avoir compris. C'était auprès de Faustin qu'elle avait cherché à comprendre l'incompréhensible.

« C'est à cause de la guerre que tu es malade, Faustin ? Dis, c'est comment la guerre ? Pourquoi ils se battent, les soldats ? Tu crois qu'il y en aura encore d'autres, des guerres ? »

Et lui cherchait des mots à la fois simples et justes, et en s'efforçant de rassurer la petite quant à la raison des hommes, à la tolérance, à la volonté de paix, il se rassurait un peu lui-même, du moins sur le moment.

Rosalie s'émouvait de ces leçons, et s'en réjouissait, parce qu'elle aurait bien besoin de connaître ces notions, Joséphine, quand le moment viendrait où il faudrait lui révéler le pourquoi et le comment de sa vie. Parce que Marinette, qui venait, pas très souvent mais régulièrement, à Clercy et y séjournait parfois pendant quelques jours, n'avait pas tout dit quand elle avait déposé l'enfant...

« Tiens, avait suggéré un soir Faustin à Rosalie, alors que Joséphine allait sur ses six ans, vu qu'elle comprend tout, cette gamine, toi qui voulais être institutrice, si tu commençais à lui apprendre à lire... Ça lui ferait un peu d'avance pour l'école. »

Dès le lendemain Rosalie s'y était essayée. Maladroitement, pensait-elle, aidée seulement, en plus de quelques vieux livres de lecture probablement démodés, des souvenirs du temps lointain, des années d'exode, où là-bas, dans la Drôme, madame Soulier lui confiait ses petits apprentis lecteurs. Pas si maladroitement, au fond, puisque l'instituteur de Clercy, un énième successeur de monsieur Richet, étonné par la petite Joséphine déjà si bien dégrossie en matière de lecture, lui avait rendu visite pour en connaître la raison et l'avait félicitée.

Marinette n'avait pas tout dit. Peut-être à cause de Faustin, qui avait souffert de la guerre, pas celle qu'elle-même avait vécue, celle d'avant, mais l'ennemi était le même. Par scrupule envers lui, par respect, alors qu'il ne l'aurait pas blâmée.

Et puis un jour une lettre était arrivée, tard, en 1948, adressée à Rosalie, avec ce qui restait à dire, ce qu'elle n'avait jamais eu le courage, ou l'audace, d'énoncer à l'occasion de ses visites. Rosalie l'interrogeait pourtant, plus par sollicitude que par curiosité : « Comment vis-tu ? As-tu quelqu'un » ?, n'obtenant que des réponses évasives.

Un peu avant la libération de Paris, Marinette avait rencontré un beau garçon, un peu plus jeune qu'elle, un peu rêveur, un peu bohème, un peu artiste. Amateur de cinéma français, de music-hall français, il fréquentait les salles où elle continuait son travail d'ouvreuse. Mais il ne se prénommait ni Jacques, ni Paul, ni André, ni Lucien, mais Gerd. C'était un Allemand, qui ne s'était pas engagé dans la guerre par conviction, mais par obligation. Il aimait la France et en pratiquait la langue avec seulement un accent. Ils avaient vécu deux mois seulement d'un amour secret, difficile, dangereux, mais intense et sincère, des deux côtés. La libération de Paris, tant attendue, vécue dans la liesse, qu'elle aurait dû partager, les avait séparés. La débâcle allemande puis la contre-offensive de l'hiver 1944-1945 dans les Ardennes l'avaient remplie d'angoisse. Et puis miracle, une fois franchies toutes les étapes, difficiles, dramatiques même, du retour à la paix, lui qui s'en était sorti avait repris contact avec elle. Il ne pensait qu'à elle, et se disait prêt à affronter toutes les difficultés pour partager sa vie. Si elle l'aimait encore… Elle l'avait mis au courant de l'existence de Joséphine, des circonstances de sa naissance, lui avait donc parlé de Pierre, ce qui ne l'avait ni choqué ni rebuté. Ils entretenaient depuis une correspondance régulière. Il lui décrivait le malaise de ceux qui, comme lui rescapés mais vaincus, n'étaient pas forcément accueillis partout à bras ouverts dans leur propre pays. Viendrait-elle le rejoindre en Allemagne, avec Joséphine, ou serait-ce lui qui devrait envisager de se fixer en France auprès d'elles ? Ils en étaient là de leurs rapports. « Tu es la seule, petite mère, écrivait Marinette pour finir, capable de révéler à ma Joséphine ce qu'elle ignore de sa propre vie. »

Marinette et Gerd avaient fini par se retrouver, vivre ensemble, se marier, s'installer en Allemagne, pas loin de la Lorraine, juste de l'autre côté du Rhin. Ils avaient pris la gérance d'une petite librairie-papeterie.

Rosalie, Faustin et Joséphine, d'abord, puis les autres membres de la famille avaient fait la connaissance de ce Gerd qui leur avait démontré que de l'autre côté aussi il y avait des hommes de qualité. A Clercy, bien sûr, et dans les environs, cette alliance avait suscité des commentaires variés et contrastés, mais la petite dernière des Piquart s'était toujours distinguée par une originalité discutable... Eugène, qui avait toutes les indulgences pour sa petiote, ne s'était pas retourné dans sa tombe, pas plus que la Zabelle qui n'y aurait sans doute vu qu'une preuve de plus du « grain » de Marinette, qui contribuait à son charme.

« Et Joséphine ? Vont-ils nous la reprendre ? » s'inquiétait Faustin, devinant un choc pour Rosalie, et sans doute aussi pour l'enfant.

Non. C'était la petite qui avait choisi de rester auprès d'eux, heureuse et d'une certaine façon riche du fait peu commun d'avoir désormais deux familles, de plus tellement différentes, entre lesquelles elle se partagerait, même si les parts seraient inégales... Marinette n'avait rien dit de ses sentiments intimes, de ce manque de lien charnel qu'elle ressentait avec sa fille, à cause des circonstances si particulières dans lesquelles elle l'avait conçue, mais à sa façon, elle qui décidément ne faisait jamais rien comme les autres...

« Je te la laisse, alors », avait-elle dit à Rosalie, ajoutant, dans une pirouette qui lui ressemblait : « Mais tu nous la prêteras de temps en temps... »

« De temps en temps », c'était à l'occasion de vacances dans ce qui était devenu sa famille allemande, enrichie de deux petits demi-frères, jumeaux qu'elle ne jalousait d'aucune manière, s'initiant à la langue dont certaines consonances sonnaient étrangement dans la bouche de Marinette et amusaient les clients de la librairie.

« Tu te rends compte, disait souvent Faustin à Rosalie, tout ce qu'elle représente, cette petite, par rapport à l'époque... Enfant de l'amour et du hasard, un père inconnu d'elle, résistant français, un beau-père, des frères allemands. »

Il ne savait pas exprimer le fond de sa pensée, mais ce qu'il ressentait, c'était que Joséphine symbolisait à la fois une évolution des mœurs et l'espoir d'une entente entre les peuples, que lui-même, probablement, ne connaîtrait pas.

Joséphine se trouvait en Allemagne quand, au cœur de l'été 1952, le feu des gaz s'était éteint dans les poumons, l'éclat d'obus immobilisé pour toujours dans la tête de Faustin. Il avait survécu trente-six ans à ces blessures. Grâce à Rosalie, les autres, les blessures intérieures, sans disparaître totalement, s'étaient au fil du temps atténuées.

Le nombre de survivants de 1914-1918 s'amenuiserait d'année en année. Atteindre presque les soixante ans, ce n'était pas si mal, répétait-on à Rosalie, en guise de consolation. On était loin de penser que certains « poilus », un mot qui faisait rire les enfants, vivraient longtemps encore, quelques-uns jusqu'à devenir centenaires, et même au-delà, jusqu'à dépasser le cap de l'an 2000, vieux bonshommes dont les yeux délavés gardaient gravées les peurs et les souffrances qu'ils avaient tues pour la plupart. Certains refuseraient les honneurs, ceux qui les accepteraient le feraient dans la modestie, pour la valeur du témoignage.

C'étaient les années cinquante, l'économie battait son plein, les produits de consommation courante et les biens d'équipement ménager y tenaient une large place, faisant rêver les femmes à une nouvelle forme de bonheur, à base de réfrigérateurs et de machines à laver le linge, de Formica, de textiles synthétiques et de prêt-à-porter...

Chez Rosalie, qui vivait désormais au rythme de Joséphine et de sa scolarité, un beau poste de radio, dont on n'avait plus à attendre le clin d'œil vert, avait remplacé celui qu'Eugène avait acheté pour le plaisir de ses filles. Un peu plus tard viendrait s'y ajouter la nouvelle amie des familles, l'objet magique, la télévision, qui allait faire de ses speakerines des figures familières et offrir à tous les foyers l'information, la distraction et la culture à domicile.

Henri avait racheté la maison de la Zabelle, devenue la propriété de Rosalie. Il avait su se montrer généreux, afin d'assurer à sa sœur un revenu qui, ajouté à la pension de Faustin, lui permettrait de vivre décemment. De son côté, Marinette profitait des moments qu'elle passait avec Joséphine pour subvenir à l'essentiel de ses besoins matériels.

De la maison de la Zabelle au temps où elle l'occupait ne subsistait guère que le souvenir. Henri l'avait entièrement rénovée, la transformant en une coquette maison campagnarde, où logeait l'un de ses ouvriers avec sa famille. La maison des vignes, où n'apparaissait même plus l'empreinte du cep prisonnier de la pierre, était devenue la maison des enfants. Il y en avait cinq, auxquels Joséphine se joignait quand ils passaient devant chez Rosalie pour aller à l'école, et vers lesquels elle courait souvent, les jeudis et les soirs d'été, pour partager leurs jeux. Comme autrefois sa mère vers les biquettes de la Zabelle, en compagnie, parfois, se souvenait Rosalie, d'un petit garçon qu'elle entraînait dans son sillage et qui se prénommait Pierre…

Elle n'avait pas revu Bertille depuis l'année de son mariage avec Faustin, en 1938, mais elles s'écrivaient encore une fois l'an, respectant la tradition de l'échange de vœux, même si elles savaient, comme tout le monde, qu'il ne suffisait pas de se souhaiter une bonne année pour que cela soit exaucé… Bertille, tout en continuant à coudre pour les gens, consacrait l'essentiel de son temps à ses petits-enfants, ceux de sa fille et ceux de son Pierre, qui s'était rapproché d'elle et dont les actions dans la Résistance faisaient sa fierté. Dans chacune de ses lettres, à travers des rappels de souvenirs, il y avait toujours une allusion plus ou moins déguisée à Henri. Rosalie écrivait surtout au sujet de Joséphine. Elle avait confié à son amie les péripéties de la vie de Marinette, mais avait choisi de ne pas lui révéler le lien avec Pierre, pour ne pas risquer de rompre l'équilibre retrouvé de leurs deux familles.

Après sa scolarité à l'école de Clercy, Joséphine fréquenta le cours complémentaire, l'équivalent du collège pour les petits campagnards, qui s'était ouvert à Dun. Elle faisait le trajet à vélo, en compagnie de quelques camarades destinés aussi aux études, déjeunait chez sa tante Alice et faisait ses devoirs le soir, sous l'œil attentif et discret de Rosalie. Ensuite viendrait le concours d'entrée, brillamment réussi, à l'Ecole normale, où le séjour remplirait en grande partie ces années si belles mais parfois si périlleuses du passage de l'adolescence à la jeunesse.

Des conversations entre Faustin et son père, auxquelles il lui arrivait de participer, Rosalie avait gardé l'intérêt de l'actualité, des « affaires du pays », comme disait Eugène, qui n'osait pas employer le mot « politique », trop grand pour lui. Et ce qu'elle lisait, ce qu'elle entendait, ce qu'elle verrait même à la télévision, quand elle l'aurait achetée, en 1958, la ramenait à ce mari qui ne lui avait peut-être pas donné tout ce qu'une femme était en droit d'attendre d'un homme, mais lui avait considérablement enrichi l'esprit.

Qu'aurait pensé Faustin ? se demandait-elle chaque fois que l'actualité se révélait importante.

Qu'aurait pensé Faustin de ceux que la locomotive économique, qui allait pourtant grand train, laissait pour compte ? « Quand le bâtiment va, tout va », prétend le proverbe. Or tout allait, sauf le bâtiment, et le terrible hiver 1953-1954 allait révéler que des sans-logis pouvaient mourir de froid. Il se serait à coup sûr enflammé pour cet Henri Grouès, un franciscain, député de la Lorraine au nom de toutes ses croix, c'est-à-dire de toutes ses causes, celle des pauvres, des oubliés, qui avait ce qu'il fallait pour se mettre à leur service. Une allure, un regard, un visage, la canadienne du prêtre-ouvrier sous la pèlerine, le béret. Une audace surtout, tutoyant des ministres, lançant comme Zola un « j'accuse » pour stigmatiser le gouvernement qui avait refusé le projet de cités d'urgence, emportant dans ses bras le corps d'un enfant mort de froid. Un charisme qui avait provoqué un véritable raz-de-marée de générosité et fait de celui qu'on n'appellerait plus que « l'abbé Pierre » une figure hautement symbolique.

Qu'aurait pensé Faustin de la guerre d'Algérie, après celle d'Indochine, qu'il avait en partie suivie ? Des guerres aux causes différentes de celles qu'il avait connues, mais pour lui tout aussi sensibles.

De l'appel du président Coty « au plus illustre des Français », de Gaulle, pour prendre la tête d'un gouvernement embourbé dans les difficultés de cette guerre d'Algérie, puis de son élection à la présidence de la République ?

Elle-même ne parvenait pas à tout comprendre de ces troubles, de ces rébellions, mais elle pensait que la voie petit à petit ouverte à l'indépendance des peuples colonisés aurait réjoui Faustin.

Qu'aurait-il pensé du lancement du premier satellite artificiel, le fameux Spoutnik, puis de Gagarine, le premier homme à accomplir un vol dans l'espace, à bord du vaisseau spatial *Vostok 1* ? Peut-être se serait-il étonné de ces exploits techniques, mais plus sûrement il se serait inquiété d'un nouveau danger, d'une nouvelle cause de rivalité entre les peuples, puisque les Américains ne tardèrent pas à entrer en compétition avec les Russes, on disait alors les Soviétiques.

Il avait eu connaissance des « premiers pas de l'Europe », dès 1950, de l'action de Schuman, entendu Jean Monnet déclarer ne pas vouloir coaliser des Etats, mais unir des hommes.

Joséphine, qui s'intéressait aussi à l'actualité et rappelait souvent les leçons qu'elle avait reçues de Faustin, apportait à Rosalie des compléments d'information qu'elle puisait dans ses études et dans les échanges avec ses camarades et les professeurs.

Mais le fait d'être studieuse et réfléchie ne l'empêchait pas d'avoir les centres d'intérêt d'une adolescente, puis d'une jeune fille de son temps, et l'envie de se divertir.

A la télé il y en avait pour tous les âges et tous les goûts, du « Club du jeudi » à « La Piste aux étoiles », du « Quitte ou double » de Zappy Max aux affaires judiciaires d'« En votre âme et conscience », en passant par les énigmes historiques de « La caméra explore le temps », sans oublier les amateurs de sport, en particulier de cyclisme, qui vibraient aux exploits des champions dans les étapes du Tour de France.

Ni elle ni Rosalie ne boudaient les émissions de variétés où apparaissaient les étoiles de la chanson. Edith Piaf, plus populaire que jamais, malgré sa déchéance physique précoce, continuait à croire en l'amour en dépit du drame qu'avait été pour elle la mort de Marcel Cerdan. Gilbert Bécaud arborait ses fameuses cravates à pois. Et une bande de petits jeunes, derrière Johnny Hallyday, « ce garçon de dix-sept ans qui a déjà deux voitures et fête son millionième disque », comme le relatait un reportage de *Paris Match* en 1961. Le mensuel *Salut les copains* allait bientôt répandre dans toutes les cours d'écoles et de lycées la vague yé-yé, qui faisait dire à Rosalie, mêlant un peu les époques :

« Si ta mère avait encore ton âge, elle serait folle de tous ces zazous et de leurs noms bizarres... »

— Entrez, les enfants !

Sur sa chaise, Rosalie, l'oreille tendue, percevait le pas de Joséphine, net, et ceux des petits, qui ressemblaient à un piétinement hésitant. Ils ne savaient pas encore où s'asseoir, attendaient les ordres de la maîtresse. Elle imaginait les tout-petits, ceux qui entraient à l'école pour la première fois, s'accrochant à la main d'un frère ou d'une sœur.

— Je vais vous appeler l'un après l'autre, dit Joséphine, d'abord pour commencer à vous connaître, puis pour vous placer.

L'appel fut interrompu par le « Maman ! » sonore, suivi de pleurs, d'un bout de chou de cinq ans, qu'il fallut calmer et rassurer avant que d'autres s'y mettent, pendant que les plus grands, enfin les moins petits, riaient de cette poule mouillée.

L'appel terminé, les enfants enfin placés, Joséphine crut bon de révéler son prénom, aussitôt répété en écho par une petite qui avait un cheveu sur la langue :

— Zozéphine, c'est rigolo !

— Mais il faut te dire « maîtresse »... ajouta une autre petite voix.

Aussitôt contredite par une autre :

— On dit pas « te dire », mais « vous dire », hein, maîtresse ?

Rosalie souriait, amusée par ces débuts, devinant Joséphine un peu décontenancée par ce premier contact avec de si jeunes enfants. Elle était bien préparée, savait ce qu'elle allait devoir leur enseigner, et comment, mais aucun cours de pédagogie ne pouvait prévoir les premières réactions des enfants.

Elle sut doucement imposer un calme relatif et proposer une première activité à chacun des trois groupes dont elle avait la charge. Distribuer papier et crayons aux plus petits et leur demander un dessin, quelques lignes d'écriture aux moyens, et vérifier le niveau de ceux qui étaient censés savoir lire.

Rosalie avait fermé les yeux. Elle n'écoutait plus seulement Joséphine, elle était à sa place. Cette première demi-journée de classe était aussi la sienne. Celle qu'elle aurait vécue si, en 1919…

Allons, pas de retour en arrière. Même si c'était à travers Joséphine, son rêve était devenu une réalité.

PRODUCTION JEANNINE BALLAND

Romans « Terres de France »

Jean Anglade
Un parrain de cendre
Le Jardin de Mercure
Y a pas d'bon Dieu
La Soupe à la fourchette
Un lit d'aubépine
La Maîtresse au piquet
Le Saintier
Le Grillon vert
La Fille aux orages
Un souper de neige
Les Puysatiers
Dans le secret des roseaux
La Rose et le Lilas
Avec le temps…
L'Ecureuil des vignes
Une étrange entreprise
Le Temps et la Paille
Les Ventres jaunes
Le Semeur d'alphabets
La Bonne Rosée
Un cœur étranger
Les Permissions de mai
Sylvie Anne
Mélie de Sept-Vents
Le Secret des chênes
La Couze
Ciel d'orage sur Donzenac
La Maîtresse du corroyeur
Un horloger bien tranquille
Un été à Vignols
La Lavandière de Saint-Léger
Jean-Jacques Antier
Tempête sur Armen
La Fille du carillonneur
Marie-Paul Armand
Le Vent de la haine
Louise
Benoît
La Maîtresse d'école
La Cense aux alouettes
L'Enfance perdue
Un bouquet de dentelle
Au bonheur du matin
Le Cri du héron
Le Pain rouge
La Poussière des corons
Nouvelles du Nord
La Courée
Victor Bastien
Retour au Letsing
Henriette Bernier
L'Enfant de l'autre
L'Or blanc des pâturages
L'Enfant de la dernière chance
Le Choix de Pauline
La Petite Louison
Françoise Bourdon
La Forge au Loup
La Cour aux paons
Le Bois de lune
Le Maître ardoisier
Les Tisserands de la Licorne
Le Vent de l'aube
Les Chemins de garance
La Figuière en héritage
Patrick Breuzé
Le Silence des glaces
La Grande Avalanche
La Malpeur
Nathalie de Broc
Le Patriarche du Bélon
La Dame des Forges
La Tresse de Jeanne
Loin de la rivière
La Rivière retrouvée
Annie Bruel
Le Mas des oliviers
Les Géants de pierre
Marie-Marseille
Michel Caffier
Le Hameau des mirabelliers
La Péniche Saint-Nicolas
Les Enfants du Flot

La Berline du roi Stanislas
La Plume d'or du drapier
L'Héritage du mirabellier
Marghareta la huguenote
Jean-Pierre Chabrol
La Banquise
Claire Chazal
L'Institutrice
Didier Cornaille
Les Labours d'hiver
Les Terres abandonnées
Etrangers à la terre
L'Héritage de Ludovic Grollier
L'Alambic
Georges Coulonges
Les Terres gelées
La Fête des écoles
La Madelon de l'an 40
L'Enfant sous les étoiles
Les Flammes de la Liberté
Ma communale avait raison
Les blés deviennent paille
L'Eté du grand bonheur
Des amants de porcelaine
Le Pays des tomates plates
La Terre et le Moulin
Les Sabots de Paris
Les Sabots d'Angèle
La Liberté sur la montagne
Les Boulets rouges de la Commune
Pause-Café
Anne Courtillé
Les Dames de Clermont
Florine
Dieu le veult
Les Messieurs de Clermont
L'Arbre des dames
Le Secret du chat-huant
L'Orfèvre de Saint-Séverin
La Chambre aux pipistrelles
Paul Couturiau
En passant par la Lorraine
Annie Degroote
La Kermesse du diable
Le Cœur en Flandre
L'Oubliée de Salperwick
Les Filles du Houtland
Le Moulin de la Dérobade
Les Silences du maître drapier
Le Colporteur d'étoiles
La Splendeur des Vaneyck
Les Amants de la petite reine
Un palais dans les dunes
Alain Dubos
Les Seigneurs de la haute lande
La Palombe noire
La Sève et la Cendre
Le Secret du docteur Lescat
Constance et la Ville d'Hiver
Marie-Bernadette Dupuy
L'Orpheline du bois des Loups
Les Enfants du Pas du Loup
La Demoiselle des Bories
Le Chant de l'Océan
Le Moulin du Loup
Elise Fischer
Trois Reines pour une couronne
Les Alliances de cristal
Mystérieuse Manon
Le Soleil des mineurs
Les cigognes savaient
Confession d'Adrien le colporteur
Laurence Fritsch
La Faïencière de Saint-Jean
Alain Gandy
Adieu capitaine
Un sombre été à Chaluzac
L'Enigme de Ravejouls
Les Frères Delgayroux
Les Corneilles de Toulonjac
L'Affaire Combes
Les Polonaises de Cransac
Le Nœud d'anguilles
L'Agence Combes et Cie
Suicide sans préméditation
Fatale Randonnée
Une famille assassinée
Le piège se referme
Gérard Georges
La Promesse d'un jour d'été
Les Bœufs de la Saint-Jean
L'Ecole en héritage
Le Piocheur des terres gelées
Les Amants du chanvre

La Demoiselle aux fleurs sauvages
Jeanne la brodeuse aux fils d'or
Denis Humbert
La Malvialle
Un si joli village
La Rouvraie
L'Arbre à poules
Les Demi-Frères
La Dernière Vague
Yves Jacob
Marie sans terre
Les Anges maudits de Tourlaville
Les blés seront coupés
Une mère en partage
Un homme bien tranquille
Hervé Jaouen
Que ma terre demeure
Au-dessous du calvaire
Les Ciels de la baie d'Audierne
Les Filles de Roz-Kelenn
Michel Jeury
Au cabaret des oiseaux
Marie Kuhlmann
Le Puits Amélie
Guillemette de La Borie
Les Dames de Tarnhac
Le Marchand de Bergerac
La Cousette de Commagnac
Jean-Pierre Leclerc
Les Années de pierre
La Rouge Batelière
L'Eau et les Jours
Les Sentinelles du printemps
Un amour naguère
Julien ou l'Impossible Rêve
A l'heure de la première étoile
Hélène Legrais
Le Destin des jumeaux Fabrègues
La Transbordeuse d'oranges
Les Herbes de la Saint-Jean
Les Enfants d'Elisabeth
Les Deux Vies d'Anna
Les Ombres du pays de la Mée
Louis-Jacques Liandier
Les Gens de Bois-sur-Lyre
Les Racines de l'espérance
Jean-Paul Malaval
Le Domaine de Rocheveyre
Les Vignerons de Chantegrêle
Jours de colère à Malpertuis
Quai des Chartrons
Les Compagnons de Maletaverne
Le Carnaval des loups
Les Césarines
Grand-mère Antonia
Une maison dans les arbres
Une reine de trop
Une famille française
Le Crépuscule des patriarches
La Rosée blanche
L'Homme qui rêvait d'un village
Dominique Marny
A l'ombre des amandiers
La Rose des Vents
Et tout me parle de vous
Jouez cœur et gagnez
Pascal Martin
Le Trésor du Magounia
Le Bonsaï de Brocéliande
Les Fantômes du mur païen
La Malédiction de Tévennec
L'Archange du Médoc
Louis Muron
Le Chant des canuts
Henry Noullet
La Falourde
La Destalounade
Bonencontre
Le Destin de Bérengère Fayol
Le Mensonge d'Adeline
L'Evadé de Salvetat
Les Sortilèges d'Agnès d'Ayrac
Le Dernier Train de Salignac
Michel Peyramaure
Un château rose en Corrèze
Les Grandes Falaises
Frédéric Pons
Les Troupeaux du diable
Les Soleils de l'Adour
Passeurs de nuit
Jean Siccardi
Le Bois des Malines
Les Roses rouges de décembre

Le Bâtisseur de chapelles
Le Moulin de Siagne
Un parfum de rose
La Symphonie des loups
La Cour de récré
Les Hauts de Cabrières
Les Brumes du Mercantour
Bernard Simonay
La Fille de la pierre
La Louve de Cornouaille
Jean-Michel Thibaux
La Bastide blanche
La Fille de la garrigue
La Colère du mistral
L'Homme qui habillait les mariées
La Gasparine
L'Or des collines
Le Chanteur de sérénades
La Pénitente
L'Enfant du mistral
Jean-Max Tixier
Le Crime des Hautes Terres
La Fiancée du santonnier
Le Maître des roseaux
Marion des salins
Le Mas des terres rouges
L'Aîné des Gallian
L'Ombre de la Sainte-Victoire
Brigitte Varel
Un village pourtant si tranquille
Les Yeux de Manon
Emma
L'Enfant traqué
Le Chemin de Jean
L'Enfant du Trièves
Le Déshonneur d'un père
Blessure d'enfance
Mémoire enfouie
Louis-Olivier Vitté
La Rivière engloutie
L'Enfant des terres sauvages
L'Inconnue de la Maison-Haute
Colette Vlérick
La Fille du goémonier
Le Brodeur de Pont-l'Abbé
La Marée du soir
Le Blé noir

Polars de France

Pascal Martin
La Traque des maîtres flamands
Jean-Max Tixier
Le Juge de paix

Romans

Sylvie Anne
L'Appel de la pampa
Jean-Jacques Antier
Marie-Galante, La Liberté ou la Mort
La Dame du Grand-Mât
Le Sixième Condamné de l'Espérance
Erwan Bergot
Les Marches vers la gloire
Sud lointain
tome I *Le Courrier de Saïgon*
tome II *La Rivière des parfums*
tome III *Le Maître de Bao-Tan*
Rendez-vous à Vera-Cruz
Mourir au Laos
Jean Bertolino
Chaman
Fura-Tena
Jean-Baptiste Bester
Bois d'ébène
Michel Caffier
Le Découvreur du Mississippi
Anne Courtillé
Le Mosaïste de Constantinople
Paul Couturiau
Le Paravent de soie rouge
Le Paravent déchiré

L'Inconnue de Saigon
Les Amants du fleuve Rouge
Le Pianiste de La Nouvelle-Orléans
Les Brumes de San Francisco
Paradis perdu
Cent Ans avant de nous séparer
Annie Degroote
L'Etrangère de Saint-Pétersbourg
Alain Dubos
Acadie, terre promise
Retour en Acadie
La Plantation de Bois-Joli
La Baie des maudits
Elise Fischer
L'Enfant perdu des Philippines
Hubert Huertas
Nous jouerons quand même ensemble
La Passagère de la « Struma »
L'Orque de Magellan
Terminus Pondichéry
Denis Humbert
Un été d'illusions
Gérard A. Jaeger
Pour l'amour de Blanche
Hervé Jaouen
L'Adieu au Connemara
Le Testament des McGovern
Suite irlandaise
Diane Lacombe
L'Hermine de Mallaig
La Châtelaine de Mallaig
Sorcha de Mallaig
Eric Le Nabour
Orages sur Calcutta
Les Démons de Shanghai
Les Jardins d'Istanbul
Sonia Marmen
La Vallée des larmes
La Saison des corbeaux
La Terre des conquêtes
La Rivière des promesses
Dominique Marny
Du côté de Pondichéry
Les Nuits du Caire
Cap Malabata
Mes nuits ne sont pas les vôtres
Du côté de Bombay
Juliette Morillot
Les Orchidées rouges de Shanghai
Michel Peyramaure
Le Roman de Catherine de Médicis
Le Pays du Bel Espoir
Les Fleuves de Babylone
Les Tambours sauvages
Le Temps des moussons
Les Roses noires de Saint-Domingue
La Porte du non-retour
Bernard Simonay
Les Tigres de Tasmanie
La Dame d'Australie
Princesse maorie
L'Appel de l'Orient
Jean-Michel Thibaux
Le Roman de Cléopâtre
La Fille de Panamá
Tempête sur Panamá
La Pyramide perdue
La Cinquième Courtisane
La Danseuse sacrée
Colette Vlérick
Le Domaine du belvédère

Cet ouvrage a été imprimé sur presse numérique

CPI
Firmin Didot

au Mesnil-sur-l'Estrée

pour le compte des Éditions Presses de la Cité
en août 2009

Composé par Nord Compo Multimédia
7, rue de Fives, 59650 Villeneuve-d'Ascq

N° d'édition : 400263. – N° d'impression : 96365.
Dépôt légal : janvier 2009.

Imprimé en France